MORT SUR LE TAGE

Pedro Garcia Rosado est né à Lisbonne en 1955. Germaniste et journaliste, il est aujourd'hui l'auteur d'une dizaine de romans policiers dont les thèmes sont souvent inspirés des grandes affaires qui rythment l'actualité portugaise.

PEDRO GARCIA ROSADO

Mort sur le Tage

TRADUIT DU PORTUGAIS PAR MYRIAM BENARROCH

CHANDEIGNE

Titre original :

ULIANOV E O DIABO

Couverture : © Sean Pavone Photo / iStock.

ISBN : 978-2-253-25813-1 – 1re publication LGF

PROLOGUE

L'obscurité l'enveloppe. Elle a l'air vivante. Elle semble lui arracher des morceaux de peau et de chair et ce qui lui reste des vêtements qu'ils lui ont enlevés.

L'humidité se confond avec le sang, avec les liquides qu'elle ne reconnaît plus, elle se substitue aux larmes qu'elle ne peut plus verser, elle lui remplit la bouche lorsqu'elle tente de l'ouvrir pour crier. Elle sait pourtant qu'elle aura beau crier, personne ne l'aidera.

La terre s'introduit entre ses doigts de pieds, les branches l'écorchent, elle ignore si ce sont les branches qui viennent sur elle ou si c'est elle qui s'y empêtre. Le bois enchanté de l'enfance devient une forêt d'horreurs.

Maria João tombe. Ses mains se blessent sur des pierres ou sur des branches qui ressemblent à des pierres. Peut-être est-ce une attaque d'animaux qu'elle ne voit pas, qu'elle n'entend pas, qui provoque en elle ces nouvelles douleurs. Elle lève la tête, mais ses cheveux l'empêchent de voir le ciel couvert de nuages qui masquent presque la pâleur de la lune. L'humidité devient une couverture faite d'aiguilles de glace.

Elle se relève, forçant ses mains meurtries à trouver des appuis qu'elle n'arrive pas à identifier.

De petits éclairs de lucidité lui confirment ce que son corps sait : ils l'ont laissée là et ils sont partis. C'est pourquoi elle doit survivre. Et, pour survivre, pour qu'on la trouve, elle doit rester en vie. Peut-être avaient-ils espéré qu'elle se noierait, en tombant dans l'eau. Ou qu'elle mourrait de froid.

Une lueur de rationalité lui dit qu'elle est dans la zone du barrage, près de la rivière Mula, à quelques kilomètres de la route Cascais-Sintra. De jour, elle aurait réussi à retrouver son chemin. Mais, de nuit, dans l'état où elle est, l'idée qu'ils puissent revenir ou que d'autres la découvrent ne suffit pas à lui donner des forces.

Elle se dit, aussi, que quelqu'un peut trouver le sac à main qu'elle avait réussi à jeter par la fenêtre en essayant de s'échapper. Mais l'obscurité lui hurle que non, qu'elle se fait des illusions et que même si elle réussissait à sortir de là, elle serait complètement à la merci de ces hommes qui en l'abandonnant voulaient sans doute qu'elle se noie dans cette étendue d'eau ou qu'elle soit attaquée par des animaux, des chiens sauvages peut-être, attirés par l'odeur de sang et de sperme et par le reste de chaleur humide que son corps s'entête à conserver.

Maria João fait deux pas en avant, trébuche sur un arbuste (ou un serpent, peut-être ?), tombe sur une pierre qui lui transperce le genou, elle sent que sa jambe ne fonctionne plus. Elle s'appuie sur ses deux mains et baisse la tête. En fermant les yeux, elle arrive à se revoir à l'intérieur obscur mais confortable de la voiture de son petit ami à la tombée de la nuit. Et à réfléchir à l'erreur que tous deux avaient commise en défiant les trois garçons sur la piste de danse. La nuit était à eux, rien qu'à eux. Ils n'avaient besoin de rien d'autre.

Elle avait déjà entendu parler d'eux – Alberto, Lourenço et Rick – et de leurs prouesses et elle aurait dû savoir que se mesurer à eux était risqué. C'est pourquoi elle n'avait pas été surprise de les voir s'avancer à la sortie de la discothèque et attaquer son ami, qui était tombé, mort de peur et sans gloire, puis l'attraper et l'embarquer dans une voiture après avoir affirmé leur supériorité par quelques coups de pied supplémentaires sur le rival défait.

Maria João ne sait pas combien d'heures avait duré ce voyage interminable, en route vers un enfer qu'elle était loin d'imaginer.

Le souvenir, fragmenté, de ce qu'ils lui avaient fait subir dans la voiture, l'un après l'autre, plusieurs fois de suite, déclenche des vomissements qui la font se plier en deux et s'écrouler.

Elle replie les genoux contre son corps, elle sait bien que cette position ne la protège pas, qu'elle l'aide seulement à accepter son destin, à se soumettre à l'obscurité. Elle renonce à la raison, qui s'échappe d'elle comme un oiseau terrorisé. La nuit pénètre en elle sans pitié, presque comme eux l'avaient fait, et s'empare de son cerveau. Les bruits des animaux qui s'approchent se transforment en une tempête de terreur, qui la tue de l'intérieur.

PREMIÈRE PARTIE

Le fleuve sale

« — Helen n'aurait jamais cru Kathy capable de tuer, dit Slope.
— C'est pour ça qu'elle ne lui a jamais dit de ne pas tuer. »

Carol O'Conell, *Mallory's Oracle.*

1

Cette fois-ci, la femme crie avant qu'ils ne commencent à la frapper. Elle s'était refusée à eux, leur avait dit qu'elle avait déjà fait ce pour quoi ils l'avaient payée et elle avait perdu tout contrôle d'elle-même. Ce qu'elle sait de portugais a disparu, peut-être chassé par la peur et la rage. Et de sa bouche aux lèvres appétissantes ne sort qu'un seul mot, qui doit être une insulte proférée avec mépris : *« Mochenik, mochenik. »*

Au milieu du fleuve, les cris semblent résonner sur les berges comme vents sans destin et cela perturbe les deux hommes. Ils pourraient la laisser partir. Mais si une voiture peut s'arrêter n'importe où, un petit bateau à moteur ne peut pas s'immobiliser au milieu du Tage pour débarquer une personne devenue encombrante. De plus, si elle partait, elle pourrait parler.

Le problème devient plus sérieux. Deux mains ne suffisent plus à la tenir tranquille. Lourenço n'y arrive pas, malgré sa force et son poids et Alberto, le plus expérimenté des deux, ne peut pas lâcher le moteur. La femme ne se contente pas de crier. Elle frappe Lourenço au visage, lui donne une gifle qui, même si elle ne lui fait pas mal, le rend fou de rage. Il n'accepte pas que ce soient elles qui l'agressent. Aussi la frappe-t-il en retour. Plus fort, plus percutant, le poing droit fermé. Elle crie encore plus, se retourne vers lui, affronte ses poings et tente de le repousser, le griffant de ses ongles, les vrais, car les faux (qui servaient à cacher les autres, rongés, devant les caméras) sont restés dans la boîte à accessoires.

Lourenço recule suffisamment pour lui montrer que ses efforts sont inutiles. Il se tourne vers Alberto, qui tente de manœuvrer le bateau vers le vieux quai, et elle en profite pour se jeter à l'eau, tout en continuant à crier.

— Ne la laisse pas s'échapper ! crie Alberto, obligeant le bateau à décrire une courbe tout en accélérant davantage.

La femme agite les bras. Elle ouvre et ferme la bouche, poussant des cris inachevés, elle se maintient à la surface, la tête tournée vers le ponton. Lourenço s'étonne de sa force : elle ne s'avoue pas vaincue, elle sait peut-être nager, elle a l'air de vouloir les affronter. Il n'a jamais rien vu de tel.

— Elle se dirige vers le quai. Il faut qu'on la rattrape, crie-t-il à Alberto. En bateau ou une fois qu'elle sera à terre, si elle y arrive.

Alberto hésite. S'il lance le bateau contre elle, il doit le faire avec beaucoup de force et il risque de heurter les rochers près du ponton. Si elle réussit à sortir de l'eau, il sera plus facile de l'attraper, à deux, sur la terre ferme. Il réduit la vitesse. Les cris de la femme se font plus perçants.

Le bruit réveille l'ombre qui somnole au bord de l'eau. La tête se dresse, elle a l'air douée d'une vie propre et comme séparée du corps qui, lui, reste immobile. L'oreille gauche est en alerte, les narines cherchent une odeur susceptible d'aider l'œil gauche à mieux comprendre ce qui se passe.

Les cris ne lui sont pas étrangers, l'ombre en a entendu d'autres, les mêmes, il y a bien longtemps. Ceux de la femme expriment le désespoir et la peur de mourir, la douleur et la rage. Les cris des deux hommes, l'un autoritaire, l'autre hésitant, sont désespérés eux aussi mais ils expriment la force de ceux qui savent qu'ils sont maîtres de la situation.

Le bruit s'amplifie, un vrai ouragan, il finit par étouffer le murmure des vagues, occupant l'espace sonore que l'ombre tient pour sien. Il devient un bruit de prédateurs furieusement affamés qui ont peur de rater leur proie.

L'ombre remue, révèle sa forme humaine, s'approche du bord du quai, traînant avec elle sa seconde peau, sorte de camouflage fait de couvertures, de vêtements lourds de graisse, de crasse et d'obscurité, visage d'un seul œil.

Un pouce et un index aux ongles longs écartent

le rideau de longs cheveux qui, lavés, seraient gris. Ce sont les seuls doigts de sa main droite. Son regard se fixe sur le bateau et sur la source de lumière – une torche – qui balaie les eaux noires. C'est de là que viennent les cris des deux hommes. Et de l'eau, tout près, jaillissent les cris de la femme, qui semblent plus faibles mais animés à présent d'une note d'espoir. Elle s'agrippe à une pierre, elle a atteint la terre ferme. Mais les chasseurs ne renoncent pas. Le bateau s'immobilise, l'un des deux hommes parle plus fort que l'autre et la lumière de la torche balaie les murs des vieilles bâtisses, l'enceinte de la gare fluviale, fermée à cette heure, et le quai. D'un mouvement rapide, l'ombre se mêle aux autres ombres : les deux hommes ne voient pas celui qui les observe.

Une tête, aux cheveux très clairs, émerge des eaux, tente de se redresser et lève les deux bras, appelant faiblement au secours. C'est la femme, elle semble avoir perdu le point d'appui qui l'aurait peut-être aidée à monter sur le quai. L'ombre recule quand le faisceau de la torche l'effleure pour se concentrer à nouveau sur l'eau, à la recherche de la femme.

— Là-bas, là-bas ! crie l'une des voix du bateau.

La femme ne se débat plus, elle ne lève plus qu'un bras, peut-être a-t-elle réussi à retrouver une pierre à laquelle s'agripper.

— Approche le bateau, Alberto, crie la voix de l'un des deux hommes, plus aiguë.

— Putain ! Je ne sais pas si je vais y arriver, cette saloperie peut se briser contre les rochers…

L'ombre est de plus en plus inquiète. Des souvenirs anciens la poussent à aller secourir la femme, mais des souvenirs plus récents lui ordonnent de se tenir tranquille, de retourner dans sa cachette de couvertures et de vieux manteaux, de rester une ombre et de ne pas vouloir redevenir un homme.

Le moteur du bateau s'arrête. La torche s'éteint. Dans l'eau, la femme semble reprendre courage.

Peut-être croit-elle qu'ils ont abandonné la partie. Elle semble aussi s'être rapprochée, poussée par le mouvement cadencé et bref de ses bras qui la conduit au quai, où elle s'accroche à une pierre plus saillante, à l'angle formé par le ponton et le quai, près de la rampe par où descendent les canots des clubs nautiques comme autrefois les bateaux des anciens pêcheurs. L'eau ne la submerge plus, son problème est maintenant de monter sur les pierres glissantes. Elle redresse sa tête et ses mains puissantes tirent son corps vers le haut, ses pieds nus donnent l'impression de déraper mais ils tiennent bon.

À cet instant, l'un des hommes apparaît en courant depuis le ponton. C'est là que le bateau à l'arrêt attend.

Le faisceau de lumière se rallume et l'ombre, qui s'était levée, se replie. Mais l'homme à la torche, sur le bateau, ne la remarque pas, il veut juste éclairer le chemin de son compagnon qui court en direction de la femme, un objet à la main.

Une pluie fine, vestige d'un hiver qui s'achève, se met à tomber. À la lumière de la torche, elle paraît plus forte.

La femme s'arrête quelques instants sur les marches. Elle se redresse, haletante, s'appuyant sur ses bras, reprenant des forces, on dirait qu'elle ne pense qu'à l'eau sale d'où elle sort, comme si c'était elle qui la pourchassait. Elle porte une robe blanche, déchirée et sale. Elle est blonde. Lorsqu'elle entend les pas s'approcher, elle se remet à crier.

L'homme glisse mais ne perd pas l'équilibre. L'objet s'abat sur la tête blonde. Une fois. La femme crie plus fort. Deux fois. La femme cesse de crier. Trois fois. Seul subsiste un gémissement de douleur. La torche éclaire une griffe à quatre doigts qui s'apprête à porter l'ultime coup. Un bruit d'os brisés et de fer cognant contre le rocher se fait entendre.

Puis l'homme se baisse pour voir de plus près la femme inerte, il attend quelques secondes et s'éloigne en courant sur le ponton, de retour vers la lumière et le bateau.

Là-bas, au fond, le moteur reprend vie. La lumière s'éteint. Le bateau s'éloigne, emportant avec lui les voix chuchotantes des deux hommes.

L'ombre attend encore de voir si la femme bouge ou émet un bruit. Puis elle se détache de l'obscurité et laisse tomber ses couvertures. Courbée, elle semble plus petite. Elle se passe la main dans les cheveux et les écarte de son visage. Elle descend les marches creusées dans la roche, là où la femme est tombée, et lui touche le bras. Sa main gauche descend le long du bras tendu, touche les cheveux, qui ne sont plus blonds, puis l'eau froide du fleuve, tiédie en certains endroits par le sang qui s'écoule librement.

Reproduisant des rituels jamais oubliés, l'homme lui prend le pouls et la secoue pour voir si elle est encore en vie. Et il se met à la traîner vers le haut, tout en regardant en direction du fleuve. Mais il ne voit plus le petit bateau dans l'horizon obscur que délimitent les deux grandes piles du pont du Tage et, sur l'autre rive, le Christ-Roi.

L'ombre regarde le visage de la femme. Ses yeux sont très clairs et grand ouverts comme s'ils voulaient comprendre. L'ombre la touche.

— Je suis le Diable, dit l'ombre. Et la nuit les enveloppe.

2

La boue, lourde et noire, l'empêche de bouger, l'aspire, l'entraîne vers un fond qui se dérobe, sur lequel il ne peut ni s'appuyer ni résister. Elle l'étouffe, lui entre par les narines et par la bouche, recouvre ses prunelles, pèse sur ses paupières, l'oblige à un ultime effort qui lui fait ouvrir les yeux et affronter la clarté jaunâtre de sa chambre.

Lourenço se réveille, en sueur, son pyjama est presque aussi trempé que s'il venait de sortir des eaux sales du fleuve.

Le réveil sur sa table de nuit indique 9 h 21. Il est tard, comme toujours. Il va manquer, une fois de plus, un rendez-vous professionnel. Et un autre avec son père, là encore, comme d'habitude.

La réunion à laquelle il devait se rendre, à la demande de son père, a probablement débuté depuis quelques minutes. Sa présence est inutile, pense-t-il, mais son père le voulait là-bas. Non que ce soit, à ses yeux, un engagement qui n'aurait pu être annulé, mais ne pas le tenir lui pose un problème comparable à une migraine : il va lui peser toute la journée, l'obliger à détourner les yeux du regard d'acier de son père dès qu'ils se verront. Alberto ne réagirait pas ainsi : des deux frères, c'est le seul qui semble capable de l'affronter.

Lourenço se retourne et enfouit son visage dans la fraîcheur du second oreiller. Il avait perdu l'habitude de dormir sans ses deux oreillers, même lorsqu'il s'était retrouvé seul après avoir tenté d'introduire dans la chambre conjugale son goût pour la violence.

La sensation l'apaise, mais très vite elle lui rappelle l'eau froide – froide et sale – qui l'a contraint, sur le bateau, à enlever son pantalon trempé, taché de sang et à regagner la voiture tout juste vêtu d'une chemise bleue, d'un caleçon rayé, bleu lui aussi, et de chaussettes sombres mouillées. Ses yeux suivent ses pensées et se fixent sur le tas de vêtements jetés dans un coin d'où semble émaner une odeur d'ordures suintantes qui lui donne envie de vomir.

Lourenço laisse tomber sa tête sur l'oreiller et lève les mains. Ses doigts sont marron. C'est du sang séché. Deux ongles sont cassés. Jamais il n'était allé aussi loin, jusqu'à tuer. Et maintenant ? S'il avait agi ainsi, s'il avait frappé sans relâche, c'est qu'il était saoul. D'ailleurs, ils étaient saouls tous les deux. C'est une explication, mais cela ne peut servir d'excuse. D'autant plus que c'est leur état habituel dans ces circonstances.

« Nous n'aurions pas dû faire ça », pense-t-il. Et la panique commence à l'envahir, quand retentit la sonnerie de son portable, un air de dessins animés finissant par *« That's all, folks! »*, qui s'élève du tas de vêtements sales et le fait sursauter dans son lit.

Le pêcheur voit la tache de sang et s'arrête, ses deux cannes à pêche posées en équilibre sur son épaule droite, un seau à la main gauche et, se balançant dans la main droite, les clés de sa voiture, garée plus loin derrière à une place qui restera à l'ombre jusqu'à ce que le soleil change de position, à l'heure du déjeuner.

Le Tage est bleu sombre, la pluie fine de la nuit a fait disparaître les nuages, la matinée est presque printanière. Le sol aux pierres inégales est sale comme toujours, les détritus charriés par l'eau se collent aux pierres : paquets de cigarettes (« Fumer tue »), sacs en plastique, bouteilles en plastique déformées, boîtes de conserve, un préservatif rouge, d'autres objets impossibles à identifier mais pas de restes de nourriture, en revanche, car les mouettes emportent tout ce qu'elles trouvent. Et du sang.

L'autre pêcheur est déjà là, sur le ponton du fond, il monte sa canne principale et pose les supports des deux autres. Il habite à côté, juste de l'autre côté de la ligne de chemin de fer, près du vieux marché de l'Avenida 24 de Julho, et il vient à pied. Il ne s'arrête que pour acheter des appâts, pour manger un *salgado* et boire un verre de vin blanc à la taverne, l'éternelle Cave des Canaris.

La tache rougeâtre ne l'a pas frappé. Ou alors c'est qu'il ne l'a même pas remarquée. La différence d'âge entre les deux pêcheurs peut-elle expliquer ce manque d'attention ? Ne serait-ce pas plutôt le verre de vin blanc de la Cave des Canaris ?

Le pêcheur qui vient d'arriver suit les traces de sang. Elles vont de ses vieilles bottes jusqu'au mur des anciennes bâtisses. Là, il voit des lambeaux d'un tissu qui avait dû être blanc et des taches rouges, du sang sans doute, qui n'a pas encore viré au marron.

Le pêcheur regarde autour de lui. Les voitures commencent à arriver, occupant peu à peu les places libres de parking. Au fond, le bateau repart pour l'autre rive du Tage, après avoir débarqué les passagers qui affluent sur Lisbonne.

Le pêcheur s'approche du mur. Comme toujours, une forte odeur d'urine empeste l'air. De la pointe de l'une des cannes, il remue le tissu blanc. On dirait un morceau de manche d'une robe de femme ou bien d'un pull. Et, pas de doute, c'est bien du sang.

Son compagnon de pêche l'appelle, sans quitter son poste. Il est peu bavard, mais quand il parle, il crie, peut-être parce qu'il entend mal. Le nouvel arrivé lui fait signe d'attendre puis il regarde à nouveau les bouts de tissu.

À la demande insistante de sa femme, il possède

un téléphone portable. Il l'utilise peu, c'est un vieux modèle, il a souvent eu envie de le jeter dans le Tage lorsque sa femme l'appelle – du fixe, en plus, elle a bien un portable, elle aussi, mais elle ne comprend pas que l'appel coûte plus cher –, pour se plaindre qu'il est en retard pour le déjeuner. « Je ne vais m'attirer que des ennuis », pense-t-il. Mais il est gagné par une excitation qui le change de sa routine. Il compose le 112. Une voiture klaxonne pour passer, son conducteur montre la place du doigt. Il veut se garer.

— J'appelle la police ! Du sang… lui répond le pêcheur, en désignant le tissu et la tache de sang sur le sol. L'homme au volant, la cravate dénouée, hausse les sourcils, passe la première, fait demi-tour et va se garer plus loin. La police ? *Des problèmes, surtout pas.*

Comment est-ce qu'ils font à la télévision ? Pensant à ce qu'il y voit tous les soirs, le pêcheur prend au téléphone la voix du citoyen accomplissant son devoir :

— Je veux déclarer ce qui me semble être un crime, s'il vous plaît. Je crois qu'on a tué quelqu'un ici, au bord du fleuve. Près du Cais do Sodré et de la gare fluviale, sur le quai, après le bâtiment de la mairie… Il marque une pause, surpris de ce qu'il entend… Le ton de sa voix change. Pourquoi est-ce que je dis ça ? Qu'est-ce que j'en sais ! Il y a ici un morceau de robe de femme et du sang… beaucoup de sang, je trouve !

Lourenço sort de son lit pour aller répondre au téléphone, mais il n'arrive pas à temps. Il écarte sa chemise, toujours humide et imprégnée d'une odeur de transpiration, sa veste beige, mouillée, maculée de taches sombres et d'éclaboussures rougeâtres, son jean bleu clair, taché et humide, lui aussi. L'odeur de tabac est intense : elle provient des mégots de cigarette éteints dans l'eau où ils ont trempé pendant des heures. Derrière cette odeur, il y en a une autre, de pourriture et de saleté… Son estomac se révulse, mais il tient bon. Il finit par saisir son portable après l'avoir retiré d'une poche intérieure de sa veste. Il voit s'afficher le numéro de son frère et écoute son message vocal, sec : « Appelle-moi de toute urgence. » Alberto a l'air tout à fait réveillé et, comme toujours, sa voix ressemble à celle de leur père.

Lourenço ouvre les doubles-rideaux pour avoir plus de lumière et recule devant la luminosité qui l'éblouit. C'est comme si les yeux lui faisaient mal, expression qu'il trouve adaptée à ce qu'il ressent. Il s'habitue peu à peu à la lumière et regarde la baie de Cascais. Il tend l'oreille pour savoir s'il y a quelqu'un dans la maison. À cette heure-ci, non. Sa femme doit déjà être sortie avec leur fille pour la déposer au collège, comme d'habitude.

Il hésite et appelle le portable d'Alberto.

— Comment ça va ? lui demande son frère. Cette préoccupation, exprimée sur un ton paternel, est probablement davantage liée aux conséquences possibles de leur acte qu'à l'état dans lequel il doit se sentir après une telle nuit.

Lourenço tarde à répondre, il essaie de garder une voix ferme et d'être sincère. Alberto le connaît bien et ne peut fuir ses responsabilités. Il aurait très bien pu lui aussi utiliser l'ancre de cette façon.

— J'ai peur, finit-il par dire, renonçant à jouer les durs.

— C'est normal, répond Alberto, comme si la mort violente faisait déjà partie de la routine de leurs nuits. Où es-tu ? Avec papa ?

— À la maison…

— À la maison ? Encore ? Ben alors ?

— Je viens de me réveiller…

— Eh bien moi, je suis passé au bureau et j'en suis déjà reparti. Tu as oublié la réunion ou quoi ?

— Je n'arriverai pas à l'heure, de toute façon. Mais je ne suis pas indispensable, non plus.

— Ce n'est pas l'avis de Père ! Il m'a demandé ce que tu faisais. Les autres, ceux de la mairie, n'étaient pas encore arrivés. Il ne t'avait pas dit d'être là ?

— Mince, Alberto, je n'ai pas pu ! Qu'est-ce que je fais ? Et puis, je voudrais voir les journaux… s'il y a quelque chose…

— Ne sois pas idiot, Lourenço. Tu sais bien, que rien n'a pu encore paraître, c'est évident. C'est trop tôt. Calme-toi.

— Tu lui as dit quelque chose ?

— À Père ? Je lui ai dit que je ne t'avais pas vu depuis hier après-midi. Et oublie ce que tu es en train de penser ! Surtout, ne dis rien ! C'est vraiment ce que nous avons fait de pire jusqu'ici. Tu en as conscience ou pas ? Tu voulais lui en parler ? C'est le bouquet !

Lourenço soupire. S'il fallait en parler à quelqu'un, c'était d'abord à leur père, bien sûr. Mais pour lui dire quoi ? Et dans quel but ? L'époque où il les protégeait était loin, très loin. Alberto avait raison.

— Ne dis plus rien ! On va discuter toi et moi. De vive voix. Tout de suite, dit Alberto.

— Je ne peux pas aller au bureau maintenant…

— Ce n'est même pas la peine d'y penser ! Rien qu'à ta voix… Allez, tu me retrouves à la terrasse du mexicain, à Algés, près du fleuve.

— Dans combien de temps ?

— Je te donne une heure. Dépêche-toi ! *Et occupe-toi des vêtements !* Ceux que tu as mis hier. Ne les laisse pas chez toi.

Lourenço raccroche et jette son portable sur le lit ; il s'assied sur le petit canapé près de la fenêtre. Il se sent encore plus bouffi et écœuré. Il passe sa main dans ses cheveux clairsemés et gras, comme pour bloquer les souvenirs, puis sur son visage boursouflé et en sueur. Il n'a ni la force ni le sang froid de son frère. Il n'a pas son élégance, il ne ressemble pas à leur père, il n'y parvient pas tout simplement.

Il ferme les yeux et se rappelle le plaisir, l'enthousiasme des tournages et la bagatelle... Lui et son frère dans le petit bateau ; la fille qui hurle ; son frère qui lui demande une fois de plus ce qu'elle n'avait pas envie de faire.

Il voulait lui arracher sa robe blanche et Alberto avait essayé de l'aider. Pendant quelques instants, le bateau était parti à la dérive. Alberto l'avait repris en mains, retenant le moteur. Ils se trouvaient déjà tout près des vieux quais, de la zone du chantier naval où ils pourraient être plus tranquilles. La fille s'était mise à crier encore plus fort, des mots qu'ils ne comprenaient pas, Alberto avait dit à son frère de la faire taire

— « Cogne-la ! Qu'elle ferme sa gueule ! » Ce n'était pas la peine de le lui dire. Mais elle avait prévu le coup. Lourenço lui avait flanqué une gifle, il s'était senti mieux. Il lui avait donné deux coups de poing. Soudain, la fille s'était jetée à l'eau et s'était mise à essayer de nager. Et ensuite...

Lourenço s'enfouit la tête dans les mains. Dans une voiture, c'est plus facile : on ouvre la porte et on laisse sortir la femme, quitte à la payer un peu plus. Cela avait toujours résolu les situations les plus compliquées. Mais, là, ils n'auraient pas pu lui jeter des billets dans l'eau...

Lourenço se lève et sort de sa chambre.

Les salles de bains sont vides, la cuisine et le séjour aussi, la chambre de sa femme et celle de sa fille sont faites, la chambre d'amis, qui n'en avait jamais été une, est vide, le bureau, qui n'en a jamais été un non plus, vide lui aussi.

Lourenço se regarde dans la glace et n'aime pas ce qu'il voit : un homme de petite taille, plus gonflé qu'obèse, pas vraiment blond, avec l'air d'un enfant pris en train de faire une bêtise. Qu'est-ce qu'on fait quand on a tué quelqu'un ? C'est la première fois : et donc, il ne sait que faire.

3

Salvador Teles, l'homme aux cheveux blancs comme neige peignés en arrière, se sent à soixante-dix ans capable de créer un monde nouveau pour lui tout seul comme s'il était un dieu. Il se tient appuyé à la fenêtre et attend, en regardant dans la rue. Avec ses presque deux mètres de haut et ses yeux capables de cacher ce qu'il pense et ce qu'il ressent, il affiche cette attitude frôlant l'arrogance qui le caractérise depuis toujours. À cet instant précis, forcé de réfléchir à cette réunion qui va être décisive, après la petite trahison que représente l'absence de son fils Lourenço et alors qu'il se sent mal en point, il réprime la fureur à laquelle il a envie de céder et s'oblige à rester immobile, à se concentrer sur son objectif immédiat.

Ses yeux clairs se perdent dans la maquette et tous ses détails. Cet édifice, qui va instaurer une frontière entre la terre et l'eau, unira Lisbonne au Tage à travers un imposant centre nautique. Et ce sera sa couronne de gloire. Conçu par l'architecte irlandais David Kint, il évoque, sur un mode minimaliste et aérodynamique, un bateau stylisé. Il contraste – et Salvador avait perçu l'inquiétude que cela suscitait dans certains esprits – avec la monotone gare ferroviaire du Cais do Sodré et avec la gare fluviale peu originale surgie à cet endroit où l'on avait même accompli l'exploit de cacher une sculpture du Colombien Botero. C'est une chose qui l'a toujours dérangé : l'ignorance et le manque de goût des personnes en charge des affaires publiques.

Une petite plaque dans un coin porte l'indication *« By David Kint – to Salvador Teles and Chef-d'Œuvre Constructions et Travaux Publics, SA »*. Le nom de l'entreprise est un chef-d'œuvre d'imagination et probablement la seule réussite de son fils Lourenço. Comme d'habitude, il n'est pas là, contrairement à Alberto qui est arrivé au bureau à neuf heures, avant même la secrétaire – qui avait toujours fait partie du patrimoine entrepreneurial de Salvador –, a salué son père d'un baiser froid sur la joue gauche et s'est déclaré occupé par d'autres activités qui l'obligeaient à partir.

Physiquement plus proche de son géniteur, Alberto avait renoncé à être un « capitaine d'industrie » comme son père, assez tôt pour éviter à ce dernier les doutes qu'il pourrait avoir au moment de décider de l'avenir de son patrimoine.

Irréprochable dans son costume sombre contrastant avec une chemise blanche et une cravate bleue, Salvador s'impatiente, il essaie de ne pas perdre son sang-froid, il envisage de demander à Mariana, sa secrétaire de toujours, de passer des coups de fil pour chercher à savoir où ils se trouvent mais il sait qu'il ne doit pas le faire. Les deux hommes qu'il attend peuvent annuler au dernier moment, Lourenço peut ne pas venir, mais lui ne peut rien faire de plus. Il doit attendre, imperturbable, dans son petit bureau de Chef-d'Œuvre, une centaine de mètres carrés au troisième étage d'un immeuble semblable à tant d'autres qui ne révèlent rien des capacités de l'entreprise qu'ils abritent ni de leur propriétaire.

Il pousse un soupir et retourne à la fenêtre.

Quinze minutes se sont écoulées depuis l'heure fixée pour la réunion. Les deux hommes descendent d'une voiture sombre appartenant peut-être à la mairie (« Quelle imprudence », pense Salvador) qu'ils arrivent à garer juste à côté de sa discrète Aston Martin DB. Du côté du conducteur sort le conseiller municipal – qui en ouvrant la porte évite d'accrocher la voiture de Salvador, qu'il a reconnue. De l'autre, le directeur des services. Salvador se frotte les mains, souriant, et se dirige vers la porte de la salle de réunion.

Au secrétariat, à l'entrée, il entend Mariana : « Bonjour, entrez, je vous prie », et il se retourne, un large sourire aux lèvres. Il les salue, les conduit dans la salle, puis referme la porte.

Il ne leur offre pas de café, pas d'eau. Il ne branche pas la climatisation, ne leur propose pas de cendrier bien qu'il sache que le conseiller municipal fume. Il les fait asseoir sur de simples chaises tournées vers la table où se tient la maquette de l'édifice et il tire vers le champ de bataille son fauteuil pourvu de bras et d'un haut dossier qui le rend encore plus imposant, prêt pour le dernier affrontement de cette guerre.

Le Centre nautique du Tage est son dernier projet, il lui a été soufflé par un ancien conseiller municipal de la mairie de Lisbonne qui l'avait mis en contact avec le maire ; ce dernier avait apprécié l'idée de la construction de cet édifice audacieux sur un terrain municipal vide jusque-là, au bord du fleuve, signé par un architecte étranger et réputé. Le maire lui avait donné un « feu vert » conditionnel, puis avait transmis l'affaire au conseiller municipal concerné par ce dossier qui avait lui-même pris contact avec le directeur des services, un ingénieur timoré, ce qui avait fait passer de deux à trois le nombre d'intervenants dans le processus, déséquilibrant du même coup légèrement le budget initial.

Les doutes du directeur des services, effrayé de voir s'installer dans un si bref délai le chantier de Chef-d'Œuvre à cet endroit-là – ce qui pourrait provoquer un léger conflit avec un service municipal et un club de canoë qui devraient être déplacés – avaient poussé Salvador à convier les deux hommes à une réunion décisive, afin de ne pas perdre davantage de temps. Lourenço aurait dû être un participant silencieux, un témoin attentif. Mais, lorsqu'il s'assied à côté des deux hommes, Salvador cesse de penser à son absence. Il est prêt pour la bataille dont les règles ne sont pas très différentes de celles qu'il avait apprises lorsqu'il était jeune officier de cavalerie.

4

Alberto est déjà là à faire les cent pas, impatient, lorsque Lourenço arrive à Algés. Les lunettes de soleil cachent ses yeux pénétrants, apparemment concentrés sur le point où l'on cesse de voir l'autre rive et où l'on perçoit que le Tage finit par se libérer et rejoindre la mer.

De deux ans plus âgé que Lourenço, Alberto ressemble à leur père Salvador par sa forme physique et sa silhouette élancée. Lourenço a hérité de leur mère Eduarda : impulsif, obèse, plus petit, moins vigilant. À quarante-huit et quarante-six ans, respectivement, ils ne se font aucune illusion sur leur statut : ils ont renoncé à être des hommes d'affaires prospères et sont revenus à leur condition de *play-boy*. Heureusement indépendants de leurs parents, ils vivent des affaires que leur père leur a cédées, se prêtant à un jeu d'apparences qui n'empêche pas Lourenço de dormir mais qui dérange Alberto. Lourenço est toujours marié, ce qui l'arrange autant que sa femme,

Alberto, lui, ne l'est plus. L'un peut être *play-boy* à plein temps, l'autre seulement à temps partiel.

Lourenço gare sa BMW rouge derrière l'Audi sombre d'Alberto. Les deux voitures, neuves, avaient été des lots de consolation pour compenser la perte des postes d'administrateurs dans le *holding* du groupe dont le père s'était défait pour ne pas avoir à le leur laisser en héritage. Lourenço sort et active l'alarme qui émet un imposant *bip-bip*. Alberto hausse les épaules et ne dit rien. L'alarme de sa voiture est silencieuse.

— Ça fait une demi-heure que je t'attends, dit-il. Lourenço lui lance son regard d'adolescent indécis, qui n'émeut visiblement que leur mère. Les vêtements?

Lourenço montre la voiture.

— Je les ai mis dans un sac-poubelle. Sans étiquettes et sans rien dans les poches. Tout, même les chaussettes et le slip!

— Et qu'est-ce que tu as fait des étiquettes?

Lourenço ne répond pas. Il les avait jetées dans la poubelle de sa salle de bains. Alberto hoche la tête, il ne veut même pas écouter ce que son frère peut lui dire. Il lui tourne le dos et lui demande de le suivre, le long de la promenade qui longe le fleuve. Lourenço presse le pas, pour ne pas rester à la traîne. Il se sent parfois soumis aux ordres d'Alberto, comme si ce dernier prenait la place de leur père, et cela ne lui plaît pas. Mais il n'arrive pas à faire autrement.

Le fleuve, presque libéré en cet endroit du resserrement des deux rives, renvoie une image de sérénité. Et pourtant, la veille, à dix kilomètres de là, les deux frères avaient fait une chose qu'ils n'auraient jamais imaginée.

— Tu te souviens de Janeca, bien sûr ? demande Alberto, brusquement.

Lourenço hoche la tête en rougissant. L'enlèvement d'une jeune fille du nom de Maria João, les sévices qu'ils lui avaient infligés, puis son viol avaient été la goutte d'eau proverbiale qui avait fait déborder le vase, trente ans auparavant. Aucun des deux ne l'oublierait jamais. Tant pour l'excitation ressentie que pour ses conséquences.

— À l'époque, on s'en est tirés, rappelle Alberto, en s'arrêtant et en se retournant vers lui. Ses yeux, pénétrants, ressemblent à ceux de son père. Mais cette fois-ci, il n'y a rien qui puisse nous sauver ! Ni papa, qui ne doit pas savoir. Ni ses avocats. Ni ses amis. Ni les militaires qu'il connaissait et qui aujourd'hui font de la politique. Ni les illustres clients de ma discothèque qui ne font pas pire uniquement parce qu'ils sont adultes et qu'ils paient pour avoir ce que nous avons obtenu par la force. Tu comprends ça, n'est-ce pas ?

— Je… je vois la différence. Là, c'est un homicide. Et nous y étions toi et moi. Nous sommes responsables tous les deux, répond Lourenço.

Alberto sourit, il veut dire à Lourenço de se calmer. Mais il n'arrive pas à être sincère car il n'est pas tranquille lui non plus.

— Il faut regarder les choses en face, dit-il. Voir ce que nous avons fait et ce que nous n'avons pas fait. Et ce qui reste à faire. On a commis une erreur il y a trente ans, on ne peut pas laisser cette affaire en devenir une autre, n'est-ce pas ? Il faut réfléchir. Et voir le rôle de nos amis dans cette histoire…

— … Qui ont vu ce qui est arrivé.

— Non, ils n'ont rien vu, Lourenço ! Rick et Silveira ont juste vu qu'on est sortis du yacht avec elle et qu'on a pris le canot de sauvetage. Et ils ne nous ont pas vus rentrer. Ce qui s'est passé après, c'est notre problème.

— On était au milieu du Tage. Ensuite… sur le quai… quelqu'un peut nous avoir vus !

Alberto hoche la tête. Il avait pensé à ça toute la nuit. Mais il s'oblige à être sûr de lui.

— Il n'y avait pas de voitures ni de gens. *Personne !* Personne n'a rien vu, j'ai bien balayé le quai et les pontons avec la torche. Elle est restée là, nous, on est partis. Si on la retrouve morte, ça peut être n'importe qui d'autre.

— Mais elle était avec nous…

— Jusqu'à quand, Lourenço ? Elle a fait ce pour quoi on l'a payée, ensuite elle a voulu rentrer chez elle, nous aussi. On l'a conduite à terre. On a voulu faire un *rodéo*. Pas elle, OK, génial. Ça s'est passé comme ça : on est sortis avec elle en bateau, parce qu'elle a demandé à s'en aller. Tu étais bourré, je suis allé avec toi, on l'a laissée sur le quai, vers Belém, dans la zone des restaurants. Silveira et Rick sont restés sur le yacht, à la soirée. On ne parle pas du tournage. Il n'y en a jamais eu. Si on la retrouve morte, il n'y a plus rien qui la rattache à nous.

— Tu as l'air trop sûr de toi, Alberto.

Lourenço regarde en direction du fleuve. Un nuage rend le Tage plus sombre, sale. Lourenço détourne le regard, comme s'il craignait de voir le corps d'une femme vêtue de blanc jaillir des eaux, tel un fantôme. Les trois terrasses de cafés habituellement ouvertes sont fermées. Au fond, une ligne de pêcheurs. Deux hommes en tenue de jogging passent devant eux en courant. L'énorme bâtisse des services de contrôle de la navigation, propriété de l'administration du Port de Lisbonne, est la seule présence étrange, une espèce de tour de Pise qu'on aurait déplacée. Comparé à cet édifice, pense Lourenço, le projet extravagant de son père est une œuvre d'art, un chef-d'œuvre de Chef-d'Œuvre. Il se tourne vers Alberto.

— Tu te souviens de son nom ?

Alberto n'apprécie pas la question. Ils avaient trop bu, mais lui arrive à se contrôler, contrairement à Lourenço. Il se rappelle ses cheveux d'un blond presque blanc, ses pommettes qui lui donnaient une légère touche orientale, ses yeux verts. Ou bleu très clair.

— Et toi, Lourenço ?

— Elle s'appelait Irène. Non, Irina. Irina, c'est ça. Elle était russe ou ukrainienne. Et elle était… *récidiviste*.

— Absolument. Majeure et vaccinée. *Consenting adult*, comme dit toujours Rick. Elle savait ce qu'elle faisait, Lourenço. Personne ne demandera de ses nouvelles.

— Et le yacht? Tu leur en as parlé?

— J'ai parlé avec Silveira. Il est rentré à la marina, à Cascais. Ils étaient au milieu du fleuve, nous, on était déjà passés sous le pont, ils nous ont vus tourner en rond, on n'est pas rentrés. Ils ont pensé qu'on allait passer la nuit avec elle, ils sont partis.

— Il y a quelque chose dans les journaux?

— À ton avis? C'est toi qui t'y connais en marketing… d'après Père. Alberto se met à marcher dans la direction opposée. Il regarde la tour. On dirait qu'il n'y a personne là-dedans, pense-t-il. Et si elle s'effondrait? La nouvelle qu'ils redoutaient passerait à la trappe. Quelle heure était-il, Lourenço, quand c'est arrivé? Deux heures? Trois heures du matin? Les journaux sont fermés à cette heure-là et les radios ne peuvent pas être au courant si la police elle-même ne sait rien.

Alberto s'arrête près de la voiture de son frère.

— Rappelle-toi ce qui est arrivé et garde ton calme, dit-il. C'est simple, diaboliquement simple: je conduisais le bateau, tu as voulu la forcer, elle a refusé. Tu t'es mis à la frapper. Putain, Lourenço! Tu pensais que tu étais en train de frapper une de ces filles qui s'exécutent parce que tu les paies ou parce qu'elles aiment ça? Si tu avais le courage de frapper ta femme comme ça, tu aurais réglé ton problème avec elle depuis longtemps !

Lourenço rougit.

— Ça, ça ne te regarde pas. Je t'ai déjà prévenu... Et au moins, moi j'ai une femme. Toi non !

Alberto hausse les épaules. Lourenço veut donner l'image d'un couple heureux avec une fille adolescente, alors que leur maison est divisée en deux territoires. Lui n'a pas eu peur de se séparer de sa femme.

— C'est bon, poursuit-il. Tu lui as donné quelques gnons, tu l'as frappée à la tête. Moi, je ne pouvais pas lâcher le bateau. On s'est retrouvés près du quai, avant le Cais do Sodré. C'était l'occasion de la laisser partir. Elle s'est jetée à l'eau. Elle était dans un tel état qu'elle aurait tout raconté à la première personne venue. J'ai attaché le bateau à un ponton avec la corde de secours. Toi tu l'as suivie. Et tu n'as pas utilisé que tes mains...

— L'ancre... dit Lourenço, regardant involontairement ses mains, se rappelant les traces de sang sous ses ongles, les griffes ouvertes de la petite ancre en fer.

— Qu'est-ce que tu en as fait ?

— Elle est toute propre, bien lavée, refermée et enroulée dans la corde, répond Alberto. Maintenant, donne-moi le sac de vêtements.

— Et Silveira ? Et Rick ? demande Lourenço en ouvrant le coffre.

— Ils ne savent rien. J'ai déjà parlé à Silveira,

je vais parler à Rick. Ne t'en fais pas. Et toi, fais comme si de rien n'était quand tu les verras.

— Et Père ? Il ne pouvait s'empêcher de poser cette question.

Alberto hausse les épaules.

— C'est comme ça, Lourenço : lui, il ne doit pas savoir et toi, tu aurais dû aller à la réunion. Tu n'y es pas allé, tu n'as pas tenu parole, comme d'habitude, malheureusement. Tu dois être plus vigilant. Il ne faut pas qu'il se doute de quelque chose. On ne saura jamais s'il sera toujours de notre côté. Et on ne peut pas lui demander de nous aider, n'est-ce pas ?

Lourenço lui tend le sac. Il est sur le point de dire ce qu'il pense, que leur seule réussite, c'est de tout rater. Mais il se tait.

— Nous sommes indépendants, poursuit Alberto. Nous ne l'avons compris que quand il a vendu tout ce qu'il possédait parce qu'il n'avait pas confiance en nous. Pointe-toi à la discothèque à l'heure habituelle. La routine, Lourenço. C'est notre meilleure défense. À plus !

Alberto observe les yeux rouges et gonflés de son frère. Ça lui rappelle une autre époque. Lourenço, à côté de sa voiture rouge, courbé, semble plus petit. Alberto ébauche un sourire confiant, tandis que son frère monte dans sa voiture et démarre. Dans le temps, son père lui avait même suggéré de devenir acteur, comme son cousin Rick Dias, mais Alberto n'avait jamais fait les efforts nécessaires. Et il avait fini par ne jouer que dans les films réalisés par Silveira.

5

Alberto regarde s'éloigner la voiture rouge de Lourenço. Il saisit le sac de vêtements de son frère, ouvre le coffre et le jette dedans, puis referme le hayon d'un geste violent qu'il ne réussit pas à refréner. Il respire profondément et regarde le Tage. Mais il ne voit pas le fleuve. Ce qu'il voit c'est le désert, le désert que son père a créé.

Salvador Teles ne s'était pas contenté de leur confisquer les jouets, comme il le faisait lorsqu'ils étaient enfants pour les punir tout en oubliant qu'il y aurait toujours de nouveaux jouets. Il leur avait retiré, alors qu'ils étaient déjà adultes et responsables, l'empire qu'il avait créé, sans les en informer, sans expliquer ce que tout le monde avait compris : le fameux Groupe Edirta ne serait pas en sécurité entre les mains de ses fils. C'est pourquoi il l'avait vendu.

En deux ans, leur père avait liquidé ce qu'il avait mis quarante ans à construire. Tout – une maison d'édition qui publiait deux journaux, deux revues et de nombreux livres d'art, une maison de distribution de films et de jeux, une entreprise de nouvelles technologies et de multimédia (dotée d'une valeur ajoutée, celle d'un patrimoine riche en équipements), des cinémas, une entreprise destinée à produire des films portugais (qui, en lui conférant le statut de mécène, allégeait ses impôts), une entreprise de services et de *merchandising*, une agence de publicité et de communication, une entreprise de travail temporaire, des filiales en Afrique et une bonne position comme actionnaire dans une société de crédit d'une taille respectable et d'un bon rapport. C'était un empire entrepreneurial solide, qui portait le nom énigmatique de Groupe Edirta, même si personne, à part la famille et quelques proches, ne savait que ce nom provenait du diminutif donné à leur mère lorsqu'elle était enfant : Eduardita.

La bataille pour la conquête de son patrimoine fut remportée par l'une des plus grandes agences de télécommunications qui paya une somme astronomique, qui fut répartie de la meilleure façon possible afin que personne ne se sentît lésé. Seule resta, parce qu'elle n'appartenait pas au Groupe Edirta, l'entreprise Chef-d'Œuvre, créée par Salvador pour lui servir de *hobby* lorsqu'il prendrait sa retraite.

Salvador garda pour lui et pour sa femme les revenus de la vente du Groupe Edirta. Il établit des compensations pour Alberto et Lourenço, qui étaient des administrateurs non décisionnaires dans la société de gestion des participations sociales du groupe. Comme il savait qu'ils n'occuperaient pas ces postes longtemps, il avait gonflé les rémunérations et les compensations.

Plus tard, dans un élan d'amour paternel, il fit de beaux cadeaux d'anniversaire à ses deux fils. Pour Alberto, il acheta le fonds de commerce d'un restaurant et d'une discothèque. Il monta, au nom des deux, une entreprise de production et de distribution de jeux multimédia qu'il appela Multimédia Multi Action. Enfin, il garda Lourenço (qu'il trouvait incapable de faire autre chose) avec lui, à Chef-d'Œuvre, et le nomma directeur de *marketing*, ce qui lui convint parfaitement.

Entre-temps, Chef-d'Œuvre s'était révélé un bon investissement. Et Salvador constata que sans se soucier pratiquement de la gestion de l'entreprise (confiée à un ingénieur municipal), il avait déjà réussi à monter un projet de résidence fermée à Estoril, qu'il vendit à bon prix.

Il s'intéressa alors davantage aux projets en cours et bâtit un ensemble de villas dans le quartier du Restelo. Et, grâce à Chef-d'Œuvre, il eut encore le temps de construire le second siège de son propre groupe (qu'il vendit séparément, après avoir vidé l'immeuble) dans la zone de l'Expo 98.

Il fut également tenté d'exploiter un circuit d'importation de viande d'Argentine, mais il trouva le processus trop complexe et renonça à cette idée, réservant à la consommation familiale et à quelques fêtes la viande qu'il faisait venir et dont la qualité était à son avis supérieure à celle de la production nationale.

L'Argentine était d'ailleurs une référence obligée, puisque l'entreprise à la base du groupe avait été fondée avec le capital de la famille de sa femme.

La señorita Eduardita Mendoza, l'attirante Argentine héritière de biens considérables qu'il avait connue à Estoril, descendante d'Indiens, était très convoitée alors que Salvador n'était qu'un fringant officier de cavalerie. Elle était devenue Eduarda Mendoza Teles quelques mois plus tard. Elle lui avait tout donné ainsi qu'à leurs enfants, compensant ainsi la dureté paternelle qui n'avait fait que s'accroître avec les problèmes causés par Alberto et Lourenço.

Lourenço avait grandi dans les jupes de sa mère. Mais Alberto était resté dans l'ombre de son père, sans jamais comprendre que ce qu'il se permettait de faire l'éloignait de plus en plus de Salvador. Jusqu'à ce que soit atteint le point de non-retour avec la vente du Groupe Edirta. Alberto décida alors qu'il ne pardonnerait pas à son père. Mais jamais il n'eut le courage de s'opposer à lui.

La reconnaissance amère de sa lâcheté avait assombri ses jours. Seuls les divertissements nocturnes lui procuraient un peu d'apaisement : il essayait d'imiter l'attitude implacable de son père, la plupart du temps en compagnie de Lourenço ou parfois avec son cousin Rick, lorsque ce dernier était au Portugal. Aussi, lorsqu'il pense à ce qui est arrivé la nuit précédente, il se dit qu'il ne regrette rien. Et que s'il doit un jour éprouver des regrets, ce sera à Lourenço d'assumer toute la responsabilité de ce qui sera peut-être considéré comme un crime, si l'affaire n'est pas étouffée efficacement.

6

La sirène de la voiture de la PSP avec sa myriade de lumières brise l'enthousiasme paisible des pêcheurs, concentrés sur leur activité. C'est un exercice apocalyptique d'autorité, une prédiction de morts et de blessés, l'annonce que le monde va être sauvé ou bien qu'il va être l'objet d'une invasion qui effraie déjà les deux seuls gardiens de voiture qui travaillent dans cette zone du quai jusqu'au début de l'après-midi, mais aussi les poissons, auxquels les pêcheurs finissent par renoncer.

La voiture bleu et blanc, des plus récentes, se faufile entre les véhicules garés et ne s'arrête que tout près du ponton marqué d'un P, pour *Parking*, où le pêcheur avait vu ce qu'il pensait être du sang. Laissant ses deux cannes à pêche à leur place, il se dirige vers les deux policiers qui sortent de la voiture, dont la lumière bleue ne cesse de clignoter.

Le lieu du crime supposé est isolé par des planches. Comme toujours, il est évident qu'on ne peut pas s'y garer. Les deux agents de la PSP écartent les planches et se mettent à délimiter la zone avec un ruban bleu et blanc.

— Si vous aviez tardé davantage, il aurait pu pleuvoir – dit le pêcheur qui avait trouvé la tache – et tout ça se serait effacé. Cela faisait une heure et demie qu'il avait téléphoné.

Un des deux agents ouvre la bouche pour lui répondre, mais l'autre, qui se trouve plus près de l'eau, l'appelle. Tous s'approchent de l'eau, les deux policiers et les deux pêcheurs. L'agent s'accroupit, aussitôt imité par son collègue qui demande aux pêcheurs de s'éloigner. Les pêcheurs ne bougent pas.

— On dirait du sang, ces guenilles peuvent être n'importe quoi… mais ça, là – et l'agent accroupi désigne les ordures qui flottent dans un coin, entre le vieux quai et le ponton – j'ai l'impression que c'est une poignée de cheveux. Blonds… Il se relève, l'air dégoûté, regardant l'eau. Toutes ces saloperies…

Le bleu du matin avait disparu, le fleuve était sombre, couleur de plomb.

— C'est vraiment des cheveux ? demande l'autre.

— On dirait. Éloigne ces deux civils et isole la zone, laisse juste la place pour laisser passer les voitures. Ensuite appelle le commissariat. L'agent se baisse à nouveau et, en tirant vers lui sa matraque, essaie de pêcher ce qu'il a trouvé.

Il ramasse un bout de corde, quelques algues, deux préservatifs (l'un blanc, l'autre rouge), un sac en plastique tout déchiré et la mèche de cheveux blonds. Les cheveux restent attachés par un bout de peau, de cuir chevelu, ce qui lui retourne l'estomac. Il s'agit bien d'un acte de violence. Si c'était à lui de prendre des décisions (les seules, les plus sérieuses, qu'on le laissait prendre concernaient les automobilistes et les voitures), il enverrait analyser ces restes et demanderait aux pompiers de fouiller le fleuve. Mais ce n'est pas de son ressort.

Il reste debout, les cheveux suspendus au bout de sa matraque. Au loin, des personnes commencent à se regrouper.

7

La vieille Golf fait trois fois le tour du bloc d'immeubles en pétaradant, réussit à éviter à deux reprises l'entrée de la gare et finit par s'arrêter sur un trottoir, à côté d'une plate-bande de gazon séché, jonché de papiers, de mégots et de crottes de chien. Le conducteur, petit et maigre, cheveux blonds en bataille, blouson et jean ordinaire, regarde le petit arbre qui essaie de pousser à cet endroit, puis les fenêtres de l'immeuble, jusqu'à ce qu'il identifie celle d'où Irina lui avait un jour fait signe.

À quelques mètres de là, séparé des immeubles par un grillage métallique, un train qui semble interminable émet une traînée sonore qui le rend encore plus sinistre.

L'homme éteint le moteur, met son portable dans l'une de ses poches, hésite mais finit par sortir et se dirige d'un pas vif vers la porte d'entrée qui se trouve de l'autre côté de l'immeuble. Il pense toujours à la même chose quand il se rend là-bas, dans ce labyrinthe inextricable de Queluz, une des plus anciennes et des plus tristes banlieues de Lisbonne : les façades ne donnent jamais sur la voie ferrée, mais les chambres des différents étages sont presque collées à elle. Ce devrait être le contraire : les halls d'entrée, c'est sans importance, mais les gens devraient pouvoir dormir sans être obligés d'entendre passer les trains.

L'homme hésite encore, mais il finit par sonner au cinquième étage en face, d'où vient la voix de la maîtresse de maison.

— *Senhora* Paula, dit l'homme, sans retirer son doigt de la sonnette. Son accent est doux, pour une fois sa nervosité ne l'empêche pas de bien prononcer les *r*.

— *Senhora* Paula ! *Dobri den !* Bonjour. C'est Evgueni. *Senhora* Paula ! Ouvrez-moi !

Une voix de femme répond et le verrou de la porte s'ouvre. Des deux ascenseurs, l'un est en panne et l'autre est arrêté plus haut. Evgueni qui à Moscou avait connu peu d'ascenseurs en état de marche se laisse entraîner par sa nervosité et gravit l'escalier quatre à quatre.

La femme, petite et grosse, la soixantaine, même si elle ne la faisait pas, arrive à la porte vêtue d'une robe de chambre bleue à volants. Ses yeux expressifs posent des questions muettes, ils ont du mal à supporter le poids du sommeil qui l'engourdit encore.

Elle s'appelle Paula et loue la plupart des pièces de l'appartement à des femmes venues de l'Est. Elle a déclaré un jour que cette préférence était une manière simple mais sincère de leur manifester un peu de l'internationalisme prolétarien qu'elles avaient perdu mais qui était encore pour elle une valeur morale. On ne lui connaît pas de compagnon fixe, seulement un visiteur irrégulier, trapu, peut-être du même âge, avec pour particularité des cheveux gris attachés en queue-de-cheval. Pour Evgueni, qui surgit des escaliers hors d'haleine, elle est son dernier espoir.

— Irina ? Elle est là ? demande Evgueni.

— D'abord, bonjour, Evgueni, répond la femme. Non, Irina n'est pas là. Puis elle fait un clin d'œil et ébauche un sourire. Je croyais même qu'elle avait passé la nuit avec toi. C'est avec toi qu'elle est, non, quand elle ne dort pas ici ?

Evgueni serre instinctivement son portable dans sa poche, comme s'il voulait l'obliger à sonner et à faire apparaître la voix d'Irina.

— Alors, tu ne sais pas où elle est, Evgueni ?

Evgueni lui lance un *« Spassibo ! »* (« Merci ! ») et lui tourne le dos. Son sourire et son mépris le font fuir. Il descend l'escalier à toute vitesse et ne s'arrête que devant la voiture. Il regarde à droite et à gauche (il a beau avoir de vrais papiers en règle, il a toujours peur de se faire contrôler par un policier). Il monte dans sa voiture, appuie sa tête contre le volant et ferme les yeux. Le monde au-dehors est un chaos hostile et Irina, une garantie pour l'avenir. S'il ne la retrouve pas, que va-t-il devenir ?

Il envisage d'aller à la police mais rejette cette possibilité. Il peut aussi la chercher dans les hôpitaux, mais aucun lien familial ne les reliant, rien ne justifie qu'il aille poser des questions sur une femme qu'il n'a pas vue depuis la veille… juste parce qu'il ne la trouve pas le lendemain matin. Irina ne vit pas avec lui, ils ne sont pas unis légalement, ce n'est qu'une immigrée de l'Est, avec de vrais papiers, certes, mais les flics sont toujours des flics. De plus, Irina a toujours manifesté une certaine indépendance par rapport à lui et elle a sa propre vie, même s'il lui a promis fidélité et mariage. Evgueni hoche la tête, désespéré. Les yeux verts d'Irina ne quittent pas son esprit.

8

À une heure tapante, lorsque Mariana entrouvre la porte de son bureau pour lui dire qu'elle va déjeuner, Salvador est encore fringant. Pas ses interlocuteurs.

Le directeur des services est le premier à craquer : il transpire abondamment et, profitant de la trêve offerte par l'intervention de la secrétaire, il demande s'il peut ôter sa veste. Le conseiller municipal regarde ostensiblement la pendule. Aucun des deux n'a la moindre chance de l'emporter.

À deux heures, le directeur des services regarde lui aussi la pendule, puis le conseiller. Il acquiesce de la tête. Salvador, impassible, lève ses mains aux doigts fins et aux ongles brillants et les passe sur ses cheveux blancs. Il observe les deux hommes, sans céder au désir de sourire.

À trois heures, la réunion est terminée. Le directeur des services et le conseiller municipal, qui transpirent à grosses gouttes, se montrent satisfaits.

Salvador aussi. Tous sourient, l'un ne voulant pas crier victoire, les autres ne pouvant avouer leur défaite. Salvador en rira plus tard, tout seul sans doute, car il ne peut confier à personne qu'il a arraché leur accord pour les travaux et qu'il a réussi à faire baisser le prix des « dépenses confidentielles » que son comptable réprouve tant. Après avoir raccompagné les deux hommes, Salvador reste un moment dans son bureau, range les chaises et aère la pièce. Il regarde la maquette, satisfait.

Il avait fait en sorte, au moment de la construction du Centre nautique du Tage, d'essuyer un refus pour pouvoir négocier un plus grand espace sur les côtés du terrain, qui empiéterait sur la zone de la gare fluviale sans l'occuper tout à fait, et il avait ainsi incité le conseiller municipal et le directeur des services à proposer eux-mêmes cette solution en leur laissant le temps de penser que c'étaient eux les gagnants. À la fin, tous les prix avaient été réajustés et les délais prévus étaient même conformes à ses souhaits : plus courts. De plus, les deux hommes avaient dissipé un dernier doute, même s'ils n'avaient pas fourni les cartes et les diagrammes qu'il avait exigés : le sous-sol supporterait le poids de la construction.

À son retour, Mariana demande si tout s'est bien passé. À une certaine époque, Salvador partageait certains moments de sa vie avec elle. Un jour, il décida de tout arrêter. La crise dura peu de temps : Mariana passa de simple secrétaire dans le Groupe Edirta à secrétaire de direction à Chef-d'Œuvre, avec un salaire trois fois plus important et un horaire très souple. C'est pourquoi Salvador se contente de dire oui et sort.

Il n'a pas envie de déjeuner seul, mais il n'a pas le choix. Il n'a pas de nouvelles de ses fils et l'absence de Lourenço à la réunion est une faute à laquelle il ne veut pas accorder d'importance. Sa présence les aurait peut-être tous embarrassés, d'une façon ou d'une autre. Il téléphone chez lui et on l'informe qu'Eduardita est sortie déjeuner avec des amies.

Salvador a toujours aimé être seul pour organiser ses pensées mais dernièrement cela l'ennuie. Chef-d'Œuvre lui prend peu de temps et les coups de téléphone ainsi que quelques déjeuners dans des restaurants de luxe font des miracles. Des trois objectifs qu'il s'est fixés un an auparavant, le Centre nautique du Tage est le seul à pouvoir être géré à distance, dès que les travaux débuteront ; les deux autres – retourner avec Eduardita dans les propriétés de sa famille en Argentine et vivre assez longtemps pour pouvoir y passer quelques années – brouillent son raisonnement chaque fois qu'il consulte son calendrier intérieur.

Avec sa santé de fer, en apparence, du moins, sa taille imposante et ses yeux qui mettent mal à l'aise ses adversaires, Salvador continue à être jalousé et craint et il sait que sa décision de se défaire du groupe qu'il a créé et développé et d'en écarter ses deux héritiers a renforcé sa position d'entrepreneur implacable et rigoureux. Tout le monde savait qu'aucun des deux fils ne réussirait, même en partageant le pouvoir avec des personnes expérimentées, à maintenir le Groupe Edirta à flot, mais personne n'aurait eu le courage de le lui dire en face. Prenant les devants, Salvador avait une fois de plus remporté ce qu'il considérait comme une bataille. Dans laquelle il avait mis à terre Alberto et Lourenço, espérant ainsi leur faire comprendre qu'ils n'avaient jamais réussi à être à la hauteur de ses attentes.

Après avoir, à la demande d'Eduardita, offert à Alberto et à Lourenço de petites affaires qui lui semblaient plus faciles à gérer, il leur avait proposé d'être propriétaires d'un haras dans le Ribatejo, pour élever des chevaux et monter une école d'équitation. Comme cela se faisait dans une des *fincas* des Mendoza. C'était la dernière chose qu'il était prêt à faire pour eux. Ils avaient demandé combien cela coûterait et avaient tous deux répondu qu'ils préféreraient avoir un yacht et un appartement chacun à Cascais, avec vue sur la baie. Eduardita avait regardé son mari de ses yeux couleur de plaine crépusculaire, et Salvador avait accepté. Et il avait jeté l'éponge.

Il finit de déjeuner tard, l'humeur sombre, malgré sa victoire. Retourner au bureau ne lui dit rien. Peut-être rentrera-t-il chez lui se promener dans le jardin, sentir l'humidité de la terre, des plantes et des arbres recouverts de lierre. Et céder au charme de la vue sur la montagne de Sintra.

Il traverse la rue, pour retrouver ce qu'il considère comme un de ses caprices, une Aston Martin DB, cette voiture de sport semblable aux miniatures qu'il avait offertes à ses fils d'où sautait un minuscule bonhomme représentant l'agent secret 007. Il la garait n'importe où, il avait refusé d'avoir un garage à Chef-d'Œuvre et il la laissait toujours bien en vue, sachant qu'elle était l'objet de nombreux regards admiratifs et envieux. Lorsque quelqu'un lui disait que c'était risqué de la laisser dans la rue, il haussait les épaules et souriait intérieurement. Sa voiture est discrète, elle a l'air de coûter moins que ce qu'elle vaut et il sait qu'il peut en acheter une autre quand il veut. Il ne l'avait jamais dit à personne mais, au volant de son Aston Martin il se sentait plus jeune. Et, dans ces moments-là, il lui était arrivé de se surprendre à ressentir au fond de lui ce qu'il imaginait qu'Alberto éprouvait.

9

La brigade de la police judiciaire arrive aux alentours de trois heures.

Elle est constituée de deux inspecteurs, dont l'un en costume cravate, et d'un troisième qui se présente comme « technicien ». Les premiers avaient avalé leur déjeuner en toute hâte. Le technicien n'avait pas eu le temps de manger. À leur arrivée, les trois hommes reçoivent une explication rapide de la part des agents de la PSP qui s'efforcent de tenir à distance les curieux et les caméras de télévision. Ils inspectent la zone et recueillent les mèches de cheveux blonds encore attachés à un morceau de peau.

Le pêcheur qui avait appelé le 112 est identifié et averti qu'il sera convoqué pour faire une déposition, « en principe, comme témoin ». On l'éloigne de la scène du crime et on lui conseille de rentrer chez lui. L'homme qu'on vient de désigner comme témoin trouve qu'il a eu assez d'ennuis pour la journée et décide de rentrer chez lui après avoir confié à son compagnon de pêche : « J'aurais dû me douter que je n'allais m'attirer que des ennuis. »

Une jeep des pompiers arrive à trois heures et demie avec à son bord un commandant. Celui-ci dit aux agents de la PJ et à ceux de la PSP que ses hommes-grenouilles sont meilleurs que ceux de l'Institut de Secours aux Naufragés tout en montrant du doigt, sur la droite, le bateau qui s'approche avec deux plongeurs.

Les recherches se prolongent jusqu'à la tombée de la nuit. Les plongeurs finissent par remonter bredouilles. Sur le quai, tout au long de l'après-midi, passent plusieurs équipes de reportage de télévision et de radio, des photographes de journaux et des journalistes armés de micros, probablement alertés par des employés municipaux.

L'inspecteur en costume cravate fournit une explication rapide en passant sous silence les cheveux blonds. Mais il ignore que les restes trouvés ont été vus de loin et que les pêcheurs en ont parlé à ceux qui les interrogeaient.

La situation devient déprimante : l'absence de corps fait que l'événement ne peut, techniquement, être considéré comme un crime. Mais il y a, malgré tout, matière à information.

Alberto et Lourenço écoutent les premières nouvelles à la radio : des voix excitées émettent l'hypothèse d'un crime violent près du Cais do Sodré.

Lourenço, qui n'était arrivé à Chef-d'Œuvre que dans l'après-midi, a écouté la radio dans sa voiture en rentrant chez lui en fin de journée et, alarmé, il s'est égaré en chemin. Sa femme ne l'attend pas, sa fille croit qu'ils sont divorcés ou sur le point de l'être. Ils se voient à peine au quotidien et Lourenço affirme que s'il ne quitte pas le domicile conjugal c'est uniquement pour ne pas faire de peine à sa mère qui s'était déclarée très attristée par la séparation d'Alberto. Aussi, n'ayant aucune justification à donner sur son heure de retour, il va à la marina noyer ses tourments à la terrasse du café en contemplant son yacht. Alberto écoute les nouvelles dans le bureau de son restaurant à Alcântara car, bien qu'il ne veuille pas le montrer, il commence lui aussi à être anxieux. Il utilise la radio de son portable et, en faisant défiler les différentes stations, il constate qu'elles disent toutes la même chose. Il écoute tout en regardant les menus et s'aperçoit qu'il n'a plus envie de dîner et que le chef de luxe qu'il a placé à la tête de l'établissement s'impatiente en cuisine, attendant qu'il se décide. Le nom du restaurant – *Maître Alberto* – existait déjà et explique peut-être que son père ait décidé de lui offrir cet établissement. Mais Alberto intervient peu dans les affaires courantes. Il contrôle les choses, essaie d'évaluer si on le vole beaucoup, discute avec le comptable. Il laisse le reste à la charge du chef, un cuisinier portugais doté d'un accent français, ex-émigrant au Canada, qui a publié des livres, fait des apparitions sporadiques dans des revues people. Ses recettes portent des noms plus copieux que la quantité de nourriture qu'il met dans les assiettes, mais c'est la mode et personne ne s'en plaint.

Seul dans son bureau, au milieu de caisses de bouteilles ouvertes ou sur le point de l'être, il considère que le travail a été mal fait – ils auraient dû emporter le corps au lieu de le laisser sur place. Il est inquiet.

10

Pour Evgueni, Irina est sa fiancée bien qu'elle n'ait pas encore accepté sa demande en mariage parce qu'elle est trop fière – c'est la seule explication – pour dire qu'elle n'a pas encore assez d'argent pour fonder une famille et pour qu'ils aient leur propre maison. Evgueni se sent donc responsable d'Irina, et il sait aussi que comme lui, elle travaille dur pour amasser de l'argent. Elle est mannequin, à ce qu'elle dit, mais elle se résigne parfois à travailler dans un salon de coiffure. Lui est employé dans un magasin d'électroménager et met à profit ses connaissances acquises lors de ses études d'Ingénierie électronique à l'université de Moscou pour réparer des appareils électriques. Il n'écoute pas les nouvelles et, s'il les avait écoutées, il n'y aurait probablement pas prêté attention. Son inquiétude augmente : toujours pas de trace d'Irina, il ne l'a pas trouvée chez elle, il ne sait pas où elle travaille et son portable reste muet.

Evgueni appartient à une époque où les gens disparaissaient parfois à Moscou. Là-bas, on pouvait toujours trouver une explication plausible. Mais ici, à Lisbonne? D'une part, Irina ne serait pas partie sans l'avertir; d'autre part, les gens ne se volatilisent pas tout d'un coup pendant la nuit. Pour Evgueni, c'est là un des grands avantages de l'Europe.

À la tombée de la nuit, Evgueni décide qu'il ne peut attendre davantage et se met en route.

Il traverse la ville, fait plusieurs fois le tour du Cais do Sodré avec sa vieille Golf, avant de prendre la Rua São Lourenço et de trouver une place dans la Rua Nova do Carvalho, où quelques prostituées d'un âge avancé le regardent, indifférentes. Certaines travaillent à leur compte, d'autres dépendent de bars traditionnels, qui survivent encore à côté de bureaux, de *snack-bars*, de boutiques et d'immeubles en ruine.

L'homme qu'il cherche quitte habituellement son travail vers cinq ou six heures et part à pied, indifférent aux mines aguichantes des femmes qui continuent à l'appeler, jusqu'à une taverne ancienne, transformée en *snack-bar*, sur la Praça de São Paulo. C'est le Solar, là où il va tous les jours, s'autorisant à rester jusqu'à tard, pour boire et manger.

À cette heure-ci, Evgueni sait qu'il sera facile de lui parler. Plus tard… ce sera sans doute plus difficile. Evgueni l'a connu à Moscou, mais dans des circonstances très différentes. Et, bien qu'il le considère déjà comme son beau-frère, il le craint toujours et l'imagine doté d'un pouvoir que les autres ne voient peut-être pas. C'est aussi pour ça qu'il a la certitude que c'est la seule personne qui puisse l'aider. Fort de cette conviction, plus solide que toutes les indécisions contre lesquelles il s'est toujours battu, Evgueni s'arrête à la porte du Solar, comme s'il attendait l'autorisation d'entrer.

Le frère d'Irina est assis au fond, immobile, face à la porte, dos au mur, les yeux apparemment fermés et la tête appuyée contre les azulejos. Il occupe deux tables et plusieurs chaises. Son bras gauche repose sur la table, sur laquelle sont posés une assiette contenant la moitié d'un pain, une chope de bière pratiquement vide et un verre plus petit rempli d'un liquide transparent. Ce n'est ni de l'eau, ni de l'eau-de-vie, mais de la vodka, elle provient d'une bouteille dont l'étiquette porte un nom écrit à la main. Son bras droit repose sur ses cuisses. Sa jambe gauche est croisée sur son genou droit. On dirait qu'il dort ou qu'il est à moitié mort, mais Evgueni sait qu'il n'en est rien. Dans un coin de la salle, un téléviseur hurle. Seuls deux hommes lui accordent quelque attention, des frères presque jumeaux. Ce sont les fils du Galicien qui a fondé le Solar, ils restent stoïquement derrière le comptoir jusqu'à la sortie du dernier client.

L'homme est blond comme sa sœur, bien qu'il ait les cheveux coupés à ras. Il a comme elle les yeux verts (qui parfois semblent virer au bleu), et les pommettes légèrement saillantes, ce qui leur confère à tous deux un air presque oriental. Il est grand et massif, mesure presque deux mètres, ses bras sont longs et ses mains trapues se terminent par des doigts que le travail manuel a épaissis. Evgueni s'était souvent demandé si ces doigts pouvaient encore entrer dans la gâchette d'une arme à feu, il pensait que non. Evgueni avance et s'arrête, comme s'il attendait un signe. Il fait deux pas en avant et un pas en arrière. Le frère d'Irina ne bouge toujours pas, mais il suit l'avancée d'Evgueni, qui regarde les deux hommes au bar, comme à son habitude, comme s'il demandait le droit d'entrer. Le frère d'Irina se détache du mur et répond à la question silencieuse d'Evgueni par un signe de tête.

— *Dobri vetcher*, murmure Evgueni, en russe, en s'approchant de la table.

Le frère d'Irina regarde en direction du bar et répond à Evgueni.

— Camarade Evgueni, tu ne veux pas parler en portugais ? Sa voix qu'accompagne un sourire est traînante, elle bute sur les *r*. Mais son portugais est presque parfait. *Proklyátie !* Maudit sois-tu, Evgueni ! Ce n'est pas très poli de parler dans une langue que les maîtres de maison ne connaissent pas, tu le sais bien ! Combien de fois, je te l'ai dit ? Ils peuvent penser qu'on est en train de préparer un mauvais coup ! L'un des hommes au bar fait un geste cérémonieux. Ils sont aimables, ces messieurs, et nobles ! Ils descendent d'aristocrates de Galice, tu sais ? Ils te laissent parler russe, Evgueni ! Alors, au lieu de me dire « bonsoir », tu peux effectivement me saluer en russe et moi de même : *Dobri vetcher*, Evgueni ! s'exclame-t-il.

Evgueni se lance :

— Il y a un problème ! C'est grave !

Il se met à parler tout bas, la voix étranglée, replié sur lui-même comme s'il avait peur, il observe les yeux verts du frère d'Irina qui semblent changer de couleur, prenant des nuances bleutées.

11

Les lumières extérieures ne sont pas encore allumées quand Lourenço, venu directement de la marina de Cascais sans être passé chez lui, arrive à la discothèque de son frère, le Dance Spring. Sa cravate est de travers, sa veste froissée, sa chemise beige trempée de sueur et l'eau de Cologne ne réussit pas à masquer son odeur de transpiration. Son visage bouffi dissimule la peur qui se lit dans ses yeux.

Lorsque la porte s'ouvre, son champ de vision est aussitôt envahi par un homme aux bras aussi gros que des troncs, vêtu d'un T-shirt noir très moulant qui met en valeur ses muscles et se confond presque avec la couleur de sa peau : Conan, le portier, l'inamovible agent de sécurité, le gardien des vertus du Dance Spring.

Adepte de culturisme et d'arts martiaux, ancien vigile professionnel, le géant qui supervise la sécurité de la discothèque avait troqué son nom d'origine que personne n'arrivait à prononcer contre le nom d'un héros de la littérature populaire à qui Arnold Schwarzenegger avait donné vie au cinéma. Et tout le monde trouve que, vu de profil, Conan ressemble vraiment à Schwarzenegger... en deux fois plus imposant et avec la peau plus foncée.

Lourenço tremble chaque fois que Conan lui tend la main et qu'il saisit ses doigts avec ses espèces de cylindres métalliques articulés. Il a l'impression qu'il va se retrouver infirme à vie. Mais la poignée de main de Conan revêt ensuite la douceur que le géant noir réserve aux intimes d'Alberto et aux femmes qu'il séduit.

— Entre, dit Conan, avec un sourire.

Il est parfait, quoiqu'effrayant, en matière de relations publiques. Alberto est assis avec son cousin Rick Dias à la seule table occupée dans un des angles de la salle, de l'autre côté de la piste de danse. Les écrans de télévision sur les murs sont encore éteints. Une bouteille de whisky à moitié pleine, un seau à glace, deux verres et un cendrier sont posés sur la table en métal. Alberto traverse la piste de danse et saisit Lourenço par le bras tout en l'examinant.

— Tu vas bien ? Tu as vraiment mauvaise mine, dit-il, le cachant aux regards de Rick.

— Tu as entendu la radio ? La police a trouvé du sang sur les lieux et soupçonne un... acte de violence !

— Oui, répond Alberto en baissant la voix. Mais les plongeurs n'ont rien trouvé. Tu as entendu ça aussi, non ? Allez, calme-toi.

Lourenço hausse les sourcils. Ses yeux trahissent sa peur.

— Peut-être qu'elle est vivante et qu'elle a réussi à s'en sortir toute seule. Comment le savoir ?

— Impossible. Elle ne peut pas être vivante, enfin ! Rappelle-toi bien…

Lourenço ferme les yeux. Il ne veut pas se rappeler.

Mais il ne se contrôle pas.

— C'est ça qui me terrifie. Je lui ai démoli le visage… et la tête !

Alberto sourit malgré lui.

— Tu vois bien ! Comment est-ce que quelqu'un pourrait savoir ce qui s'est vraiment passé ? Ou l'identifier ? Crois-moi : elle est morte. Ils ne retrouvent pas le corps, c'est tout. Allez, viens, allons voir Rick.

Mais Lourenço ne bouge pas.

— Tu sais que c'est arrivé juste à côté du parc municipal, là où il y a les engins de Père… ?

— Rappelle-toi ce qui s'est passé, bon sang ! C'est là-bas, au bureau qu'on voulait l'amener, non ?

Lourenço ne sait que répondre. À la table, Rick lève la main pour l'appeler. Conan, appuyé contre le comptoir, prêt à donner des ordres aux employées qui sont sur le point d'arriver, ne le quitte pas des yeux.

— Tout s'est passé à l'extérieur du chantier, dit Alberto. Ça n'a rien à voir avec Père ni avec Chef-d'Œuvre. C'est une coïncidence. Bon, on va voir Rick maintenant. Alberto fait demi-tour entraînant son frère à la table.

— Rick a posé des questions ?

— Oui, sur la nana. Je lui ai dit qu'on a passé une super nuit, qu'on lui a tout payé et qu'il ne faudra plus compter sur elle.

— Et les infos ?

— S'il a entendu quelque chose, ça ne lui a pas paru important. Et personne d'ailleurs n'y fera attention. Alberto regarde Rick. Il s'arrête. Ne t'inquiète pas pour les infos, Lourenço. Cet établissement reçoit des gens connus et la question de ce qu'on a trouvé ou de ce qu'on trouvera sera traitée comme il se doit. Il le pousse vers la table et lance un sourire à Rick. Et voilà le veinard qui s'est le plus éclaté avec la femme… il ne lui restait plus que les petits os à sucer !

Rick Dias, né Ricardo Mendoza Dias, éclate de rire et lève son verre pour trinquer. Fils d'une cousine d'Eduardita Mendoza, il avait débuté vingt ans auparavant une carrière d'acteur avec de petits rôles dans des films sud-américains, avant de partir vers le nord à la conquête d'autres rôles tout aussi modestes dans des productions indépendantes d'Hollywood où il jouait toujours le méchant. Il avait alors pris le nom de Rick Dias. Au Portugal, c'est une célébrité : un grand comédien, qui travaille dans les plus grands studios du monde. La fréquentation de gymnases et de cliniques d'esthétique lui donne un physique parfait. La peau brune, les cheveux immuablement châtain clair, les yeux marron, il passe habituellement six ou sept mois par an au Portugal et, tout comme lorsqu'ils s'étaient connus, à l'adolescence, c'est un compagnon fidèle des deux frères. Et une mine de bonnes idées en matière de plaisirs.

— Ça va? demande-t-il à Lourenço.

Lourenço lui décoche un sourire avant de répondre l'incontournable « Ça va ! » Alberto rompt le silence comme il peut.

— Aujourd'hui, il rentre tôt. Il a travaillé dur et depuis l'aube.

Conan s'approche, un autre verre à la main, Alberto y verse du whisky et Lourenço l'avale d'un trait, sans attendre les glaçons.

— Alors, aujourd'hui, pas de… fête? Aucun rodéo de prévu? demande Rick. Ses yeux passent d'un frère à l'autre. Ce qui l'intéresse n'est pas là, du moins pour l'instant.

— Je ne sais pas, il vaut peut-être mieux que je fasse le grand frère aujourd'hui, dit Alberto en riant.

— Attention, Alberto, si tu pars maintenant, n'oublie pas que le yacht doit être nickel, avertit Rick.

— Mais tu as dit qu'ils s'étaient occupés de tout… Alberto se tourne vers lui, l'air surpris.

— Il n'y a plus de bouteilles par terre, ni de restes de pétards, pas de préservatifs ni de mégots sur les banquettes. Et Silveira a emporté les appareils. Mais il peut y avoir encore quelque chose qui traîne. Imagine que ton père ait envie d'aller se balader et qu'il tombe sur une petite culotte!...

Et Rick éclate de rire en saisissant son verre.

12

— Serguei, dit Evgueni. Il faut penser à Irina…

Les portes du Solar sont fermées. Le frère d'Irina se redresse et respire profondément, comme si l'air froid de la nuit allait lui apporter un nouveau souffle. La place devant le *snack-bar* est déserte, pas un chat, les femmes aux coins des rues ont disparu. Il se tourne vers Evgueni.

— Même Irina ne m'appelle pas Serguei, et elle me connaît depuis qu'elle est née.

Le visage du petit Russe transpire d'angoisse, même dans l'obscurité. Il a bu beaucoup de bière et forcé sur la vodka et il ne tient pas l'alcool comme lui. Il regarde l'homme qui se tient devant lui sans savoir que dire.

— Ne m'appelle pas Serguei, Evgueni ! Ne fais pas de moi quelqu'un d'autre. Mon nom est Oulianov. Tu veux, toi aussi, effacer le passé ?

Evgueni ne répond pas. Le petit Russe racontait toujours que la première fois qu'il avait vu Oulianov, c'était lorsqu'une délégation de la Neuvième Direction du Comité pour la Sécurité de l'État, le mystérieux organisme plus connu sous le nom de KGB, avait visité son école à Moscou, mais Oulianov ne se souvenait pas de lui, parmi tant de jeunes garçons et filles. Dans cette école, Evgueni était l'un des militants les plus enthousiastes de la Jeunesse communiste, le Komsomol léniniste, et Oulianov un héros, un véritable héros soviétique : le major Serguei Denisovitch Tchekhov, une des légendes du KGB en Crimée, en Arménie et en Azerbaïdjan, glorifié par les fabricants de légendes du régime avant que leur monde ne s'achève. Le nom de guerre qu'il s'était choisi – Oulianov – semblait poser quelques problèmes.

Le jeune Serguei, né à Moscou où il avait grandi, avait été un élève et un pionnier exemplaire, un militant charismatique du Komsomol léniniste et, après un passage par l'Académie politico-militaire Lénine, un brillant diplomate de la toute récente Académie militaire Frunze. Son entrée dans les rangs du Comité de protection de l'État avait été presque naturelle. Son ascension également.

Serguei avait cru aux idéaux proclamés par le Parti, il avait cru en ses leaders qui passaient leur temps à dénoncer les excès de leurs prédécesseurs et annonçaient la régénération. Il avait accepté la logique policière de la défense de l'État contre l'ennemi interne et externe ainsi que la logique militaire qui envoyait combattre avec toutes leurs armes les opposants remettant en question la solidité de l'Union soviétique. Il avait obéi à tous les ordres, même à ceux qui, au début, troublaient son sommeil et provoquaient de terribles cauchemars.

Ce n'était pas seulement une vague ressemblance avec Lénine (les pommettes saillantes et les yeux presque en amande, comme Irina) qui lui avait valu le surnom d'Oulianov. Les citations qu'il se plaisait à répéter depuis son plus jeune âge, avaient conduit certains de ses camarades à lui donner en guise de prénom le nom de famille du père de la patrie, Vladimir Illich Oulianov. Et Serguei Denisovitch n'y trouva rien à redire. Il se laissa pousser une barbichette et une moustache et cultiva son statut d'exception. Il ne pouvait pas avoir comme surnom Lénine – cela aurait été sacrilège –, mais il choisit Oulianov, moins explicite, mais significatif.

Ce surnom devint sa marque de fabrique, fit de lui une légende et finit par être son seul nom, qui survécut à la chute du régime. Et à tout ce qui s'ensuivit.

Les yeux du frère d'Irina, maintenant plus verts que bleus à la lumière des lampes de faible intensité, s'approchent d'Evgueni et semblent plonger au plus intime du petit Russe.

— Le Serguei que tu as connu à Moscou, celui dont Irina peut te parler, bien qu'elle n'ait pas grand-chose à t'en dire, n'existe plus, lui dit Oulianov en russe. Il faut que tu t'y fasses.

Evgueni recule. Oulianov l'intimide, il l'a toujours intimidé. Il comprend combien cet homme aimait et aime encore susciter l'admiration des autres et leur crainte respectueuse, dans son uniforme de gala comme dans son jean sale, maintenant qu'il n'était plus qu'un ouvrier sans avenir parmi d'autres, attendant nuit après nuit, assis à sa table du Solar, entre bière et vodka, qu'advienne le jour suivant. Qu'arrive le moment où il lèverait à nouveau son marteau sur les chantiers avec toute la discipline d'acier qu'il avait apprise. Ou que se produise n'importe quoi qui pourrait le libérer à jamais.

— Oulianov, dit Evgueni. Irina a besoin d'aide.

Les yeux d'Oulianov se plissent.

— Je ne me souviens pas d'Irina.

Evgueni est stupéfait. Et Oulianov ne peut s'empêcher de sourire.

— Je veux dire, je ne me souviens pas bien de son visage… quand elle était jeune, corrige-t-il. Et Evgueni retrouve cette expression d'anxiété qui lui est habituelle. Il veut être amical.

— C'est sûr, tu as passé tant de temps loin de chez toi, Oulianov. Et ensuite, tu es venu ici. Et puis…

Oulianov hausse les épaules.

— Tu peux le dire : et puis je suis allé en prison. C'est vrai ! Et maintenant je n'ai plus rien à lui donner. Pas plus qu'à toi, quand vous vous marierez. Je vis dans une chambre, comme elle. Je ne peux pas la prendre avec moi. C'est pour ça que je compte sur toi : vous êtes jeunes, vous pouvez avoir un avenir ici. Vous pouvez être heureux. Trouvez un autre boulot… mais quittez Lisbonne. Nous, on est bien acceptés dans ce pays. On est dociles et on a la même couleur de peau, tout est donc plus facile.

— Je ne sais pas si c'est si facile que ça…

— Tu as un avenir, pas moi. Oulianov tire Evgueni et le fait asseoir à côté de lui, sur un des bancs de pierre. Un jour j'ai demandé à un policier d'ici si on pouvait me recruter dans la police. Mais il ne m'a même pas répondu. Je ne sais être que policier, soldat… ou criminel. Et si je suis ouvrier, dans ce trou, c'est parce qu'il me faut attendre. La vie que j'ai menée m'a fait vieillir plus vite. J'ai quarante ans, on dirait que j'en ai cinquante. Ce n'est que quand je montre ma force qu'on m'accepte. Mon monde est mort et j'aurais dû disparaître moi aussi, *proklyátie !* Toi, tu peux aller plus loin… Tous les deux, d'ailleurs.

— Exactement, Oulianov. C'est pour ça qu'il faut qu'on fasse quelque chose. Pour Irina.

Oulianov soupire.

— On doit réfléchir, Evgueni, analyser correctement les faits. Tu as dit qu'Irina a disparu, qu'elle n'est pas là où elle habite, que son téléphone est éteint, qu'elle n'est pas allée travailler. Tu dis qu'elle t'est fidèle. Mais peut-être que tu ne m'as pas tout dit, hein ?

Evgueni détourne la tête, fuyant le regard d'Oulianov.

— Elle faisait des choses… en extra. Ça lui rapportait plus d'argent. Elle ne m'a jamais expliqué ce que c'était exactement. Elle disait que c'étaient des films, de la publicité… Parfois, elle arrivait très bien habillée. Et elle avait de l'argent… je n'y ai jamais touché ! Je le gardais pour nous parce qu'elle ne voulait pas l'avoir là-bas, à Queluz.

Oulianov crache sur le côté. Prostitution ? Est-ce qu'Irina ferait en cachette la *prostitutka* pour gagner plus ? Il y en avait qui faisaient ça et il savait bien comment le désespoir pouvait conduire certains de ses compatriotes à vendre leur corps… et leur esprit. Pouvait-il la condamner pour ça ? Malheureusement, non.

— Et hier ? Qu'est-ce qui s'est passé, hier ?

— Qu'est-ce que j'en sais ! Elle m'a dit qu'elle avait un tournage en extra. Qu'elle ne pouvait pas passer la nuit avec moi.

— Bon, Evgueni, pas besoin d'être flic pour comprendre qu'on doit savoir avec qui elle était et où elle allait. Et qui lui a trouvé ce travail. Les filles qui vivent avec elle savent peut-être quelque chose. Il faut leur demander. Tu as pensé à aller voir la police ?

— Tu irais, toi ? Même si tous tes papiers sont en règle ?

Oulianov hausse les épaules. Bien sûr que non.

— Comment est-ce que je peux t'aider, Evgueni ?

— En faisant une enquête. Parce que tu sais comment procéder. Et que c'est ta sœur.

Oulianov se passe les mains sur sa tête lisse et se rappelle les enfants qui agitaient des petits drapeaux rouges pour les officiers en uniforme du KGB. Pour ces gamins-là, à Moscou, lui et ses camarades étaient des dieux. Pour d'autres, plus tard, ils seraient des démons. À cette époque-là, son emblème, l'arme qu'il était autorisé à utiliser, ses yeux (qui semblaient parfois des puits de cristal bleu) et la réputation qui le précédait lui auraient ouvert n'importe quelle porte. Vingt ans plus tard, toutes les portes se fermaient à lui. Et à présent, Evgueni voudrait qu'il se dresse du fond de son abîme personnel et qu'il redevienne le héros de temps révolus ?

— Demain, Evgueni ! s'exclame-t-il, en se levant brusquement. Si Irina n'apparaît pas d'ici demain, j'essaierai de t'aider ! *Prochai.* À demain, dit-il, d'un ton neutre, cachant son émotion.

Sans un mot de plus, comme si des ailes lui avaient poussé, tel un guerrier invisible, Oulianov s'évanouit dans l'obscurité de la nuit, dans une rue presque impossible à distinguer.

Evgueni, qui le voit disparaître sans pouvoir le retenir, se rend compte qu'il ne sait même pas où il habite. D'ailleurs, Irina elle-même ne le savait pas. Il se sent seul.

13

L'appât est fait de restes d'aliments ramassés dans les poubelles qui ont été écrasés puis effrités.

En des temps impossibles à mesurer en années, en mois, en semaines ou en jours – de toute façon, il n'a pas de calendrier à respecter –, le Diable avait mangé directement dans les poubelles. Le quartier de la Baixa lisboète était devenu le restaurant de tous les restaurants, là où, après la fermeture, tous les restes étaient à sa disposition.

Une nuit, alors qu'il ramassait un morceau de nerfs et d'os auxquels s'accrochait encore un peu de viande dans la poubelle d'un restaurant qu'il avait fréquenté – il se rappelait encore son nom –, le Diable vit un pigeon qui le regardait.

À cette époque-là, il ne savait pas encore communiquer avec les créatures de la nuit et il regarda l'oiseau, d'abord comme une nourriture possible, puis comme un rival qui convoitait la même chose que lui. Pendant qu'il mangeait, le pigeon l'observait. Qu'est-ce qui avait conduit l'animal à fixer cet être à deux pattes, plus petit que les autres créatures de la même espèce ? La faim, décida le Diable. Et il lui cracha quelques bouts de viande. Le pigeon lorgna du coin de l'œil le cadeau et, après s'être assuré que l'ombre était toujours immobile, il s'approcha en sautillant et se mit à picorer les restes de nourriture. Le Diable lui en donna davantage. Quand il se sentit rassasié, il se leva et son mouvement effraya le pigeon qui battit des ailes et s'éloigna.

Les nuits suivantes, le Diable et le pigeon revinrent au même endroit. L'avant-dernière nuit, le pigeon amena un compagnon.

La dernière nuit, le Diable arriva plus tôt. Il étendit une de ses couvertures près de la poubelle et saisit de la main gauche les deux bouts de la corde qui l'entourait. Avec ce qui lui restait de sa main droite, il ôta le couvercle de la poubelle et, en essayant de bouger le moins possible, il ramassa les restes de nourriture. Les pigeons revinrent. Cette fois-ci, ils étaient trois. Le Diable leur donna à manger. Ils s'approchèrent et picorèrent. En une seconde, les deux mains du Diable se dressèrent en tirant sur la corde. La couverture s'abattit, comme la nuit, sur les trois pigeons.

Cette nuit-là, dans son petit coin du quai, avant de regagner son refuge, le Diable prit son premier repas chaud depuis qu'il avait sombré dans l'abîme.

Dès lors, il modifia ses habitudes alimentaires

et se mit à chasser pour manger. Fort du succès obtenu avec les pigeons, il décida d'essayer avec les mouettes. Elles étaient plus difficiles à maîtriser, plus fortes et leur chair était plus coriace. Mais elles constituaient une variante dans son régime avicole.

Mais cette nuit-là, il se concentre sur les pigeons, les trouvant plus adaptés aux besoins du moment. Il installe son piège, plus précautionneusement, et en attrape cinq. Puis il les fait tous cuire mais n'en mange que trois.

Les deux autres, avec leur jus de cuisson, il les garde pour sa compagne.

14

Oulianov s'allonge sur son lit, sans le défaire. Il pense qu'il va dormir. Mais il n'y arrive pas. Sa rencontre avec Evgueni lui a ôté le sommeil ; c'est Irina qui occupe ses pensées. Ni ce qu'il a bu, ni la fatigue de la journée ne l'abattent. Il saute du lit et se dirige vers la petite salle de bains, sans se soucier des lattes de bois qui craquent sous ses pas ni des protestations que ses voisins du dessous ne manqueront pas de lui adresser le lendemain.

Il se rince le visage, se regarde dans la glace et se rappelle le visage d'Irina. Les yeux et les pommettes sont ce qui les rapproche le plus.

Douze ans et des pays différents les séparent. Le père de Serguei était mort alors que, déjà connu sous le nom d'Oulianov et lieutenant dans les rangs du KGB, il était souvent appelé à participer à de fréquentes missions loin de Moscou. Sa mère avait rencontré un autre homme, qu'elle épousa et qui devint le père d'Irina. Oulianov, qui ne revenait que rarement chez lui, n'apprécia guère. Il fit tout pour se faire envoyer plus loin et plus longtemps. Sa mère tenta de l'en dissuader. Par bravade, Oulianov réussit à rejoindre les champs de bataille les plus dangereux, Arménie, Azerbaïdjan. Il en revint couvert de décorations et hanté de sombres cauchemars.

Loin de chez lui, Oulianov avait compris que Moscou était en plein changement. Ce que l'on disait dans les rues et dans certains cercles ne l'intéressait pas. Les promotions au grade de capitaine, puis de major l'enthousiasmèrent. Le major Tchekhov devint un symbole. Pour Oulianov, celui d'un monde en expansion et non d'un monde qui mourait de mort lente. La chute du mur de Berlin et les premières nouvelles de la débandade vers l'ouest détruisirent l'équilibre du régime. La *perestroïka* était à son apogée. Le KGB avait cessé d'être un pilier de l'État pour devenir objet de rebuffade. Boris Eltsine était apparu comme le nouveau tsar d'une Russie de plus en plus petite.

Oulianov, rejeté par beaucoup de ceux qui l'avaient idolâtré, fit comme d'autres qui voyaient le pouvoir se désagréger et opta résolument pour la voie des armes. Il rechercha le confort et la sécurité des Spetsialnoye Nazranie, troupes spéciales connues sous l'abréviation Spetznaz. Il n'avait plus besoin de citer Lénine ni de jouer les héros et encore moins de croire que son rôle consistait à défendre le meilleur de tous les régimes. Le 21 août 1991, jour de la tentative de coup d'État qui visait à empêcher la destruction du « socialisme réel », Oulianov fut détaché au Parlement de Moscou et intégré dans la Brigade Alpha, force spéciale sous les ordres du KGB. Lorsque le général Karpoukhine ordonna la détention d'Eltsine, Oulianov, comme d'autres, refusa d'obéir. La dissolution du KGB, deux mois plus tard, ne toucha pas les Spetznaz. Oulianov avait fait le bon choix. En réglant son pas sur celui du pouvoir, il accéda au grade de colonel.

L'État ne voulait pas faire de lui un héros, mais un militaire professionnel et Oulianov accepta. Il eut alors le loisir de rendre visite plus souvent à sa mère, à son beau-père et à Irina à Moscou.

Toutefois, les temps devenaient difficiles. Les sollicitations étaient nombreuses et les offres et récompenses de plus en plus généreuses. Oulianov déclina plusieurs propositions de garde-du-corps venues de nouveaux-riches. Il évita autant que possible de prendre parti, renonça une fois pour toutes aux motivations d'ordre politique et cessa de poser des questions. Il assista à la procession mélancolique de commandants militaires désireux de redresser le monde et de reconstruire l'Union soviétique par la force des armes. Mais il lui fallait vivre.

L'offre qu'il ne refusa pas lui fut faite par un colonel qui comme lui appartenait aux forces spéciales. Il connaissait sa réputation, fondée sur sa carrière militaire en Tchétchénie et sur la destruction de Grozny en 1995 : Géorgien comme Iossif Vissarionovitch Djougachvili, qui avait pris le nom politique de Staline, Iossif Iossovitch Zhudugyn était un homme brutal, intrépide et sans scrupule. Il n'avait jamais intégré le KGB, avait choisi d'être un soldat professionnel et était passé, lui aussi, par les Spetsialnoye Nazranie. À la chute du régime, il se laissa pousser une moustache à la Staline et, suffisamment prudent pour ne pas attirer l'attention, il prit le surnom de Koba. Quelle ironie, pensait Oulianov, que l'homme qui lui avait ouvert les portes du monde du crime fût une espèce de réincarnation de Staline, qui avait choisi, tout comme le successeur de Lénine, le nom d'un héros juvénile de la littérature populaire du début du siècle qui volait aux riches pour donner aux pauvres. Toutefois, ce n'était pas pour cette raison que le colonel Zhudugyn avait recruté le colonel Tchekhov, mais pour d'autres aventures, qui attirèrent l'attention des nouvelles autorités de Moscou. Opérant seul dans le monde souterrain de Moscou, Zhudugyn ne devint pas millionnaire. Pas plus qu'il ne se soumit à aucun des groupes qui s'étaient constitués sur les revenus du crime. Aventurier, il devint trafiquant à son compte et il perdit, de ce fait, des appuis importants. En 1998, la nuit où il fêtait ses trente-six ans, Oulianov fut averti qu'ils étaient en danger. Il en informa Koba qui disparut et décida à son tour que cette Russie-là ne pouvait plus être son pays.

Koba avait traversé l'Europe et il envoya des nouvelles du Portugal, accompagnées d'une invitation. Il le reçut à bras ouverts à Lisbonne.

Sans avoir à prêter allégeance à des chefs ni à des dieux, Koba créa sa propre brigade, composée d'ex-membres de la *Spetsnaz*, et continua à se consacrer aux activités criminelles. Toujours avec ce même esprit d'entrepreneur aventurier. Oulianov le suivit. Avec le temps, le groupe du colonel renégat Zhudugyn, connu sous le nom de clan Koba, devint le clan Cobra, et ceci afin de ménager les autorités portugaises. Koba ne s'en formalisa pas, ce qui restait de son passé était le désir d'être riche et d'exercer la violence pour laquelle on l'avait entraîné.

Irina arriva à Lisbonne plus tard, après le décès de leur mère, emportée par un cancer, et lorsqu'Oulianov lui dit qu'il avait désormais assez d'argent pour l'aider et qu'elle serait plus en sécurité auprès de lui. Mais lorsqu'Irina arriva, Oulianov ne pouvait plus beaucoup l'aider. Et elle finit par se détourner de lui. Des années plus tard, Irina et, avec elle, Evgueni, sont les seuls vestiges d'un monde qui lui est indifférent, où seul compte, pratiquement, le sous-sol où il travaille avec d'autres hommes sur des chantiers interminables. Ce sont des épaves, comme lui. Ce qu'Oulianov voit en eux le tourmente car il est miné par cette indifférence qu'il avait réussi à se forger durant ces années de crime et de châtiment et il en perd le sommeil.

Les mains de Lourenço, grandes et charnues, ne suffisent pas à faire taire la femme qui crie et se débat. S'il en lève une pour taper, la femme se débat encore plus et essaie de le frapper au visage. Le frapper, lui. Lourenço n'avait jamais rencontré une telle résistance et ça le met en rage. D'une main, il tente de la tenir par le cou, de l'autre, il essaie de lui saisir les deux mains, mais il n'y arrive pas. Ses cris sont assourdissants, ils l'empêchent de penser, inhibent son désir qui devrait au contraire grandir avec les coups.

En désespoir de cause, il la saisit par les cheveux et tire et, sans croire ce qu'il voit, il comprend qu'il est en train de les arracher, comme s'il s'agissait d'une perruque, et avec les cheveux vient aussi le cuir chevelu, puis la peau du visage et les yeux, et le nez devient une protubérance sanglante, juste au-dessus de la bouche qui n'a plus de lèvres et cesse d'émettre des sons.

En voyant ce visage dépecé, impossible à identifier – la fille respirait encore et s'agrippait à lui, comme pour exiger qu'il lui rende ses cheveux et son visage – Lourenço passe de la rage à la peur et pousse un hurlement. Il se réveille au milieu de ses draps à nouveau trempés de sueur (et non de sang), dans sa chambre, où il fait encore nuit.

Il allume la lumière, regarde autour de lui et s'enfonce à nouveau dans son lit. Sans éteindre la lumière. L'aura-t-on entendu ? Qu'allaient penser sa femme et sa fille ? Il ferme les yeux. Non qu'il veuille dormir, mais parce qu'il ne veut pas affronter le réel. Et Alberto, se demande-t-il, fait-il lui aussi des cauchemars ?

Non, à cette heure-là, Alberto ne dort pas. Il est encore debout et seule pourrait être comparée à un cauchemar sa frustration d'être resté ce soir-là à la discothèque à attendre en vain un client fidèle, susceptible de les aider à condition que tout soit mené avec cette subtilité qu'il se doit d'avoir hérité de son père. Mais l'homme, un directeur de la PJ du nom de Severiano, ne se montre pas ce soir-là. Après le départ de Rick et alors que Conan commence à pousser vers la sortie quelques clients bruyants, Alberto décide de ne pas attendre davantage.

Il rentre sa voiture au garage et monte directement à son appartement par son ascenseur privé. Le whisky lui coule dans les veines comme un fleuve de feu et, une fois de plus, il s'étonne d'avoir été capable de rentrer chez lui sans provoquer d'accident ni croisé d'autorités en uniforme désireuses de savoir pourquoi la voiture qu'il conduit fait parfois des écarts à gauche et à droite.

Il jette sa veste sur une chaise, se déchausse et s'assied sur le canapé devant la télévision, qu'il allume avec la télécommande. Ses yeux commencent à se fermer moins de dix minutes plus tard. Il s'endort.

Il n'entend pas le bruit des hommes qui traînent les poubelles. D'habitude ça le réveille et ça l'oblige à aller se mettre au lit en titubant. Cette nuit-là, il dort d'un sommeil continu sur le canapé et n'ouvrira les yeux que le lendemain matin, au son des dessins animés.

Loin de là, les yeux d'Irina, qui sont restés presque tout le temps ouverts, incapables de donner sens à ces ombres qui l'entourent, clignent une seule fois. C'est un signe, léger, que l'univers de douleur et de confusion est sur le point de s'emparer d'elle, son dernier signe de vie, une demande d'aide… totalement inutile.

L'ombre qui la recouvre n'a plus de forme, ne fait plus un geste. Plus rien ne bouge. Les yeux d'Irina se ferment. À jamais.

15

Le téléphone portable se met à sonner tandis que Salvador Teles est en route pour le chantier. Il roule le long de la voie ferrée, sur l'Avenida da Índia, au milieu des voitures des retardataires, qui semblent désespérés à l'idée de ne pas arriver à temps pour trouver où se garer avant le Cais do Sodré. Salvador jette un œil sur le petit appareil posé sur la tablette avant : « ING », c'est-à-dire l'ingénieur de la mairie avec lequel il a rendez-vous sur le terrain municipal qui est déjà, de fait, son chantier. Il doit être en retard, pense-t-il en appuyant sur la touche « répondre ».

— Bonjour.

— Bonjour ! Où êtes-vous ?

Salvador ne répond pas tout de suite. Il en a assez d'entendre cette question que les gens posent le plus quand ils utilisent un portable : qu'est-ce que ça peut bien leur faire ?

— Je suis en route, répond-il, contrarié. J'espère que vous êtes déjà sur place ! Qu'est-ce qu'il y a ?

— Des policiers. De la PJ. Ils fouillent partout. Ils sont déjà venus ici. C'est encore à cause de ce crime… Il vaudrait mieux attendre…

Salvador ne le laisse pas terminer sa phrase, il raccroche, met le clignotant à droite et gare son Aston Martin comme il peut, en deuxième file, laissant les voitures qui le suivent le dépasser. L'ingénieur s'affole, mais ce n'est pas sur les affaires conclues avec la mairie que les policiers enquêtent. Il va devoir lui dire d'être plus prudent au téléphone. Un mot de trop peut éveiller l'attention de qui écouterait des conversations étrangères par hasard ou parce que c'est leur tour à eux ce jour-là. Donc, le mieux c'est d'attendre. L'ingénieur ne le rappelle qu'une heure plus tard.

Salvador met cinq minutes pour arriver et se gare devant le portail, qui porte encore la plaque bleue avec le P de *Parking* et les lettres du sigle CML *(Câmara Municipal de Lisboa)*. Il a envie de déverser sa colère sur le chef de service, mais il se contient. Il se limite à un « Alors ? »

L'homme de la mairie désigne le bateau arrêté au milieu du fleuve et les deux hors-bord qui semblent flotter au gré des vagues. De temps en temps, un plongeur sort la tête de l'eau, crie quelque chose et replonge.

— C'est ce cadavre qu'on ne retrouve pas, explique-t-il. Quelqu'un a vu du sang et des cheveux, au milieu de toutes ces saletés qui flottent ici, ils ont appelé la police et ils sont tous en train de le chercher. Ils sont venus ici. Vous imaginez… Comme si quelqu'un viendrait cacher un cadavre ici ! Si toutefois il s'est vraiment passé quelque chose !

Salvador se rappelle ce qu'il a entendu la veille à la télévision et concentre son attention sur le fleuve. Les pêcheurs habituels ne sont pas là et une camionnette de télévision est garée sur le quai, en attente. Deux voitures banalisées et des hommes en civil qui discutent et font de grands gestes en fumant ainsi que deux agents de la PSP se trouvent non loin de là. Un espace restreint est toujours interdit d'accès par un ruban bleu et blanc de la PSP.

— C'est une sacrée enquête qu'ils mènent, dit Salvador à l'ingénieur en tirant sur sa pipe. Il n'a pas le droit de fumer, il mordille le tuyau. Ça le réconforte quand il a envie de se plaindre du monde. De sa main gauche, il se lisse les cheveux, puis il se retourne vers l'ingénieur qui, à cause de sa petite taille, est toujours désavantagé.

— Je ne sais pas pourquoi ils poursuivent les recherches avec tant d'obstination, dit l'ingénieur, comme s'il lui fallait justifier l'activité des plongeurs et des policiers. S'il y a un cadavre, il remontera à la surface, non ?

— C'est possible. Et, si cadavre il y a, à cette heure-ci, il doit déjà être au large ou bien il ira s'échouer au Cabo da Roca, opine Salvador, condescendant.

— Mais j'ai préféré vous avertir, Monsieur, j'ai pensé que vous n'auriez pas envie de vous retrouver nez à nez avec eux ici.

Salvador hausse les épaules.

— Oui, vous avez bien fait. Ils ne sont jamais de bonne compagnie et ils ne sont là que quand on n'a pas besoin d'eux. Mais, la prochaine fois, soyez plus prudent au téléphone, compris ? On ne sait jamais qui écoute et ils peuvent se faire de fausses idées sur tout ça.

L'ingénieur rougit et change de sujet.

— J'ai parlé avec le conseiller municipal. Ils vont faire enlever ce qui reste des constructions abandonnées, les machines et tous les déchets qui se sont accumulés depuis des années. Mais seulement après. Quand tout se sera calmé.

Salvador retire la pipe de sa bouche et parle lentement, comme il en a l'habitude lorsqu'on contrarie ses décisions. Ceux qui le connaissent bien savent que c'est mauvais signe.

— *Après ?* De mon côté tout est prêt, mes machines et mes hommes… J'ai organisé la partie qui vous concerne… et maintenant, vous voulez attendre ? Vous savez combien ça me coûte de laisser mes gars désœuvrés ? Aucune affaire ne peut tenir, comme ça.

— Vous savez bien, Monsieur que le projet a été accepté, même s'il n'est pas approuvé officiellement. Et on pourrait continuer à entreposer le matériel ici et commencer à tout préparer, avant même d'avoir les autorisations s'il n'y avait pas ce problème. Mais en ce moment, vu l'intérêt que suscite cet endroit, le conseiller municipal m'a dit qu'il ne veut pas, et monsieur le maire non plus, d'intervention dans cette zone. Ce sont les ordres que l'on m'a donnés.

— Quels trouillards ! Ils ont peur des écologistes, de l'opposition, des flics… ou d'eux-mêmes ? Salvador lui tourne le dos. Le pays avait changé trop vite pour lui. Il ne me manquait plus que d'avoir affaire à cette génération de politiques qui se font dessus dès qu'ils voient poindre une caméra de télévision. Ce terrain est une décharge, il doit rester une décharge, voilà ce que je comprends. Personne n'en a rien à cirer. Quand on peut faire de tout ça quelque chose d'intéressant, ils approuvent, mais ils meurent de trouille.

— Nous devons respecter les règlements, Monsieur. En plus, avec la police dans le coin…

— C'est toujours la même merde, ils ne font rien et ils ne laissent rien faire, dit Salvador. Qu'ils aillent au diable ! Je n'ai pas de temps pour vos tergiversations. Si je perds de l'argent d'un côté, je dois en économiser ailleurs.

— Je n'arrive pas à faire avancer les choses plus vite, Monsieur. Donnez-moi un ou deux jours… La voix de l'ingénieur s'éraille, vacille. Salvador lui tourne le dos et s'éloigne, donnant l'impression de faire des calculs de tête.

Au bord du quai, il regarde ce bâtiment disproportionné qu'est la gare fluviale, une espèce de cube aux murs vitrés, haut comme un immeuble de deux étages. Lui a un édifice de luxe à proposer, signé par un architecte de luxe, son propre ingénieur, son chef de chantier, ses machines et ses hommes, une armée sur le pied de guerre sous la bannière de Chef-d'Œuvre, et il ne pouvait pas donner l'ordre de démarrer les travaux. S'il avait encore ses propres journaux, il saurait quoi faire, comment leur mettre la pression. Mais ces armes-là, il ne les a plus.

— Un jour de plus, peut-être. D'accord, Monsieur ? insiste l'ingénieur, en s'approchant.

Salvador ne se retourne même pas.

— N'oubliez pas les études ! Celles du sous-sol, mon gars, celles qui datent de l'époque de l'extension de la gare et de la liaison avec le métro, au Cais do Sodré, et celles qui ont dû être réalisées maintenant pour la gare fluviale.

— Vous croyez vraiment que vous en avez besoin ? Nous n'avons pas eu vent de problèmes, comme c'est le cas pour le Terreiro do Paço, de l'autre côté.

— Quel âge avez-vous, mon petit ?

— Moi ? Trente et un ans… Pourquoi ? Salvador fait un geste ample avec sa pipe.

— Je vais avoir soixante-dix ans dans trois mois. Et j'ai vu l'eau lécher cette zone de terre ferme depuis le Cais do Sodré jusqu'au Terreiro do Paço. Soit c'est le Tage qui monte, soit c'est Lisbonne qui… descend. Il doit bien y avoir quelqu'un qui est au courant. Je ne veux pas de mauvaise surprise quand vous allez creuser les fondations. S'il y a un danger, s'il y a des tunnels, s'il y a quoi que ce soit là-dessous, je veux le savoir ! Et à temps ! Si cette merde s'enfonce, je ne vais pas m'enfoncer avec. Vous comprenez bien ce que je vous dis ?

L'ingénieur opine du chef. L'exigence de Salvador n'est pas nouvelle. Le problème c'est qu'on n'arrive pas à trouver les plans, les cartes ou les études qui avaient pourtant dû être obligatoires pour les autres constructions.

Tandis qu'il monte dans sa voiture, Salvador voit un homme sortir une caméra de la camionnette de télévision. Mais ni les plongeurs ni les policiers n'ont l'air d'avoir trouvé quoi que ce soit. Il dit à l'ingénieur qu'il s'en va et démarre.

Plusieurs années auparavant, un cargo du nom de *Tollan* avait chaviré et s'était retrouvé la quille en l'air, au milieu du Tage. Il était devenu plusieurs semaines durant un monument national. Aucun bateau n'arrivait à le retourner, aucun dispositif ne pouvait le couler. Salvador lui aussi était allé voir le phénomène, surpris de constater qu'il n'y avait aucun système, aucun moyen de remettre sur le ventre cette espèce de baleine morte. Quand ils réussirent à remorquer le bateau ailleurs, le Tage perdit tout son charme. Tout au moins pour Salvador, qui éprouvait une fascination secrète pour l'inversion de l'ordre naturel des choses, du moment qu'il n'en était pas affecté.

16

Oulianov s'arrête et observe le fleuve.

Il sait qu'il a déjà pris sa décision et, tout en regardant les eaux sans les voir, il plonge au plus intime de lui-même, dans le puits sombre et obscur qu'est son univers intérieur, à la recherche d'outils susceptibles de l'aider à accomplir son devoir de frère et à trouver Irina. Elle lui avait tourné le dos parce qu'il était un hors-la-loi, mais il ne pouvait pas se désintéresser d'elle si, par hasard, elle avait été victime d'un crime. Un tel événement mettrait un terme à l'indifférence qu'il éprouve envers tout ce qui l'entoure et Oulianov sait qu'en prenant cette décision il s'expose et qu'il ne pourra plus se cacher. Cela signifie qu'il ne connaîtra plus de paix. Il ne s'attendait pas à ce que cela arrive si tôt. Tout avait commencé par un coup de feu : une balle sur un mur éclaboussé de sang, à trois heures et demie du matin, une demi-douzaine d'années auparavant, était devenue le symbole de la décision la plus difficile qu'il eut à prendre dans sa vie, offerte en sacrifice au nom de ce qu'on lui avait dit être la conscience sociale des êtres humains.

Les hommes de main de Koba étaient tous réunis dans leur ultime refuge qui occupait un appartement dans un immeuble à Brandoa, banlieue désaffectée située entre Benfica et Amadora, après une opération qui avait mal tourné : un ingénieur du nom d'Anton, qui n'était pas membre de la brigade de nervis de Koba, avait failli à sa mission consistant à récupérer un groupe d'immigrants clandestins. Il avait objecté qu'il ne pouvait pas se dérober à une commande inopinée de son patron et la camionnette prévue pour recueillir les hommes était restée en plan. Après un voyage risqué d'une semaine entre leur lieu d'embarquement en Ukraine et la banlieue de Lisbonne, les hommes s'étaient retrouvés soudain libres. Et ils avaient pris la fuite.

Koba avait déjà l'argent promis par des patrons qui employaient une main-d'œuvre illégale dans le bâtiment, il avait les faux documents… et il s'était retrouvé sans la marchandise : les hommes.

À mesure qu'Anton, qui était grand et maigre, avouait son échec avec une mine de chien battu, les huit hommes assis autour de la table semblaient s'en écarter. Aucun d'entre eux n'alla chercher les bouteilles, les verres et les victuailles pour faire la fête, comme ils le faisaient après chaque coup réussi, tels des soldats victorieux. Koba resta immobile, le regard fixé sur Anton. Oulianov, qui était naturellement devenu le lieutenant de l'ex-colonel Zhudugyn, fut incapable de prévoir ce qui allait se passer. Il n'avait d'yeux que pour la femme maigre et blonde, Nadia, qui était arrivée avec Anton et qui était restée à la porte à les regarder. Oulianov la dévisageait et se rappelait les mois qu'ils avaient passés ensemble. Et la manière dont elle utilisait, avec de plus en plus de répugnance, son savoir-faire de médecin pour soigner les blessures de ses compagnons. Elle avait quitté Oulianov pour Anton et lui avait dit : « Toi, tu n'as pas d'avenir. » Oulianov se souvient parfois de cette prophétie.

Koba avait fini de parler. Anton baissa la tête, acceptant les critiques féroces de son chef. Le silence s'installa. Oulianov, tout occupé à regarder Nadia, ne vit pas tout de suite le geste que fit Koba : dans sa main droite apparut le pistolet qui ne le quittait jamais et le coup de feu les prit tellement de court qu'ils se levèrent tous d'un bond, sauf Anton, que l'impact de la balle sur son omoplate gauche projeta contre le mur, qui fut éclaboussé de sang. Nadia poussa un cri.

Les pensées d'Oulianov prirent un cours inattendu : Koba avait visé le cœur ou le cou et avait raté sa cible ; mais Koba était un bon tireur ; le coup de feu allait être entendu dans tout l'immeuble et déclencher l'alarme ; et Nadia, qui avait couru de la porte vers Anton, risquait d'être atteinte par la seconde balle. Sa décision fut prise au fur et à mesure qu'il évaluait la situation : il leva le bras gauche et sa main immobilisa le bras de Koba, qui le regarda, incrédule. La seconde balle passa au-dessus des têtes de Nadia et d'Anton et alla se fixer dans le mur.

Koba dévisagea Oulianov, sans céder à la pression. Les hommes se regardaient les uns les autres. La main droite d'Oulianov glissa vers le couteau caché dans sa botte droite. Koba préférait les armes à feu, Oulianov le silence des lames d'acier, en particulier celles de son NR2, un couteau de combat avec vingt-cinq généreux centimètres d'acier invincible.

— Nadia, Anton ! Allez-vous-en, leur dit Oulianov, sans cesser de fixer Koba, dont le poignet s'abaissa tout à coup, faisant dévier le pistolet un peu plus encore.

— Laisse-les partir. Ça suffit, dit-il. Koba ne jeta même pas un coup d'œil aux deux fuyards.

Le duel de regards entre les deux colonels des Spetsnatz signa la fin du nouveau monde qu'ils étaient en train de construire à leur manière. Aucun des deux n'essaya d'affirmer sa supériorité. Pour Oulianov, ce moment reste une énigme : il ne trouve aucune explication au refus de chacun d'eux de lutter pour le pouvoir, sinon qu'ils avaient accepté que l'esprit militaire que tous deux avaient appris et exercé se fût éteint.

C'est cette nuit-là, en rentrant chez lui, qu'Oulianov passa en revue tout ce qu'ils avaient fait ensemble : extorsions, transport de clandestins, nombreux faux papiers que Koba achetait et revendait, braquages de banques, loyers perçus de compatriotes travaillant dans la construction civile et logés dans des hangars invivables y compris pour des animaux, actions violentes contre des chefs d'entreprise qui refusaient d'embaucher les travailleurs que Koba leur « louait »... La guerre ne pouvait pas sacrifier ses propres guerriers, comme c'était le cas d'Anton, décida Oulianov. Iossif Iossovitch Zhudugyn avait peut-être été un officier capable d'exécuter les soldats qui ne croyaient pas à la victoire, mais cette époque était révolue.

Ayant réuni les informations qu'il possédait sur les forces de police – et le clan Cobra avait quelques informateurs bien placés –, l'ex-colonel Tchekhov mit deux jours pour se présenter devant José Moura, inspecteur de police judiciaire appartenant à la brigade chargée de l'enquête sur certaines opérations du groupe de Koba. Et il vida son sac.

Deux semaines plus tard, soutenu par un imposant dispositif de la PSP et du Groupe d'Opérations Spéciales, qui éloigna du quartier quelques dizaines d'habitants, une trentaine d'hommes de la PJ et du Service des Étrangers et des Frontières envahissaient la maison de Brandoa.

L'assaut fut si inattendu, dans cette maison considérée comme tellement sûre, que personne ne réussit à réagir à temps. Oulianov resta immobile et vit dans le regard de ses compagnons qu'ils savaient qu'il les avait trahis. Dans un instant de faiblesse, il jeta un coup d'œil sur l'inspecteur Moura, qui restait absorbé dans ses pensées, adossé à un mur, tout près du trou fait par la balle (et Oulianov pensa qu'elle devait être encore là) destinée à Anton. Personne ne remarqua cette trace de violence et Oulianov ne fournit pas aux policiers d'autres noms que ceux des hommes qui avaient été capturés cette nuit-là.

L'opération dura près d'une heure et demie et se déroula sous les ordres d'un homme imposant aux gestes amples, engoncé dans un gilet pare-balles, que José Moura appelait avec déférence docteur Rodrigo. Pendant deux jours, Oulianov se trouva seul dans une cellule non loin de Koba et des autres, qui lui avaient promis de le tuer de diverses façons. Oulianov s'obligea à rester impassible. Peu à peu, les hommes furent sortis de leurs cellules et transférés ailleurs. Oulianov fut le dernier. Il subit dix heures d'interrogatoire. Lors du jugement, il ne fut pas mêlé aux autres. En prison, non plus. Koba et ses acolytes furent condamnés à quelques années de prison et à l'expulsion. Oulianov en prit pour cinq ans mais eut l'autorisation de rester au Portugal.

En prison, Oulianov se créa un mur qui le protégea de toutes les agressions externes : il conservait une expression faite d'ombres, qu'éclairait rarement un sourire. À sa sortie, il affirma qu'il n'utiliserait plus la violence contre personne. Après quoi, il cessa de sourire. Car il savait qu'il avait menti.

17

L'ondulation des vagues fait du bateau un berceau maternel, et plus que de l'endormir, c'est comme si elle l'anesthésiait. Le soleil timide lui fait à moitié fermer les yeux, il pèse sur ses paupières. Le clapotement de l'eau sur la coque le berce doucement. Alberto s'éloigne du monde, jouit d'un instant de paix et finit par s'endormir sur le pont du yacht, fatigué d'attendre. Soudain, une ombre, entre le soleil et lui, rompt la tranquillité de l'après-midi et il se réveille en sursaut.

— Ça c'est du sommeil. Tu ronflais, même… commente le visiteur.

Alberto ouvre les yeux, cachant les ombres du sommeil derrière ses lunettes de soleil qu'il chausse machinalement et il se concentre sur l'homme qui se trouve devant lui.

— Tu as une demi-heure de retard, Silveira, murmure-t-il en se levant lentement.

Silveira a les cheveux gris attachés en queue-de-cheval, il est corpulent, porte un blouson de cuir sur un gilet couvert de poches, une chemise noire, des tennis colorés et des lunettes de soleil perchées sur sa tête. Il s'assied sur le bastingage. Il veut avoir l'air décontracté et athlétique mais il n'arrive pas à cacher qu'il n'est plus tout jeune. Alberto, qui l'avait toujours vu derrière une caméra, en costume, lui donne plus que les cinquante ans que Silveira dit ne pas avoir.

— Je suis venu dès que j'ai pu, Alberto. Qu'est-ce que tu me voulais ?

Alberto s'étire. Il peut être à l'aise : de la marina, on ne le voit pas.

— Où ça en est, le travail ? demande-t-il.

— Il est terminé. Rick ne t'a pas dit ? On a tout filmé.

— Silveira, Rick est... Alberto hausse les épaules. Rick est quoi ? Un simple acteur. Rick ne sait pas et n'a pas à savoir ce qui est fait ou pas, OK ? Il est là, il participe à l'action... visage caché, s'il préfère. S'il ne veut pas et qu'il n'arrive pas à bander, il laisse tomber. C'est à moi que tu dois parler de ça, pas à Rick.

— Tu as quelque chose à boire en bas ?

— Non. Vous m'avez nettoyé le frigo et le garde manger et je n'ai pas encore reconstitué les stocks. Parlons plutôt affaires.

Silveira regarde sa montre à son poignet droit.

— D'accord. Moi aussi je dois commencer plus tôt à la télé aujourd'hui. Allons droit au but : donc, on a tout. Mais fais gaffe, quand tu n'es pas là, Rick est difficile à contrôler. Quand toi et ton frère êtes partis avec l'autre fille, il a voulu tout recommencer depuis le début, pendant que je filmais les deux nanas qui étaient restées là…

Alberto se met à rire. Rick, qui en tenait une bonne, était resté à somnoler dans un coin.

— Tu as résolu le problème ?

— Oui, je l'ai conduit dans une chambre. Avec l'une des deux filles. Ensuite, quand on a fini, il est revenu tout habillé, très élégant et sans son masque. Elle n'a pas fait de commentaire.

— Ce que tu as tourné peut faire un film entier ?

— J'ai du matériel pour deux heures. Tu veux deux films ? On peut faire la deuxième partie des *Souris exterminatrices de l'Armée rouge* et un nouveau qui s'appellerait *Les Cu-missaires du KGB*. Ça fera un DVD de deux films d'une heure chacun. Personne n'a encore mis deux films sur un même disque. Avec les vignettes là où il faut pour que ça ait l'air légal. Ça peut se faire. On pourrait même le sous-titrer pour la communauté russe…

— Deux films ? C'est pas beaucoup, je trouve… même pour un seul disque.

— On peut y mettre quelques reliquats d'autres films, sans une vraie mise en scène, rapide à monter. Je vais voir ce que je trouve sur les autres masters. Et on l'appellera *Et la trique fut assaisonnée*.

Alberto le regarda.

— Je ne comprends pas le titre, dit-il, même si

l'idée me plaît. On dirait qu'il s'agit de cuisine ! Au moins, ça change de ces soviéteries que tu affectionnes tant. Et les noms des femmes ?

— On a eu cette Brésilienne très blonde, Gabriela Zazi. L'autre russe, Tatiana…

— Appelons-la Tatiana Gorbatchev !

— C'est une bonne idée. Et la plus récente, là, Irina ?

— Elle n'avait pas un nom d'écrivain ? Gorki ou quelque chose dans le genre ?

— Tchekhov, je crois. Mais appelons-la Irina Tolstoï, il est plus connu ! Tu es d'accord pour les titres ?

— Oui. Ne te mets pas à inventer d'autres titres intellectuels, Silveira. Les films doivent avoir des titres populaires, attractifs. Il faut qu'on fasse un bon lancement, dans des clubs, dans des sex-shops… Et après, on s'arrête un peu, pour ne pas trop se faire remarquer. Tu as besoin de combien de temps ?

— Deux semaines.

— Tu as un nom pour le réalisateur ?

— Vladimir da Fonseca.

Alberto éclate de rire et le fixe du regard.

— Vladimir ? Ça pourrait être Lénine da Fonseca ! On les vendrait à l'extrême-gauche, qui aime ça elle aussi. Bon… avance. Et sache que pour le moment, on ne fait plus de soirées.

— Il y a eu un problème… pour que tu veuilles arrêter ?

— Non. On fait une pause, c'est tout.

— Celui qui ne va pas apprécier, c'est Rick…

— En fait, Rick part aux States pendant deux mois pour tourner d'autres scènes de gangsters. Et j'en fais mon affaire. D'ailleurs, n'est-ce pas ainsi que nous avons réparti les tâches ? Je suis le producteur, Rick n'est qu'un acteur et toi, tu es le réalisateur ! Quand j'apparais à l'écran, je ne suis pas un acteur. Je « fais un *caméo* », comme on dit à Hollywood. On est d'accord ?

— Oui. À propos : et la Russe ? Alberto hésite.

— Elle est restée sur le quai… du côté de Belém. Je lui ai donné de quoi prendre un taxi. Elle a dû aller manger des gâteaux de Belém. Pourquoi ?

— Pour rien. Silveira se dégage de la balustrade, peu intéressé par le sujet. Bon, maintenant… ce qui manque.

Alberto sort une enveloppe de sa veste et la tend à Silveira, l'air un peu las.

— Le compte y est.

Silveira compte les billets. Il les recompte.

— Il y en a trop, dit-il. J'ai été augmenté ? Alberto hausse les sourcils.

— Tu as raison, j'ai compté avec la Russe ! Mais elle n'a pas fait grand-chose et puis nous… on l'a payée. Laisse tomber. Garde sa part. C'est une récompense pour tes efforts…

Silveira se met à rire. Mais il n'est pas sincère. Alberto marchande toujours. Et maintenant il le paie trop ? Ce n'est pas perdu pour tout le monde, ma foi…

18

L’eau revient avec une force torrentielle, reprend possession de la terre et détruit tout le travail accompli durant les quatre derniers jours. Comme toujours, elle surgit du sol, comme si les profondeurs étaient infinies, noire et menaçante, transformant tout ce qu’elle touche en une interminable coulée de boue sombre qui fait s’effondrer le mortier et le béton encore frais, emporte les outils laissés sur place et désespère les hommes. C’est comme si la ville éventrée saignait. « C’est le sang de l’enfer », affirme un Brésilien qui pratique la divination en dehors de ses heures de service dans la légendaire station de métro Terreiro do Paço.

Après, c’est toujours la même chose : les ingénieurs hurlent, les hommes en costume cravate qui viennent sur les lieux avec des casques jaunes ont toujours l’air soucieux et ils disparaissent aussi vite qu’ils sont apparus. Oulianov et les autres abandonnent tout ce qu’ils étaient en train de faire ailleurs sur ce chantier interminable pour passer à la contre-attaque. Ils essaient d'arrêter le flux et de retirer l'eau du fond comme s'ils écopaient la cale d'un navire sur le point de sombrer. Ou qu'ils abattaient la statue qu'ils avaient eux-mêmes érigée.

Il n'y a pas d'autre comparaison possible, pense Oulianov qui se rappelle ses classiques grecs. Aucun travail ne peut remplacer des œuvres dont l'objectif semble avoir disparu. Et d'ailleurs, tout le monde dit n'avoir jamais vu aucun projet.

Mais qu'est-ce que ça peut faire ? L'important, c'est ce qu'on les paie. Quant à Oulianov, ce à quoi il pense lorsque l'eau commence à entrer dans les tunnels, c'est à un affrontement contre des troupes rebelles en Azerbaïdjan, dont la férocité avait obligé ses propres soldats et les officiers d'Union soviétique, parmi lesquels quelques héros du peuple, à se retirer au milieu des champs boueux sous des pluies torrentielles.

— Le matériel a toujours raison, dit-il, lorsque le Tage recommence à faire des siennes et que les responsables convoquent tout le personnel, le pantalon trempé jusqu'aux cuisses. Et il réussit même à en rire, oubliant ses autres souffrances et ses autres défaites, partageant les blagues de ses collègues embourbés dans les eaux sombres, regardant ironiquement les chefs en pantalon et blouson ou même, pour certains, en costume, couverts de boue eux aussi et effrayés à l'idée de sombrer dans la gadoue.

Oulianov pense aux exercices militaires et oublie

tout le reste. Il saisit ses outils et se concentre sur son travail. Il n'entend plus le moteur de la machine qui extrait l'eau et le sable. Il se souvient : tout comme l'eau, des soldats toujours plus nombreux déferlaient… Ils tuaient et depuis Moscou, on leur ordonnait de poser les armes et d'être heureux. Mais ils rejetaient les ordres de bonheur et repassaient à l'attaque. Et les hommes de Moscou se mettaient à nouveau à tuer, prêchaient leur doctrine et leur disaient qu'ils étaient dans l'erreur, qu'ils devaient déposer les armes et être heureux… jusqu'à ce qu'ils recommencent à attaquer, toujours plus férocement.

Un jour, les généraux envahisseurs trouvèrent que c'en était trop et s'en allèrent, appelés par Moscou pour s'occuper d'autres affaires moins difficiles. Mais tant que ne fut pas donné l'ordre de retraite, Oulianov ne renonça pas. Tout comme maintenant : il enfonce sa pelle dans la terre et s'efforce de retirer des litres de boue qu'il verse dans des bidons que d'autres poussent devant lui. Et il cesse de penser, absorbant le mouvement avec avidité, tout comme, certaines nuits, il absorbe de l'alcool.

— Avec une telle crue, on va se retrouver une fois de plus sans boulot, tout ça va être complètement paralysé ! s'exclame quelqu'un.

— Et peut-être même qu'on va voir surgir le fameux cadavre qu'ils cherchaient au fond de l'eau ! crie une autre voix.

— Ah, encore si le responsable de cette saloperie était un des ingénieurs, de ceux qui pensent qu'on peut dompter les eaux ! hurle un troisième en colère, un Russe, on le devine à son accent qu'il ne cache pas.

Oulianov poursuit sa tâche, laissant ses pensées dominer l'effort de ses bras et la gêne de ses muscles qui vibrent. Il ne s'arrête que lorsque sa pelle bute enfin sur du sol sec et que se tait la pompe de vidage. Appuyant la pelle sur le sol, il étire ses bras et essaie de détendre ses muscles. Il est plus de six heures. Ça suffit.

— Avec la force que tu as, tu devrais trouver un autre boulot, comme agent de sécurité ou quelque chose de ce genre, lui dit un de ses compagnons. Ce trou nous fait gagner pas mal avec ces ratés et les heures sup, mais… c'est trop dur.

Oulianov hausse les épaules et répond. Le chantier, pour lui, c'est une tranchée. Et il est un simple soldat. Il attrape son vieux blouson de cuir qui l'accompagne depuis de nombreuses années et qui porte encore la trace de ses médailles et de ses insignes et il sort. Il s'en va tout seul, sans cesser de sourire à ses compagnons de travail.

Lorsqu'il émerge du sous-sol dans les chantiers qui s'étendent depuis le Terreiro do Paço jusqu'au Cais do Sodré, il regarde longuement le fleuve, si petit par rapport à ceux qu'il a connus à une autre époque et dans des régions si lointaines qu'elles lui semblent appartenir à d'autres mondes.

Cet après-midi-là, les eaux sont calmes, il n'y a presque pas de bateaux, le ciel est bleu, la température annonce un printemps précoce.

Oulianov se rappelle ce qu'il a entendu pendant la pause déjeuner : un acte de violence commis au bord du fleuve, une suspicion de crime, des recherches dans le Tage. Un cadavre, même…

La coïncidence est frappante : la disparition d'Irina, une suspicion de crime... Pourrait-il s'agir du cadavre de sa sœur ? Est-ce possible que son corps se trouve au fond de l'eau ? Ou qu'il ait été emporté vers l'océan, dépecé par les poissons, détruit par les courants ? La ville est petite, tout pouvait arriver. Il ferme les yeux et les rouvre, décidant qu'il a faim et soif. Son regard tombe sur Evgueni, l'amant dévoué et le fiancé d'Irina, fidèle et nerveux comme les caniches auxquels les femmes aiment donner des ordres.

Evgueni le regarde, passant d'un pied sur l'autre, le visage défait par l'angoisse et la peur, cette peur qui saisit quand on est dans l'incertitude. Oulianov respire profondément et va à sa rencontre.

— Evgueni ! Tu as des nouvelles ?

Non, Evgueni a les yeux rouges. Sa nervosité s'échappe de lui comme de la vapeur d'eau.

— Je ne la trouve nulle part, Oulianov, dit Evgueni. Elle n'est pas rentrée chez elle, elle n'est pas allée travailler, son portable est éteint ! Ce n'est pas possible ! Je suis très inquiet, très très inquiet !

Oulianov détourne le regard. Il pense aux

mesures qu'il prendrait s'il était encore enquêteur de la police criminelle. Il réfléchit aux questions qu'il pourrait poser, par où il commencerait… mais ici il n'a pas la moindre parcelle d'autorité et il n'a personne à qui demander s'il peut agir et où. Au fil des années, il est devenu un paria et son passé, un problème : personne ne veut avoir de lien avec un ancien officier du KGB, un *spetsnatz* d'occasion au service d'une bande de truands qui se sont enrichis sur le dos de leurs compatriotes, un homme qui reste planté là, à attendre le dernier acte.

— Tu ne veux vraiment pas aller à la police, Evgueni ?

— Non, Oulianov. Irina est une étrangère. Ils se méfient toujours. Ça ne va me créer que des problèmes.

— Tu es allé voir dans les hôpitaux ?

— Je les ai tous faits. Je vais me faire virer, je n'ai pas pu aller travailler aujourd'hui alors qu'il y a des tas d'appareils à réparer.

— Tu es venu me voir. Qu'est-ce que tu veux ?

— Allons à la maison où elle a sa chambre. La femme ne m'a pas dit grand-chose. Mais avec toi, ça sera peut-être différent. Tu sais poser des questions.

« Est-ce que je saurai encore le faire ? » se demande Oulianov. La logeuse allait le considérer comme un autre étranger venant mettre son nez dans une affaire qui a probablement prospéré sur le dos de personnes trop misérables pour louer un appartement. En fin de compte, ce n'était pas si différent de ce que lui-même avait fait et aidé à faire. Mais peut-être n'était-ce pas aussi violent.

— Tu as une voiture ? demande-t-il.

Evgueni répond que oui et se met en route. Oulianov presse le pas. Ils montent dans la vieille Golf, sans dire un mot. Oulianov ferme les yeux et Evgueni démarre. Les vieux véhicules des troupes soviétiques, dont certains datent de la Seconde Guerre mondiale, étaient plus sûrs que cette voiture avec Evgueni au volant.

L'Oural, un camion déglingué qui semblait avoir brillamment survécu aux quarante ans écoulés depuis la victoire sur les nazis, surchargé de soldats, roule doucement sur la route construite pour les troupeaux et les charrettes. La lenteur avec laquelle il avance en fait une cible facile pour une attaque surprise. C'est pourquoi Oulianov transpire d'inquiétude.

Le véhicule s'immobilise, non qu'il ait rencontré un obstacle infranchissable ou qu'il soit pris sous des tirs de mortier ou même en raison d'une panne, une de plus, due au manque d'entretien. Ils étaient arrivés. À Queluz.

Oulianov se réveille et, la tête encore penchée sur le côté, il fixe Evgueni qui coupe le moteur, l'interrogeant du regard.

— On est arrivés, répond Evgueni. Oulianov décolle sa tête de la vitre, sort de la voiture sans dire un mot et le suit. Ils prennent l'ascenseur.

La femme du nom de Paula ouvre aussitôt la

porte. Elle regarde vers le bas et voit Evgueni, puis elle lève les yeux sur Oulianov. Elle recule. Les deux Russes entrent. Oulianov s'efforce de sourire et se présente.

— Je suis le frère d'Irina.

L'appartement a l'air petit. Il a un séjour avec deux canapés, une table basse et une armoire vitrée métallique contenant une télévision et un lecteur de DVD entourés de deux enceintes, quelques rares livres et des dizaines de photos qui semblent toutes représenter la femme qui a ouvert la porte. Sur la table basse se trouvent un plateau contenant la vaisselle sale du dernier repas, des revues en couleur et un vase garni de fleurs en plastique. Aux murs sont accrochés quelques tableaux, avec des fleurs eux aussi. La femme du nom de Paula, petite et grosse, porte des bracelets, des bagues, un collier et des boucles d'oreille. Oulianov fait une évaluation rapide : pierres précieuses et semi-précieuses, or véritable.

L'appartement est plus vaste qu'il n'y paraît et le séjour n'est de toute évidence qu'une partie d'une pièce plus grande qui a été divisée. Une porte fermée, de l'autre côté, doit donner sur une chambre. Le long du couloir s'alignent plusieurs portes, toutes closes – probablement les chambres qu'elle loue.

Oulianov regarde la bouche de la femme pour voir si elle a des dents en or. En Russie, cela serait un signe de richesse… L'or, plus résistant qu'un composite ordinaire, servait à faire savoir que son propriétaire avait de quoi se l'offrir. La femme garde la bouche entrouverte et attend. Evgueni, qui va et vient entre le canapé et la fenêtre, fixe Oulianov du regard. Oulianov aimerait bien qu'elle lui propose un thé, fort et bien sucré, dans un grand verre. Certains faisaient ça à l'époque où il était flic et surveillait les ennemis du peuple, même ceux qui avaient de bonnes raisons de le craindre.

— Je suis très inquiet pour ma sœur, finit par dire Oulianov, prenant son ton le plus doux tout en essayant de déchiffrer le regard effrayé de Paula. Très inquiet, Madame. Et Evgueni aussi. Vous aussi, vous devez l'être.

La femme regarde d'abord Evgueni, puis lui.

— Oui, moi aussi, je suis très inquiète, déclare-t-elle.

— Elle ne serait pas partie sans rien dire, n'est-ce pas ? La femme s'assied au bord du canapé, comme si ses jambes la lâchaient, et regarde cet homme si grand qui semble planer au-dessus d'elle.

— Je vous promets que si elle revient, je vous appelle.

Oulianov se redresse. Il ne veut pas s'asseoir car il se mettrait à son niveau. Il jette un regard rapide sur le meuble, évaluant sa fragilité, avec l'envie de le renverser pour faire peur à la femme. Il étudie les photos.

— Est-ce que quelques-unes de vos jeunes filles sont là ? demande-t-il tout en promenant son regard sur les photos encadrées. La femme figure sur la presque totalité d'entre elles. Ce sont probablement des souvenirs de voyages car on reconnaît des monuments… et même le Kremlin, où elle est en compagnie d'un homme.

— Il n'y a personne ici. Elles ne sont pas encore rentrées, répond la femme.

Oulianov prend la photo où l'on aperçoit le Kremlin, puis il en saisit une autre où elle et son compagnon se trouvent sur une plage de galets noirs. L'homme a les cheveux longs, le torse nu. Il a l'air habitué à être en représentation ou à accompagner des personnes qui le sont.

— Le Kremlin, *senhora* Paula, dit-il. Comme je me rappelle bien…

La femme rougit. Ses yeux sont très sombres, elle cache bien ses rides. Elle doit avoir la soixantaine. Elle ne sait pas ce qu'elle doit dire. Mais elle se décide.

— Je voyage beaucoup. Je suis allée en Union… en Russie.

Oulianov ébauche un sourire.

— En Russie, parfaitement ! Et cette photo, cette plage ?

— Yalta. C'est le même voyage !

Oulianov continue de sourire. Il se rappelle la fameuse station balnéaire sur la mer Noire, dans la péninsule de Crimée, à l'époque où l'Ukraine était le grenier à blé de Moscou et son accès à la mer. Oulianov y avait passé deux semaines dans un hôtel réservé aux dirigeants de l'État, au bord de cette plage au climat agréable, toute recouverte de galets, et non de sable. Une autre époque. Il essaie de se rappeler la femme qui l'accompagnait à ce moment-là mais ne la retrouve pas dans ses souvenirs.

— Ça vous avait plu ? demande-t-il.

— Beaucoup. C'était une semaine extraordinaire pour nous… La femme rougit à nouveau.

— Nous… C'est votre mari, *senhora* Paula ?

— Non. C'était… un compagnon. Nous sommes restés amis.

Oulianov remet les photos sur le meuble et remarque la nervosité d'Evgueni.

— C'est dommage que vos pensionnaires ne soient pas là. Peut-être qu'elles pourraient nous dire quelque chose…

Oulianov essaie d'être sympathique pour qu'elle collabore. C'est ça ou l'intimidation, la démonstration de force. Il peut l'intimider. Car même si elle a peur, elle n'appellera pas la police, il en est sûr, ses loyers ne sont pas déclarés, d'après ce qu'Irina avait dit à Evgueni. Oulianov regarde ce dernier qui se colle contre la fenêtre et essaie de rester immobile. Il baisse la voix.

— Evgueni veut aller à la police, *senhora* Paula. Il pense qu'il est arrivé malheur à Irina.

La femme accueille cette information avec un sursaut, porte sa main droite – celle des bracelets en or – à sa poitrine, comme si elle avait du mal à respirer.

— Ce ne vaut peut-être pas la peine ! Elle va revenir… balbutie-t-elle.

Cette femme ne veut pas de problèmes, pense Oulianov. C'est une conclusion qui lui procure un puissant moyen de pression.

— Je veux voir la chambre de ma sœur, dit-il. Le ton de sa voix est doux, ses yeux verts, séduisants. On trouvera peut-être quelque chose susceptible de nous aider.

La femme accède à sa demande.

19

Une fois par mois, Eduardita Teles va dans un coin du salon principal de la demeure, ouvre la petite porte dissimulée sous une reproduction du *Désastre*, peint en 1942 par Vieira da Silva, derrière laquelle se cachent les quatre caméras en noir et blanc du circuit interne de vidéosurveillance permettant de voir le portail, l'entrée et l'extérieur. Elle allume les puissantes lumières du portail et appuie sur le bouton qui l'ouvre en grand.

Les fils d'Eduardita et Salvador, la femme et la fille de Lourenço, accompagnés, ce soir-là, de Rick, n'ont pas besoin d'allumer les phares quatre fois de suite pour que les cellules photosensibles ouvrent le portail. Un autre bouton permet d'éclairer l'allée d'arbres qui mène à la maison. Salvador comprend le plaisir légitime qu'éprouve Eduardita lorsqu'elle reçoit sa famille, même si elle est consciente que ses fils ne viennent que par obligation et que lui-même les accueille comme s'il leur faisait une faveur.

La rencontre mensuelle est un rituel qu'Eduardita a imposé à Salvador après le mariage de leurs fils. La demeure, que le couple avait choisi d'habiter lorsqu'il décida de quitter Cascais après le scandale, se trouve dans un endroit reculé, presque au cœur de la montagne de Sintra. Pour échapper à la vindicte publique, même après avoir éloigné leurs fils et Rick, ils avaient instauré un culte de la discrétion : Salvador a droit à sa vie privée, il sait qu'elle lui donne des forces. C'est pourquoi peu de personnalités publiques reconnaissent avoir été reçues dans cette maison, même si elles ont le sentiment d'avoir obtenu le droit à un traitement de faveur – parfois en échange d'une simple conversation – dans les journaux et les revues du Groupe Edirta.

Rien ne vient troubler l'allée bordée d'arbres. Les voitures sont garées derrière la maison, comme de vulgaires charrettes tirées par des chevaux harassés, car Salvador ne veut pas, malgré le grand espace qui sépare l'escalier du chemin arboré, que l'entrée devienne un parking. « Je veux voir des fleurs et des arbres, pas des voitures », avait-il déclaré. Personne ne se serait opposé à ses volontés.

Un amphithéâtre inversé, conçu pour impressionner les visiteurs qui accèdent à la maison par un escalier aux marches basses s'élargissant à mesure que l'on monte, le décor est posé. Cet escalier ressemble aux ondes formées par une pierre que l'on jette dans l'eau, il donne sur le grand salon, agrémenté d'une terrasse qui fait tout le tour de la maison.

À l'entrée, les visiteurs sont obligés de regarder vers le haut, où se tiennent les maîtres de maison. Salvador avait eu cette idée : pour qui entre et le voit en haut des marches, il a l'air encore plus grand. Et plus dominateur.

Aux murs sont accrochés de nombreux tableaux de peintres, surtout des Portugais et il ne viendrait à l'esprit de personne que ce ne sont pas des originaux. Seule une toile de Vieira da Silva est une copie, celle qui cache le panneau de contrôle et qui est donc exposée à l'agression des doigts appuyant sur les boutons de contrôle des caméras. L'original se trouve au Musée national d'Art moderne à Paris.

Enfin, le salon, qui peut être isolé de l'escalier par une tenture, s'étend sur les côtés, créant des espaces de relative intimité, aménagés avec raffinement : meubles anciens et sobres, porcelaines de grand prix et tableaux originaux de plus grande valeur encore, de différents peintres.

C'est aussi là que se trouvent les portes discrètes donnant sur la cuisine, la salle à manger, les escaliers menant aux chambres à l'étage au-dessus, le fumoir, la bibliothèque, ainsi que sur une salle plus petite et plus intime, réservée exclusivement à Eduarda et constituant son véritable sanctuaire.

L'arrivée de la famille obéit toujours à un ordre prédéfini. Les fils sont conduits dans le coin du salon où se trouve la vitrine, suspendue comme un tableau, où Salvador a placé tous les souvenirs de sa vie militaire et toutes les décorations reçues durant ses années dans la cavalerie. Il avait accédé au grade honorable de colonel et avait abandonné les armes pour vivre une passion éternelle avec la jeune Argentine qu'il connaissait sous le nom d'Eduardita. La passion du jeune officier avait également conquis le cœur de son futur beau-père, lequel assura les fondements de son futur empire. L'argent et les liens qu'il avait tissés avec d'autres militaires lui avaient conféré une puissance faite de nombreux pouvoirs et l'avaient mis aussi devant quelques situations plus embarrassantes.

Contre l'autre mur, une armoire munie d'une grille en bois – toujours fermée à clé – contient trois fusils de chasse dont l'un à deux canons et deux revolvers. Des reliques, des antiquités… qui pourraient servir un jour, au besoin, même si Salvador élude la question lorsqu'on lui demande si ces armes sont encore utilisables ou simplement s'il a encore des munitions.

Salvador avait été chasseur en Angola et en Argentine (sur un autre mur étaient fixées trois têtes d'animaux à cornes et deux têtes de lion), il avait continué à chasser à son retour au Portugal, mais Eduardita avait imposé sa loi : chasser de grands animaux, passe encore, mais tirer sur des petits, pas question.

Il avait cédé à sa requête, comme à toutes les demandes d'Eduardita. L'union de ces deux êtres

– un mystère aussi éternel que leur passion initiale – est toujours enveloppée de l'ombre d'un doute: Salvador conserve-t-il des liens amoureux avec sa femme ou bien est-ce l'argent de sa belle-famille qui le retient? Alberto qui s'est révélé incapable de maintenir une relation stable, rompant son mariage au bout de trois ans, est celui qui a le plus de doutes. Lourenço, pour sa part, évite toujours le sujet: il n'accepte rien qui puisse mettre en cause sa mère.

Eduardita a l'habitude de laisser Salvador avec ses fils et d'emmener la femme de Lourenço sur la terrasse ou dans la véranda – qui est une formidable serre en hiver. Elle dirige les opérations et fait servir au salon boissons et apéritifs.

Les dîners sont assurés par la cuisinière, qui fait des heures supplémentaires et veille aux moindres détails, une fois qu'Eduardita a vérifié attentivement le menu. Les mets doivent toujours être différents durant les vingt jours qui suivent chaque dîner. Les vins sont toujours excellents. Salvador les recommande à Alberto pour son restaurant. En parfait œnophile, il en vante la qualité et insiste sur leur prix. Mais il ne peut éviter d'éprouver du mépris pour ses fils lorsqu'ils ne s'extasient pas devant son choix ou qu'ils ont l'air indifférents.

C'est aussi la cuisinière qui sert à table pendant tout le repas. Elle s'applique d'une façon que personne n'apprécie à sa juste valeur et qui ne fait qu'empêcher toute conversation plus intime. Alberto en était arrivé un jour à penser que la présence de cette femme au service avait pour but d'interdire tout débat sur les affaires familiales.

L'ex-femme d'Alberto avait été exclue du groupe initial. C'était une blonde sympathique avec laquelle Alberto s'était marié – il ne savait plus pourquoi – et qui était passée à la catégorie d'« ex », lui épargnant ainsi le fardeau des enfants. Manquait aussi, pour cause de décès, le caniche noir qu'Eduardita s'était habituée à gâter de chocolats au cours du repas, hâtant ainsi sa fin et qui avait réussi à adoucir l'ambiance des dîners.

Ils passent à la salle à manger : la table a nécessité une journée entière de préparation. Le père, Salvador, en occupe un bout, la mère, Eduardita, l'autre. Ses cheveux très blancs, lâchés, contrastent avec sa peau brune, témoignage de son sang indien. Alberto, parce qu'il est seul, est placé en face de la trinité constituée par son frère Lourenço, sa belle-sœur et sa nièce, une adolescente aussi peu intéressante que sa mère.

Un jour, Alberto avait dit à son père qu'ils pourraient peut-être se montrer moins rigides dans la distribution des places à table afin de lui éviter de se retrouver seul dans un des camps. Salvador s'était borné à répondre, avec une bouffée de sa pipe en toile de fond, qu'il aurait de la compagnie à table quand il aurait trouvé une nouvelle épouse. Et la conversation en était restée là.

À table, comme l'exige l'étiquette, on n'aborde pas de sujets désagréables comme le travail ou les affaires. Eduardita exerce sur ce terrain qui est le sien un pouvoir absolu. On parle des mêmes membres de la famille, des mêmes connaissances, des mêmes sujets de politique, de quelques personnalités publiques, des intimes, semble-t-il, de Salvador et d'Eduardita. Parfois, si les mets ou le vin sont particulièrement exquis, le père et ses deux fils réussissent à se laisser bercer par des conversations nostalgiques qui se terminent sur la terrasse. Ce jour-là, Alberto et Lourenço attendent, comme à l'époque, que leur père donne le ton. Alberto ne cesse de se demander comment amener la conversation sur le jour où Salvador avait mobilisé toutes ses connaissances pour arracher ses fils et son neveu Rick à une sanction tenue pour inévitable, après ce qui était arrivé à la jeune Maria João Sampaio, connue sous le diminutif de Janeca, en les envoyant en Argentine avec l'espoir qu'ils reviendraient dans de meilleures dispositions. Mais il n'y aura jamais place pour un tel souvenir dans les réminiscences qui réussissent encore à s'infiltrer dans les conversations. C'est un fantôme qui n'a pas le droit d'être nommé et qui ne sera jamais exorcisé.

20

La femme introduit la clé dans la serrure et donne deux tours. Oulianov en conclut qu'elle doit souvent visiter les chambres de ses pensionnaires quand elles ne sont pas là.

Paula pousse la porte et Oulianov entre dans la chambre d'Irina. Il n'avait jamais pénétré ainsi dans l'intimité de sa sœur, ni à Moscou, ni dans la maison qu'il lui avait précédemment trouvée à Lisbonne. Et ce n'est pas seulement l'intimité de sa sœur qui le perturbe, c'est l'espace. L'appartement de leur mère, à Moscou, n'était pas beaucoup plus grand, mais les chambres étaient plus confortables.

« Ça ne peut pas être une "maison" pour Irina », pense-t-il tout en laissant errer son regard sur le lit étroit, la couette pourpre, la commode, les deux tables de nuit, les rideaux sales de la fenêtre d'où l'on voit la gare, la chaise recouverte de vêtements entassés à la hâte, l'armoire. Ses yeux s'arrêtent sur Evgueni, adossé au mur et toujours anxieux, puis sur Paula, appuyée contre le chambranle de la porte, qui se tord les mains de nervosité.

Oulianov se demande ce qu'il peut bien découvrir ici qui l'aiderait à trouver l'endroit où est sa sœur. Autrefois, il avait fouillé de nombreuses maisons. Avec courtoisie, mais aussi brutalement, parfois, s'il le fallait. On le redoutait toujours, mais on lui ouvrait toutes les portes. Cette femme, toutefois, ne semblait pas le craindre, même s'il remarquait en elle les strates successives de peur qui paraissaient correspondre à autant de secrets qui le frappaient presque comme des décharges électriques. « Elle cache quelque chose », se dit Oulianov, détournant les yeux vers la chambre puis les ramenant sur elle en essayant de voir dans quelle direction regarde la maîtresse de maison. Mais le visage de la femme, les yeux baissés, s'est à nouveau fermé. Il ne révèle rien. La chambre, finalement, ce n'est peut-être pas si important.

— Evgueni, dit Oulianov en russe, fouille l'armoire, les tables de nuit, regarde sous le lit… Je m'occupe de la commode. Je pense qu'on ne va rien découvrir mais faisons comme si. Il faut aller vite comme si on était de vrais flics et qu'on savait ce qu'on cherchait.

Evgueni n'hésite pas. Il ouvre l'armoire et entre pratiquement dedans. L'odeur douceâtre d'Irina, du parfum de supermarché qu'il lui avait offert, l'enveloppe, déclenchant des larmes de nostalgie et d'angoisse. Il n'y a pas beaucoup de vêtements dans l'armoire. Irina semble ne posséder que l'essentiel, comme si elle était de passage.

Son petit sac à main en plastique, Evgueni le trouve dans le dernier tiroir d'une des tables de nuit. Il contient les choses habituelles présentes dans un sac de femme, ainsi que son portefeuille. Il appelle Oulianov.

— Ce sont ses papiers.

Oulianov les examine : une carte bancaire – une seule, la seule carte que possède Irina –, un titre de transport, une photocopie de la carte de séjour, en l'absence de l'original.

— Elle est sortie… mais elle allait revenir, murmure Oulianov, toujours en russe. Elle n'a pas voulu prendre avec elle quoi que ce soit qui l'expose à une agression. Si elle se sentait si rassurée, c'est qu'elle était peut-être accompagnée. Elle est sortie d'ici directement la nuit où elle a disparu. De toute façon, elle n'aurait pas pris la photocopie, car les autorités auraient pu lui causer des problèmes si elle n'avait pas été en possession de l'original. Elle ne devait pas aller bien loin ni avoir besoin de retirer de l'argent. Et pourtant, son portefeuille est vide. Est-ce qu'elle en aura sur elle ? Il regarde la femme et parle en portugais. Irina est sortie avant-hier, la nuit, et n'est pas rentrée depuis, c'est bien ça ?

Les rares sourcils de Paula s'animent et se froncent.

— Ce ne sont pas mes filles. Je sais juste qu'elle est sortie et qu'elle n'est pas rentrée… pas encore.

Oulianov ne lui répond pas et se tourne vers Evgueni.

— C'est peut-être le travail dont elle t'a parlé… Cette femme en sait plus que ce qu'elle dit. Il faut qu'on s'y prenne autrement. Laisse-moi voir la commode.

Sur le dessus est posé un petit vase avec des fleurs en plastique, quelques factures, une boîte contenant des bagues et des bracelets de peu de valeur mais plus clinquants que les bijoux de Paula. Dans les deux premiers tiroirs, il y a des pulls, des chemisiers et des bas. Dans le troisième, des sous-vêtements. Et des papiers. Oulianov les saisit. Il voit une coupure de journal sur le procès du clan Cobra. Il le plie, le met de côté d'un air indifférent. C'est alors qu'il voit la cassette vidéo. Elle porte une petite étiquette sur laquelle est écrit à la main « *To Irina with love* ». Il la tend à Evgueni.

— Une cassette vidéo. Tu sais ce que c'est ?

Evgueni l'ouvre par les côtés en soulevant le volet de protection et sort la bande. Elle est courte, trente minutes, et à usage professionnel. Le petit carré du coin est ouvert. Elle ne peut donc pas être réenregistrée sauf si on le ferme. La dernière personne qui a gravé la cassette vidéo ne voulait pas qu'on enregistre quoi que ce soit dessus. La bande est lisse, comme neuve, mais on voit qu'elle a déjà été utilisée.

Evgueni regarde Paula. Oulianov aussi. Il se souvient des appareils dans le salon.

— Vous avez un magnétoscope, n'est-ce pas? demande-t-il.

La femme acquiesce lentement de la tête.

— Je veux l'utiliser, dit Oulianov.

La femme lui tourne le dos et sort dans le couloir. L'appartement est silencieux. Mais il cesse vite de l'être dès qu'elle allume la télévision avec un soupir de soulagement comme si cela la libérait de la curiosité des deux intrus. Evgueni introduit la cassette dans le lecteur de VHS. Les images d'un groupe de personnes assises à table autour d'un homme disparaissent. Evgueni rembobine et appuie sur *play*.

… Des parasites, puis l'écran s'éclaire. Soudain, le séjour se remplit de la voix d'Irina et de son visage. C'est une voix qu'Evgueni, Oulianov et même la patronne reconnaissent, mais qui ne parle pas, qui marmonne et soupire sur un rythme régulier, presque artificiel. Evgueni se laisse tomber sur le canapé et plonge son visage dans ses mains.

Les yeux d'Oulianov restent imperturbables. Existe-t-il sur terre quelque chose qui puisse le perturber? Rien, pas même le visage gonflé d'Irina («A-t-elle bu de l'alcool pour rester indifférente?» se demande Oulianov), ni les cils inhabituellement longs («des faux?»), ni les ongles longs aussi et vernis («Mais elle se les ronge…), les yeux brillants, ni même les sons de faux plaisir qu'elle émet.

L'image montre son visage, sa bouche, ses yeux, ses pommettes – qui ressemblent tant à celles d'Oulianov – et puis en arrière-plan, des draps, un bout d'épaule nue, une autre tête aux cheveux sombres, le contraste de ses cheveux blonds sur les draps… La respectable Paula porte sa main à sa bouche et disparaît par une des portes en poussant un « Aïe » douloureux. Les deux Russes ne lui accordent aucune attention, ils n'arrivent pas à quitter des yeux le poste de télévision. Irina joue le rôle d'une femme au paroxysme de l'excitation sexuelle, laissant aux spectateurs un léger doute car ses yeux, d'un bleu intense, sont concentrés sur la caméra et indifférents au reste, comme si le plaisir lui était étranger.

Oulianov enfonce ses mains dans ses poches et serre les poings. Il faut qu'il reste de marbre, il faut qu'il accepte la fureur d'Evgueni, qui s'exerce sûrement aussi contre lui du fait qu'il assiste à ce spectacle, il faut qu'il prenne de la distance et regarde cette femme comme si elle était n'importe quelle fille qui se laisserait filmer comme ça pour gagner de quoi vivre – pour elle et pour Evgueni, bien sûr –, parce qu'il n'existe aucun moyen de faire de l'argent aussi vite et que lui – et on en revient toujours là, par ricochets – ne réussit pas à l'aider, comme il le lui avait promis.

Les yeux rivés sur le poste de télévision, Oulianov s'oblige à penser à ce qu'il va faire après. S'il prend cette histoire comme un problème personnel, il va créer une zone de turbulences impossible à traverser, dangereuse. Et il va se perdre. Il cherche à rationaliser, il se réfugie dans l'impassibilité, il regarde Evgueni.

— Vous vous êtes déjà filmés ?… Tous les deux ?

— C'est ce que tu crois ? réplique Evgueni, en russe. Il baisse la tête. Jamais… jamais !

Evgueni se penche pour saisir la télécommande mais Oulianov bloque son geste. Dans sa vie, il a fait beaucoup de choses contre son gré. C'en est une de plus. Il ne veut pas voir, mais il doit regarder.

Irina a des relations sexuelles parce qu'elle y est obligée, et non parce qu'elle en a envie. Mais personne ne la force. Elle est payée pour, ça oui, et elle tente de simuler un plaisir qu'elle ne ressent sans doute pas.

Jetant un coup d'œil sur Evgueni et sur les deux portes du séjour, Oulianov monte le son au maximum. Les cris d'extase et les soupirs d'Irina doivent s'entendre dans tout l'immeuble. Paula pousse un cri. Evgueni se bouche les oreilles et sort en claquant la porte. Oulianov veut qu'on entende Irina, il veut que la propriétaire se sente mal à l'aise, il veut que les voisins perçoivent tous ces sons excessifs de sexe.

Finalement, la caméra s'approche davantage des yeux à nouveau verts d'Irina et, une fois, une seule, elle fait un signe : elle cligne de l'œil droit, très rapidement, et retient un sourire. La caméra recule lentement.

Pendant quelques moments encore, Irina continue à feindre l'extase. Puis les images disparaissent brutalement. Et le son aussi.

Oulianov rembobine la bande et retire la cassette. Il cherche Evgueni mais le petit Russe a disparu. Il doit être dehors, furieux. La patronne ne revient pas non plus. Oulianov se dirige vers la porte, la cassette à la main, sort et descend l'escalier.

Il trouve Evgueni adossé à sa voiture, en train de fumer rageusement. Il lève les yeux et Oulianov comprend : il n'a jamais réussi à être le gardien de sa sœur, Evgueni avait pensé qu'il pouvait jouer ce rôle, mais il avait échoué.

— Ils paient Irina pour qu'elle fasse ça, Evgueni, dit Oulianov. C'est ce fameux travail dont elle ne te parlait pas.

— Quelle pute ! s'exclame Evgueni. Oulianov secoue la tête.

— Ne sois pas idiot. Elle gagne sa vie. Pour elle et pour toi, non ? Tu ne peux pas la condamner. Peut-être qu'elle devrait faire autre chose… mais elle gagne sans doute plus d'argent comme ça.

Evgueni ne répond pas.

— Il y a des gens qui font bien pire, dit Oulianov, en montrant la portière du côté conducteur pour qu'il l'ouvre, moralement bien pires, pour survivre. Crois-moi, j'en sais quelque chose. Et maintenant, emmène-moi à Lisbonne.

— Qu'est-ce qu'on va faire ?

Oulianov regarde sa montre.

— Moi, je vais manger et boire un coup. Toi, il faut que tu reviennes ici et que tu surveilles cette femme, Paula. Elle était au courant. C'est pour ça qu'elle s'est éclipsée. On voyait qu'elle avait peur. Et donc, si elle sait des choses, elle peut nous conduire à quelqu'un qui nous en dira plus sur… – Oulianov regarde de côté, cherchant un mot qu'il ne trouve pas – ce qu'ils ont fait à Irina. Parce que sa disparition ne peut qu'être liée à ça ! Allez, on s'en va.

Evgueni ouvre la portière de la voiture et monte.

— Tu dois penser que je l'ai négligée, Oulianov, que je la méprise…

— *Korochó*, Evgueni ! Pas de problème ! On fiche le camp, tu ne sais pas ce qu'est la vie, toi !

21

Pour Alberto, les dîners sont un voyage dans le passé et la répétition de situations où on l'avait mis « au piquet » sans que quiconque n'en tirât avantage. Seul sur un des grands côtés de la table rectangulaire, son père à sa gauche, sa mère à sa droite et en face de lui l'étrange trio composé de son frère, sa belle-sœur et sa nièce que la femme de Lourenço avait voulu appeler Maria João sans que personne n'ait pu lui expliquer pourquoi ce n'était pas possible, Alberto est aussi le spectateur des rituels, des plats, des décorations qui ornent la table, des gestes conventionnels. Il résiste à la musique mièvre qui sort il ne sait d'où, à ces interminables morceaux classiques (du violon, la plupart du temps), style musique d'hôtel.

The Sound of Silence – plus pour son titre que pour ses paroles, qu'il n'a jamais retenues –, c'est la mélodie de la fameuse chanson de Simon et Garfunkel qu'Alberto s'efforce d'écouter dans sa tête pour fuir la pression de cette comédie qui l'exaspère de plus en plus. Mais aussi parce qu'il n'arrive pas à trouver la force de dire qu'il en a assez ni celle de monter sur scène pour jouer le rôle qu'on attend de lui.

Il avait eu ce sentiment dès leur arrivée, avec la distribution traditionnelle, père et fils, d'un côté, mère, bru et petite-fille, de l'autre, après qu'Eduardita eut annoncé que le dîner serait servi « dans quarante minutes, mes chéris ».

Lorsqu'ils s'étaient retrouvés seuls avec leur père, Alberto et Lourenço avaient gardé le silence. Ils l'écoutaient parler et tous deux, se dit Alberto, auraient voulu discuter de ce qui leur tenait le plus à cœur. Lourenço, du crime qu'il avait commis : il aurait essayé de l'avouer et de se le faire pardonner. Alberto, lui, aurait aimé comprendre ce que son père pensait de cette affaire, qui semblait se déverser jusqu'aux portes de Chef-d'Œuvre. Mais aucun des deux ne parla, sinon pour marmonner quelques brèves paroles ou mimiques destinées à faire du monologue de leur père un semblant de conversation, parce que les y obligeaient le respect qui lui était dû et les règles de l'étiquette, ou tout au moins ce qui leur en restait.

Alberto, la tête ailleurs, finissait par se dire qu'il aurait dû faire des efforts pour être comme son père. Salvador avait toujours été distant envers eux et il compensait son manque d'attention par une gestuelle qu'Alberto et Lourenço s'étaient mis à imiter, sans doute pour s'affirmer et montrer qu'à leur échelle, ils étaient aussi puissants que lui. Alberto sait bien que ce ne serait pas si drôle d'être comme son père, mais aussi que, s'il était un chef d'entreprise prospère, il aurait un tout autre statut. La jalousie et la frustration sont des sentiments qu'il connaît et qu'il essaye d'étouffer en se disant qu'il aurait couru le risque de vivre dans l'ombre de son père, comme Lourenço à Chef-d'Œuvre. Après un mélange de saumon et de crevettes géantes qui lui semble être un contresens, une terrine de pâté, des tranches de viandes froides et un plat très élaboré de veau rôti, bien tendre, farci et garni de fruits, après une pause précédant les deux desserts qui viendraient clore le repas, la curiosité fébrile d'Alberto surgit sous la forme d'une question.

— Tout se passe bien avec la mairie, du côté du Cais do Sodré ?

Salvador ne lui répond pas tout de suite. Peut-être parce qu'il n'est pas habitué à ce qu'Alberto lui parle de Chef-d'Œuvre où il se rend de temps en temps pour apposer sa signature sur des papiers, étant donné qu'il avait accepté – parce qu'il n'avait pas eu le courage de refuser – le rôle de directeur adjoint destiné à masquer l'hégémonie de son père.

Salvador hausse les épaules.

— Il nous faut attendre deux ou trois jours de plus, Alberto. Tu te rappelles qu'on a trouvé du sang et d'autres choses dans cette zone du quai, à côté de la gare fluviale du Cais do Sodré ? C'est juste à côté de notre chantier…

De l'autre côté de la table, Lourenço plonge dans son verre d'eau. Salvador poursuit, contrarié, ignorant le regard réprobateur d'Eduardita.

— Les gars de la mairie ont peur que quelqu'un remarque les travaux et que l'opposition leur cherche des noises. Avec les télévisions qui attendent de voir apparaître un cadavre du fleuve… ça peut arriver.

Alberto regarde son frère, puis son père. « Est-il déjà au courant ? Mais comment ? Lourenço ? Ou alors, par une étrange coïncidence, il pense qu'on est impliqués dans cette affaire ? » Il se demande ce que ferait son père s'il savait qu'il avait poussé et aidé son frère à tuer, avec tant de rage, une femme… dont le cadavre peut encore surgir du fleuve… et, comme la précédente, leur pourrir la vie.

— Et alors… quelque chose est apparu dans le fleuve ? demande-t-il.

— Rien, à part les saletés habituelles, répond Salvador. Mais si un cadavre surgit, c'est la tuile ! Ils nous déquilleront. Si quelqu'un a fait ça, il mériterait – il baisse la voix, pour que les femmes et l'enfant ne l'entendent pas, en se penchant vers Alberto – une balle dans la tête !

— Je vais me laver les mains, déclare Lourenço, la voix tremblante, en se levant. Alberto regarde sa montre.

— Tu as un rendez-vous, Alberto ? lui demande son père, les yeux perçants comme des balles. Tu n'as pas d'autre dîner, n'est-ce pas ? Et il se met à rire, sarcastique.

Alberto lui offre son plus beau sourire.

— Il faut que j'aille à Dance Spring. C'est mon destin : travailler… à pas d'heure.

— Tu dois l'accomplir avec goût et ardeur ! Tu continues à y aller tous les soirs ?

— Tous les soirs. Là-bas et au restaurant. Crois-moi, c'est fatigant, père… répond Alberto, tout en pensant à ce qu'il a convenu avec Rick. Il sait que son père suit les choses – ils ont le même comptable –, et qu'il doit avoir une idée de ce qu'il fait, tandis que lui essaie de montrer qu'il sait gérer ses affaires.

22

Cinq hommes débattent d'un sujet qui a l'air important, autour d'une table dans un décor où des images floues illustrant tous les maux du monde sont affichées sur les murs. Autour d'eux, évoluent en un ballet discret trois assistants opérateurs. Ils devraient n'être que deux, en principe, mais un des participants au débat est ministre. Silveira contrôle les opérations à distance, depuis le studio d'enregistrement, indifférent à l'avalanche d'opinions qui, avec des intervenants parlant sans réussir à terminer leurs phrases, finissent par ne plus l'intéresser.

C'est dans un de ces moments où ses yeux cessent de fixer les mouvements des caméras et sont las de regarder les trois moniteurs que Silveira remarque la lumière qu'émet son portable, protégé dans son étui et visible, tout en restant hors de portée des circuits d'image et de son.

Silveira se lève lentement, regarde les assistants

opérateurs et leur fait un signe avec deux doigts («Deux secondes» – c'est-à-dire, trois minutes peut-être). Ils se mettent en pilotage automatique, guidés les uns par les autres. Personne ne remarquera de différence.

Une fois hors du studio, Silveira regarde l'écran de son portable : appel manqué. Au moment où il se met à chercher à qui correspond le numéro, le portable s'éclaire à nouveau : Paula.

— Oui, murmure-il. Il salue un collègue qui passe, lorgne sur les jambes d'une journaliste et fait un clin d'œil à un agent de sécurité. Je ne peux pas te répondre tout de suite, Paula. Je suis en plein direct. Je t'apporte l'argent tout à l'heure.

— Ce n'est pas pour ça !

— Je t'appelle après.

— Silveira ! Écoute-moi. Ce n'est pas ça !

Silveira soupire.

— Il y a un problème !

— Fais vite, Paula ! Et pas de noms, dit Silveira.

— Cette Russe, celle qui est partie avec toi. Tu sais ? Elle n'est pas encore rentrée !

Silveira ne dit rien. La Russe. Elle avait quitté le yacht avec les deux frères. *Elle n'était pas rentrée ?*

— Son mec ainsi qu'un autre Russe qui avait une sale tête viennent de sortir d'ici. Ils m'ont posé plein de questions ! Elle n'est toujours pas là ! Et, que je sache, tu es la dernière personne à l'avoir vue !

Silveira regarde sa montre.

— Je te rappelle dans… quarante minutes et on parlera de tout ça. OK ?

— Mais il faut que tu saches encore une chose !

— Dépêche-toi.

— Elle… avait une cassette. Qu'elle avait cachée. Une cassette vidéo. Elle était… avec un homme dont on ne voit pas le visage ! Ils l'ont emportée ! C'est toi qui l'as filmée ? C'est toi qui la lui as donnée ? Pour quoi faire ? À l'époque où ils vivaient ensemble, Paula avait le droit de lui poser ce genre de questions, mais maintenant, non. Et bien qu'ils aient gardé de bons rapports, le vieux dicton fait loi : « On ne fait pas d'affaires avec ses amis. » Silveira raccroche sans lui répondre.

Salvador, debout dans le coin en retrait où se trouve un poste de télévision, regarde cinq hommes en train de gesticuler. Le son est bas, le thème du débat n'est pas clair.

Le dîner est terminé, Salvador a gardé sa pipe allumée quelques minutes de plus, Alberto et Lourenço ont fumé, la femme de Lourenço aussi, les cafés et les digestifs ont été servis. Arrive enfin le moment des adieux. Apparemment, seule Eduardita aimerait voir la soirée se prolonger.

Tous s'embrassent, Alberto, sa belle-sœur et sa nièce sur une seule joue, Lourenço et les parents, sur les deux. Au fond, la cuisinière, prête à s'en aller, dit au revoir et sort par la porte de service.

— Le dîner était très bon, Mère, dit Lourenço, lui

serrant le bras. C'est de tous celui qui semble le plus apprécier ces rencontres, peut-être à cause du repas.

— Dépêche-toi, Lourenço, lui dit sa femme. Je dois me lever tôt.

Lourenço regarde Alberto. Rentre chez toi, lui dit son frère. Essaie de bien dormir. On parlera demain.

— Tu vas au Dance Spring ?

Salvador tourne le dos à la télévision et s'approche.

— Il faut bien que j'y aille. Alberto fait un clin d'œil à son frère. Dans sa veste, le portable se met à vibrer. Il hésite un instant. On y va ?

Ils commencent à descendre les escaliers et Alberto sort son portable de sa poche. Silveira. Il fronce le sourcil.

— Il y a une fête, aujourd'hui ? demande Lourenço, à voix basse. Tu… vas faire un *rodéo* avec Rick ?

— Non, lui répond Alberto, tout en sachant que son frère n'en croit pas un mot. Il répond au téléphone. Attends un peu… dit-il, tout doucement.

Le groupe s'arrête à la porte. Salvador se tient au milieu de l'escalier, marquant une distance. Après quelques dernières bises, Eduardita ouvre la porte. Les deux frères, la bru et la petite-fille sortent et Eduardita ferme la porte. Ses yeux ne reflètent plus l'émotion qu'ils exprimaient à la fin des précédents dîners. Elle se retourne, cherchant son mari du regard.

Salvador est dans la pénombre, la télévision éteinte, les lumières aussi. Il regarde la masse sombre des arbres de la montagne de Sintra. Ses yeux se perdent dans l'obscurité.

— Il était bon, ton dîner, dit-il, sans se retourner, lorsqu'Eduardita commence à gravir les marches pour aller à sa rencontre.

Eduardita n'avait pas accepté facilement de fuir la société plus cosmopolite de Cascais pour celle de Sintra, ni pour reconstruire cette maison qui alliait des styles si différents. Elle craignait la solitude, mais elle avait fini par comprendre que Salvador partageait cette solitude avec elle et elle s'était sentie moins seule.

Salvador se retourne. Quelque chose dans son regard préoccupe Eduardita.

— Ça va ? C'est une question qu'elle lui pose souvent lorsqu'elle sent quelque chose de différent.

— Oui, dit Salvador. Il lui ment mais ne peut rien lui dire. Il lui tend la main droite, comme on le faisait dans les bals autrefois pour inviter une femme à danser. Il a tellement envie de revenir dans les *pampas* d'Argentine, peut-être plus qu'elle encore et il n'ose pas le lui dire.

Alberto reste en retrait, dehors. Il porte le téléphone à son oreille droite et salue son frère de sa main gauche. Lourenço, qui est encore hors de la voiture où se sont réfugiées sa femme et sa fille, hésite.

— Rentrons à la maison, répète sa femme. Lourenço monte dans la voiture et démarre.

Son frère, qui lui tourne le dos, ne fait qu'écouter, semble-t-il, il ne parle pas.

23

Les *rodéos* avaient commencé des années auparavant, un soir que Rick, qui venait de rentrer d'un tournage – un de plus – aux États-Unis, avait l'air profondément contrarié de toujours devoir jouer des rôles de mafieux, de trafiquant de drogue sud-américain ou de terroriste arabe.

Il se trouvait avec Alberto et Lourenço au Dance Spring. Le bar n'était pas encore ouvert et ils avaient déjà beaucoup bu, fumé des joints et regardé des retransmissions sportives sur des chaînes câblées, sur les immenses écrans suspendus aux murs. Ils réfléchissaient tous à la manière de finir la soirée agréablement. Soudain, Rick se retourna vers les deux frères.

— Vous vous souvenez de Janeca Sampaio ?

Alberto et Lourenço se regardèrent. Pour eux, le sujet était tabou.

— On s'en souvient tous, Rick, lui répond rapidement Alberto en baissant la voix. Mais aucun d'entre nous ne devrait s'en souvenir. « Tais-toi », c'est ça qu'il voulait dire.

— Ça fait trente ans et on n'en a jamais parlé, ajoute Lourenço.

— On a fait une connerie. Une fois. Tous les trois ensemble. C'est tout. Ce n'est pas bon de se rappeler les conneries, ajoute Alberto.

— Les conneries, *hombre*, nous apprennent à vivre, riposte Rick en affichant le sourire pervers qui avait tant plu à un directeur de la photographie.

Alberto mit un terme à la conversation en fermant les yeux et en s'adossant au mur. Le souvenir était toujours vif dans sa mémoire.

Cette nuit-là, Lourenço, Rick et lui, déjà complètement soûls, se trouvaient à la discothèque Galáxia, à Estoril. Janeca – diminutif de Maria João – avait été quelques années auparavant la petite amie, ou presque, d'Alberto. Elle était là, elle aussi, ce soir-là, mais en compagnie d'un autre garçon, de Lisbonne. L'échange de regards entre Alberto et Janeca sembla prendre plus d'importance qu'il n'en avait en réalité. Tous trois avaient attendu Janeca et son ami à la sortie, Alberto dirigeant les opérations. Au début, elle n'avait même pas réussi à crier.

Entre Estoril et Ramalhão, entre Ramalhão et Estoril, Maria João Sampaio avait été violée à plusieurs reprises par les trois garçons, dans la voiture de sport décapotable du père, que les deux frères, qui allaient sur leurs vingt ans, se partageaient.

Vers quatre heures, ils avaient abandonné la fille nue et blessée au bord du barrage de la rivière Mula, un des endroits les moins connus du massif forestier de la montagne de Sintra, et s'étaient enfuis. Le sac à main de Maria João Sampaio, qu'elle avait elle-même jeté hors de la voiture lorsqu'elle avait essayé de s'échapper à Ramalhão, avait constitué une piste pour les autorités. La nuit avait été un cauchemar pour elle, le jour suivant un cauchemar pour eux. Trois jours plus tard, Alberto, Lourenço et Rick étaient en route pour l'Argentine.

Rick l'obligea à revenir au présent.

— *Mira*, Alberto !

Son cousin montrait du doigt une des télévisions. Sur une des chaînes, un public composé d'hommes cravatés suivait en criant et en applaudissant ce qui semblait être un événement réel : une *cowgirl* délurée, vêtue d'un short et d'un gilet en jean garni de franges à l'indienne, coiffée d'un chapeau à larges bords qui tenait mal sur ses cheveux blonds, chevauchait un taureau. Ou une vachette, peut-être. S'il y avait un accompagnement musical, on ne réussissait pas à l'entendre. Mais l'animal était peut-être drogué car il semblait s'empêtrer dans ses ruades. La *cowgirl* se trémoussait au rythme de la musique en simulant un *show* érotique. Allait-elle se déshabiller ensuite ? Avec un immense sourire, Rick se tourna vers Alberto.

— Et si on faisait… un rodéo ? Nous trois ?

Alberto et Lourenço ne répondirent pas. Rick continua à voix basse :

— Ta voiture – il désigna Lourenço –, qui est la plus grande. Quatre places, nous trois et trois filles. On partirait d'ici, de l'Avenida 24 de Julho à l'Avenida da Índia, on passerait par le viaduc au-dessus d'Algés, puis on se dirigerait vers l'entrée de l'IC 19… et peut-être qu'on irait jusque chez moi, à Tires, ou chez toi, Alberto, à Cascais. Les trois nanas et quelques joints. Pendant que l'un conduit, les autres s'envoient en l'air. Après, on continue le rodéo à la maison. Quelle est la différence avec l'histoire de Janeca ? On paie et on ne force personne. *Consenting adults*, Alberto.

Lourenço jeta un regard sur l'écran de télévision et sourit.

— Elles vont *nous chevaucher*, alors ?

— Sur le siège avant, sur le siège arrière… dit Rick. Nous ferons les taureaux, elles s'assiéront sur nous… Vous imaginez la tête des gens dans les autres voitures ?

— Et la police routière ? demanda Alberto, plus intéressé.

— Nous sommes tous des adultes qui savons ce que nous faisons, non ? Rick se leva et regarda autour de lui les personnes qui commençaient à arriver. Cette rousse aux cheveux courts, cette blonde qui l'accompagne et l'autre, aux cheveux noirs bouclés. Je parie qu'elles viennent avec nous ! Je conduis, toi, tu as le droit de choisir !

Pendant quelques minutes, personne ne dit mot ; Alberto finit par éclater de rire. Rick alla trouver les femmes, accoudées à un bout du comptoir.

Le premier rodéo se prolongea tard dans la nuit. Ils arrivèrent à Cascais, passèrent un moment chez Alberto puis revinrent. Il y eut bien quelques inhibitions, qui cédèrent à mesure que le jeu devenait plus régulier.

Une heure après le dîner familial, seul avec Rick qui est dans l'attente d'un nouveau contrat, Alberto refait le chemin. Ils emmenaient trois jeunes filles, dont Rick avait examiné attentivement les cartes d'identité jusqu'à les entendre déclarer *consenting adults*, en leur répétant qu'il était le seul acteur portugais à avoir du succès à Hollywood. L'audace qui lui fait défaut dans d'autres domaines, il n'a aucun mal à la déployer avec les trois passagères. Mais Alberto, à l'aube, finit par sombrer dans une profonde humiliation : le coup de fil de Silveira et la menace qui s'en dégageait ont douché son enthousiasme, ce qui ne lui était jamais arrivé auparavant.

DEUXIÈME PARTIE

Un monde souterrain

« La chose la plus précieuse que possède l'homme est la vie. Elle ne lui est concédée qu'une seule fois et il doit la vivre de manière à ne pas sentir la douleur poignante des années passées en vain, pour ne pas être brûlé par la honte d'un passé vil et mesquin et pour que, en mourant, il puisse s'exclamer : toute ma vie et toutes mes forces ont été consacrées à la cause la plus belle du monde, la lutte pour la libération de l'humanité ! Chacun doit s'empresser de vivre, car une maladie stupide ou un événement tragique peut rompre le fil de l'existence. »

Nikolaï Ostrovski, *Et l'acier fut trempé.*

1

Oulianov descend la Rua das Flores et, avant de revenir au Cais do Sodré, il entre au Solar. À cette heure-là, il n'y a que l'un des deux patrons. Au comptoir, des gens se pressent autour de cafés, de pâtisseries sucrées et de *salgados*. En voyant Oulianov, l'homme regarde la bouteille de vodka, mais ce n'est pas ça que veut le Russe.

— Vous avez le journal d'hier ? demande Oulianov. Le Solar, comme beaucoup d'autres établissements, conserve le *Notícias da Manhã* toute la journée, sur les tables, pour ses clients. Oulianov le repousse, ni le quotidien ni le monde dont il donne des nouvelles ne l'intéressent. L'homme lui tend un autre journal, qu'il prend derrière le comptoir.

— On ne sait jamais quand un canard sert à quelque chose… dit-il.

Sur une table libre, Oulianov feuillette le journal. La nouvelle qui l'intéresse se trouve dans les premières pages et porte sur les recherches effectuées dans le Tage par la police maritime, les pompiers et l'Institut de Secours aux Naufragés, après les suspicions d'« un acte violent pouvant être à l'origine d'une noyade à cet endroit », phrase énigmatique attribuée à une source de la police judiciaire. Il y a des références à du sang et à des cheveux blonds retrouvés sur les lieux et deux photographies, l'une de la zone du quai, l'autre des bateaux sur le fleuve, avec deux plongeurs, l'un d'eux sortant de l'eau. Aucune nouvelle d'une quelconque découverte importante.

Oulianov arrache la page du journal, le rend à l'homme du comptoir, lui demande celui du jour, le feuillette, ne voit rien qui puisse l'intéresser et sort.

*

Alberto qui passe par le bureau de Chef-d'Œuvre avant de se rendre au restaurant, à Lisbonne, arrive généralement tôt. Mais ce matin-là, lorsque Lourenço apparaît, il n'est pas encore là. La secrétaire lève la tête, le salue et revient à son ordinateur.

Lourenço demande les journaux du jour, la secrétaire lui en désigne trois, sur un coin de la table, Lourenço les emporte dans son bureau. Il referme la porte et les feuillette minutieusement. Sur l'événement, rien. Il se dit qu'il ne doit pas s'en faire. La nuit précédente, sous l'effet de ce qu'il avait bu (chez son père, puis chez lui), et grâce à une double dose de calmants appartenant à sa femme, il avait mieux dormi. Alberto arrive deux heures plus tard, le visage fermé.

— Il y a quelque chose ? demande-t-il, en montrant les journaux.

Lourenço secoue la tête.

— Et Père ?

— Je ne sais pas. Vous vous êtes bien amusés, hier, Rick et toi ?

— Même pas, répond Alberto, lui tournant le dos, indifférent. Je vais prendre mon petit-déjeuner et je reviens. Et il sort.

Lourenço l'observe tandis qu'il s'éloigne, va à la fenêtre, le voit sortir de l'immeuble et entrer dans le café de l'autre côté de la rue. Il se dit tout à coup : « Il me vendra, s'il le faut, pour s'en tirer. »

S'il connaissait les pensées de son frère, Alberto lui donnerait raison, mais le problème ne se pose pas, pour le moment. C'est Silveira qui le préoccupe. Il prend deux cafés, pour essayer de compenser sa mauvaise nuit. Il doit lui téléphoner mais il n'en a pas envie. Il est presque midi et il avait promis de parler à Silveira le matin. Il ne peut pas le laisser perdre son sang-froid. Ni le perdre lui-même. Ni laisser Silveira prendre peur et vouloir le menacer. Ou se mettre à tenir des propos inacceptables.

La situation le préoccupe de plus en plus. Les vols de motos, de voitures et de bateaux, l'enlèvement et le viol de la future reine de la haute société du triangle Estoril-Sintra-Cascais – tous les méfaits commis à l'adolescence, que leur père avait réussi à cacher, soustrayant ses fils aux autorités en les envoyant en Argentine – n'étaient rien comparés à la mort d'une personne.

Les cris d'encouragement adressés à Lourenço pour qu'il violente la Russe puis pour qu'il la liquide faisaient d'Alberto un *donneur d'ordre*. S'il y avait eu des témoins. Mais le fait qu'il n'y en avait pas eu n'empêche pas que les choses puissent remonter jusqu'à eux… ou jusqu'à leur père. Si l'on découvrait le corps de la Russe, si Silveira ou la femme qui la logeait comprenait, si quelqu'un (les autres filles ?) faisait le lien avec eux, la situation deviendrait très dangereuse.

Les tournages, c'était une chose, une prostitution d'un nouveau genre déguisée en œuvre d'art, un homicide, c'en était une autre. Rick n'avait rien dit, mais il avait vu la Russe sortir avec eux sur le petit bateau à moteur après le tournage, et aucun d'entre eux n'était revenu. Rick était fiable, Silveira, non. Pouvaient-ils associer la mystérieuse disparition sur le Tage à la Russe que Lourenço et lui avaient emmenée ? La veille, il n'avait eu ni le temps ni le courage d'en parler. Rick allait partir aux États-Unis dans quelques jours. Mais Silveira, non, il serait toujours dans les parages. Il sait qu'il doit lui parler, mais pour lui dire quoi ?

2

À l'heure du déjeuner, Oulianov prend son portable sur le chantier et sort de la caverne où il travaille pour composer le numéro qu'il retrouve dans sa mémoire. C'est la voix qu'il connaît bien qui répond.

— Inspecteur Moura ? demande Oulianov.

À l'autre bout de la ligne, l'homme ne répond pas tout de suite. Des assiettes, des couverts et des conversations s'entendent en bruit de fond. Oulianov l'imagine assis en train de déjeuner dans un restaurant, ce qui lui fait penser à sa table du Solar. Puis il l'entend.

— C'est exact, Oulianov, c'est moi. Qu'est-ce que tu veux ?

— Te parler, inspecteur. C'est urgent.

— C'est urgent… l'homme se met à rire. Quand tu me téléphonais, c'était toujours urgent. Tu n'as vraiment pas changé, hein ? Pas même de vie, sans doute…

— Si, j'ai changé. J'ai cinq ans de plus, inspecteur. Il faut que je te parle, insiste Oulianov.

— À six heures, ça te va ? Tu viens ici ou c'est parce que tu ne peux pas venir que tu téléphones ?

— Je peux encore entrer chez vous, inspecteur, que je sache.

— Entrer, tu peux toujours, c'est sortir qui peut poser problème. L'homme raccroche.

À six heures moins cinq, Oulianov se présente à l'entrée de la PJ. Il montre ses papiers, indique la personne qu'il va voir et se laisse patiemment fouiller, tandis que l'un des agents parle au téléphone à voix basse.

Les deux agents ont dû voir quelque chose sur leur ordinateur car ils regardent leur écran et Oulianov plusieurs fois de suite. Ils le laissent enfin monter. L'inspecteur a toujours le même bureau, au même étage. Oulianov frappe à la porte et entre. L'inspecteur ne se lève pas. Maigre et le cheveu rare, il semble plus vieux que son âge, plus tassé. Sans dire un mot, il désigne une chaise à son visiteur, devant son bureau.

— Je ne pensais pas que tu reviendrais ici. Je n'ai jamais cru que je te reverrais, dit-il.

— Eh bien, moi, j'ai toujours pensé qu'on se reverrait, inspecteur.

— Tu as écrit ton *Guerre et Paix* ?

Oulianov hausse les épaules. Quand on ne lui parle pas de *Guerre et Paix*, qui est le titre le plus connu, on évoque *Une journée d'Ivan Denissovitch* ou bien *Et l'acier fut trempé*. On ne lui avait jamais parlé des *Trois sœurs*. Ni d'*Oncle Vania*. Ils confondent tout, ils se trompent tous. Il répond comme à son habitude lorsqu'on l'interroge sur l'ouvrage le plus connu de Tolstoï.

— Je suis en paix avec moi-même et ce n'est pas à moi de dire si je suis en paix ou en guerre avec la société. Mais si j'ai été en guerre, j'ai désormais accepté la défaite sur le champ de bataille. De plus, il y a toujours un temps pour la guerre et un temps pour la paix… Mais je crois que ça, c'est déjà dans la Bible.

— Tu n'as pas changé tant que ça. L'inspecteur semble toujours être à la recherche d'une réponse adéquate, qu'il ne trouve jamais. Oulianov attend et l'observe. Ses mains sont plus maigres, son nez plus crochu. Cinq ans auparavant, ils avaient été dans des camps opposés jusqu'à ce qu'Oulianov se mette à table et lui offre le clan Cobra. Il l'avait aidé. Maintenant, c'est Oulianov qui a besoin d'aide. L'homme soupire et rompt le silence.

— Tu travailles toujours au même endroit ?

— Les travaux ne sont pas finis. Et je crois qu'ils ne finiront jamais. Mais je n'ai jamais rien compris à la construction !

— C'est vrai, mais en démolition, tu t'y connais. Tu fréquentes toujours le Solar ?

— Tu es bien informé, inspecteur.

— J'essaie de savoir où traînent mes…

— *Clients?*

— *Amis.*

Oulianov ne lui répond pas. Collègues, tout au plus, lui au chômage, pas l'inspecteur – tous deux sont des *politsia*. Rien de plus.

— J'ai besoin de ton aide, inspecteur. Ma sœur a disparu. Elle s'appelle Irina. Irina Tchekhov. Elle habitait à Queluz, dans une chambre en location. Elle a disparu depuis trois jours.

— Et c'est moi que tu viens voir?! Je ne m'occupe pas des personnes disparues!

— Je sais. Mais je crois qu'il ne s'agit pas seulement de ça. Ces restes qui ont été retrouvés près du Cais do Sodré, du sang, des cheveux blonds, de la peau ou des bouts de cervelle... C'est ce qu'il y avait dans les journaux. C'est peut-être Irina. Oulianov le regarde fixement. Le policier est le premier à détourner le regard. Il pense qu'il ne réussirait pas à déclarer avec tant de froideur qu'une personne de sa famille était morte de cette façon.

— Ce n'est pas moi qui m'occupe de cette affaire, répond Moura, essayant de paraître indifférent.

Oulianov poursuit.

— Ce que vous avez trouvé permet l'identification. Vous pouvez procéder à des examens dans vos laboratoires.

— Des examens? Tu veux parler de tests ADN? Nous avons besoin d'un élément de comparaison! D'une chose lui appartenant. Et, pour l'amour de Dieu, Irina est une immigrée. Elle est peut-être même rentrée dans... dans son pays. Et eux, là-haut, ils sont débordés. Moura se tait. Il ne veut pas lui dire que la suspicion de mort d'une immigrée, même victime d'un crime, ne passerait jamais avant d'autres enquêtes.

— Vous pouvez effectuer cette comparaison avec quelque chose à moi, dit Oulianov, se rappelant ce qu'il avait appris à l'Académie Frunze. Nous sommes frère et sœur, même si nous n'avons pas le même père. On peut recueillir un échantillon de ma peau. L'acide désoxyribonucléique, comme tu le sais, est une molécule contenant l'information génétique sur un être vivant déterminé, sur la base d'une séquence de nucléotides. Ma sœur a la même information génétique que moi. Il vous suffit de comparer mon ADN avec celui des cheveux que vous avez trouvés. On saura tout de suite s'il y a un lien ou non avec moi. S'il y en a un, la victime est ma sœur. Morte ou vive. Si vous avez un nom, vous pouvez enquêter.

— Je ne suis pas habilité à prendre ce type de décision, Oulianov. Je ne peux pas te conduire là-haut à la police scientifique, je n'ai rien ici pour prélever un échantillon, quel qu'il soit, pour qu'ils l'examinent. Moura s'adosse à sa chaise. Si tu veux, je vais voir ce qu'on peut faire... et je te tiens au courant. La conversation est terminée, décide Moura. L'insistance d'Oulianov le dérange : il a peut-être raison, se dit-il. Bien sûr, il lui doit le démantèlement du clan Cobra, mais ce qu'il demande dépasse ses compétences. Il lui faut s'informer. Il se lève.

Oulianov se lève lui aussi, les yeux posés sur le bureau. À côté du clavier de l'ordinateur se trouve un pot avec des crayons, des stylos et une petite paire de ciseaux. Moura voit une ombre passer devant lui, il se recule en regardant le Russe face à l'explosion soudaine sur le bureau : les crayons et les stylos, éjectés du pot, roulent sur la table et dégringolent par terre tandis qu'Oulianov saisit de sa main immense la paire de ciseaux et de l'autre, le pot à crayons, inoffensif. Moura n'arrive pas à détourner son regard ni à ébaucher un geste pour se défendre, au cas où Oulianov aurait l'intention de l'agresser.

Mais Oulianov se contente de passer une des lames des ciseaux sur la paume de sa main gauche et de reposer le pot, vide, sur le bureau. Il ferme son poing gauche de sorte que, de la blessure de sa paume, tombent de grosses gouttes rouges à l'intérieur du pot. Puis il ouvre sa main calleuse à la peau sèche et montre la blessure faite par les ciseaux : un lambeau de peau se détache, le sang coule encore le long de la ligne de vie. Il coupe le bout de peau avec les ciseaux et le laisse glisser dans le pot où il tombe sur le fond rouge. Il jette les ciseaux, ouverts et ensanglantés, sur des papiers blancs, où ils font de petites taches rouges. Moura fait un bond en arrière pour échapper à ce que tout son corps interprète comme une menace.

— Tu as là tout ce qu'il te faut pour faire le test, dit Oulianov en fermant le poing.

L'inspecteur Moura est livide. Il appuie les mains sur le bureau pour que l'autre ne voie pas qu'elles tremblent. Oulianov baisse les yeux, lui signifiant qu'il n'a pas l'intention de se soucier de son état et, sortant un grand mouchoir délavé de la poche droite de son pantalon, il y enveloppe sa main gauche. Puis il regarde à nouveau l'inspecteur.

— J'ai besoin de savoir, inspecteur Moura. Moura explose enfin.

— Tu es fou, putain ! Je devrais... je devrais... Pour l'amour de Dieu, Oulianov !

Oulianov le fixe du regard. Il serre son poing gauche et sent l'humidité sur le tissu. Il sourit. Moura, lui, ne sourit pas, mais il semble plus calme.

— Les ciseaux sont une arme dangereuse, inspecteur. Comme n'importe quel objet bien utilisé. Oulianov lui présente le papier qu'on lui a donné à la réception et Moura le signe machinalement. Tu me tiens au courant, inspecteur ?

Le policier acquiesce d'un signe de tête. Il n'arrive pas à parler ou n'en a pas envie.

— Du résultat du test, précise Oulianov.

— Bien sûr. Autre chose ? Moura se met à ranger son bureau, essayant de ne pas toucher au pot.

— Oui ! Je veux savoir quand Koba sortira de prison...

— Pourquoi ? En quoi ça t'intéresse ? Oulianov ne répond pas.

— Je crois qu'il est encore en prison, dit Moura. Toi, tu es sorti il y a un an et quelque, non ?

— Oui. La différence dans la durée de la peine a été moins importante que ce qu'on m'avait promis.

— Nous, on n'y peut rien, ce sont les juges qui décident. Mais laisse tomber… Il est au trou et toi, tu es dehors, dit Moura, d'un geste vague. Et quand il sortira, il sera mis sous bonne escorte dans le premier avion qui l'emmènera hors de l'espace Schengen. C'est du moins ce que je crois.

Oulianov lui tourne le dos et se dirige vers la porte. Son sourire a disparu. Il aurait préféré obtenir une réponse plus précise sur la menace que l'ancien colonel Zhudugyn peut encore représenter. Il ouvre la porte pour sortir.

— Oulianov, dit Moura. Le Russe se retourne. L'inspecteur fait une grimace en guise de sourire. Tu devrais utiliser du déodorant ! Si toutefois tu te laves !

Oulianov regarde le policier, la main sur la poignée de la porte.

— Comme ça, tu me trouveras plus facilement, inspecteur : à l'odeur !

Dehors, dans le couloir, Oulianov ne se contient pas et, se rappelant la panique de Moura, il éclate de rire. Quelques cheveux ou un fragment d'ongle suffisent pour faire un test d'ADN. Mais en voyant comment l'homme de la police judiciaire a été impressionné par son geste, il a retrouvé quelque chose de sa vie d'avant. Et ça lui a plu. Au contact de l'air frais de la rue, il se sent dans le même état que le jour où il était sorti de prison. Pourtant, rapidement, ses yeux perdent leur éclat et son visage, comme toujours, se ferme au monde, comme une maison où toutes les fenêtres et toutes les portes se fermeraient à la hâte pour échapper à la tempête qui s'approche.

3

L'appel de Silveira lui avait laissé un arrière-goût amer et une appréhension qui évoluèrent lentement vers un état de rage dans lequel Alberto continue à se sentir bien : « La Russe semble avoir disparu. Elle n'est pas rentrée chez elle depuis qu'elle est sortie avec vous. » Silveira, qui était rusé, n'était pas allé plus loin. Et peut-être n'avait-il même pas compris qu'il poussait ainsi Alberto à aller lui-même plus loin.

Alberto n'a pas besoin de réfléchir beaucoup pour trouver une solution. Il pense aux casiers fermés à clé et cadenassés qui contiennent leurs affaires personnelles au bureau de Dance Spring. Et à Conan, qu'il appelle. La voix du gardien de ses intérêts est affable lorsqu'il décroche, mais Alberto évite les conversations qu'il juge inutiles et va droit au but.

— Tu as une chose dans ton casier… dont j'ai besoin, Conan. Tu peux me la prêter, me la vendre ou… m'en trouver une semblable ?

— Si c'est ce à quoi je pense… – et la voix de Conan commence à se faire traînante – il vaudrait mieux… en trouver une autre. Clean. Complètement clean. C'est plus sûr, mais ça peut être illégal… jusqu'à ce qu'on légalise !

— Évidemment. Pour moi, c'est OK. Aujourd'hui ?

Conan est prudent.

— Oui, je pense.

— Pas de « je pense », « oui », c'est tout. Tu m'avertis dès que tu l'as ? C'est urgent… Quant au prix…

— Ce n'est pas ton problème, Alberto, ne t'en fais pas. Tu ne vas pas faire quelque chose que tu ne devrais pas, hein ?

— Bien sûr que non ! et Alberto raccroche.

La voix sympathique de la secrétaire du conseiller municipal se fait entendre à l'autre bout de la ligne.

— Monsieur Teles, comment allez-vous ? Monsieur le conseiller municipal souhaiterait vous dire un mot. Est-ce possible ?

Salvador se lève pour fermer la porte de son bureau. Il se trouve à Chef-d'Œuvre, Mariana semble attendre qu'il l'invite à prendre l'apéritif avant qu'elle ne retourne dans sa maison de femme séparée et que lui ne rentre à Sintra pour dîner avec sa femme. Et ses fils ne sont pas là. Ou ne sont *plus* là. Salvador imagine qu'on va lui demander d'aller à Lisbonne, très embouteillée à cette heure-ci, il sait qu'il court ce risque. Il s'assied à son bureau et regarde les poissons nager d'un bord à l'autre sur le fond bleu de son ordinateur qu'il avait allumé il ne savait plus pourquoi.

— Si c'est pour une réunion maintenant, ça va être assez difficile, Madame, finit-il par répondre en prenant une voix métallique. Je suis au bureau, en plein Algés, et je mettrais une bonne heure pour arriver. Si Monsieur le conseiller municipal veut bien attendre…

— Non, non ! Il veut juste vous parler au téléphone, Monsieur ! La secrétaire émet un rire de circonstance.

— Quelle excellente nouvelle ! Le Conseiller municipal veut me parler sans que j'aie besoin d'aller à Lisbonne ! Bien sûr que je suis disponible, Madame. Avec plaisir !

La voix de femme s'efface, cédant la place aux *Quatre Saisons* de Vivaldi. L'attente dure quatre minutes, d'après l'horloge de l'ordinateur. Salvador commence à en avoir assez des Vivaldi téléphoniques et des poissons artificiels des ordinateurs.

— Vous allez bien, Monsieur Teles ? la voix est joviale, assurée.

— On ne peut aller mieux, Monsieur.

— Je veux vous annoncer une bonne nouvelle : nous allons commencer à enlever nos affaires du chantier du Cais do Sodré et le projet de centre nautique va être approuvé la semaine prochaine, lors de la réunion du conseil municipal. Je sais l'importance que revêt le projet pour vous et pour la ville, et cette contribution, que vous nous offrez en grande partie en partageant les coûts, donnera une valeur esthétique et touristique fondamentale aux rives de notre fleuve.

Salvador soupire. Il va devoir dépenser plus qu'il ne l'escomptait. Et offrir les boutiques à la mairie ou à des membres de la famille des gens de la mairie. Mais son nom sera gravé à jamais, avant qu'il ne leur tourne le dos.

— Ça me va, répond-il sans modifier le ton de sa voix, comme s'il construisait des centres nautiques tous les jours. Donc, je peux commencer à entreposer mon matériel ?

— Oui. J'ai aussi obtenu les informations sur le sous-sol que vous aviez demandées à mon ingénieur. Nous n'avons pas grand-chose mais, à ce que nous avons compris, il n'y aura pas de surprises. Il suffira de faire attention à la partie souterraine de la gare de chemin de fer, qui fait la liaison avec le métro. Si vous voulez, vous pouvez engager vos prospections comme vous l'entendez, nous vous en serons même reconnaissants. Et si vous trouvez du pétrole…

— Je sais – s'empressa de répondre Salvador, en allant droit au but –, je garderai cinquante pour cent des bénéfices et pour le reste, quarante pour cent iront à la mairie et dix pour cent dans votre poche !

L'éclat de rire du conseiller municipal sonne faux, mais il s'esclaffe à deux reprises encore. Salvador sait qu'il réagit de cette façon à sa blague tant qu'il n'a pas trouvé une réponse qui n'éveille pas les soupçons de qui les écouterait. Il finit par répondre.

— Toujours à plaisanter, Monsieur Teles ! Toujours à plaisanter ! Bien, c'est tout ce que je voulais vous dire…

— Je vous remercie beaucoup de votre gentillesse. Salvador raccroche le premier. Il se lève et éteint son ordinateur. Il sort sa pipe de sa poche, la met en bouche et la mâchonne. Les recherches dans le fleuve avaient pris fin. Plus rien ne dérangerait les pêcheurs habituels, son personnel, ses camionnettes, les conseillers municipaux, les médias, les écologistes, l'opposition municipale, le club de canoë, le personnel du service de la mairie qui allait être délogé mais qui ne le savait pas encore, les mouettes, les rats…

— Quels idiots ! Ce sont tous des idiots et des lâches ! s'exclame-t-il. Que la décision serait celle-là, il avait payé pour le savoir. Cela aurait pu juste prendre moins de temps. Le problème qu'il doit régler maintenant est celui du terrain. Le sous-sol de Lisbonne, traversé par des cours d'eau irréguliers et assis sur des ruines romaines et sur des constructions enterrées par le tremblement de terre de 1755, continue à être un mystère. Soit il s'en tient aux informations de la Mairie, soit il lance sa propre prospection. Le cas des travaux du métro du Terreiro do Paço est, pour Salvador, le signe le plus évident que personne ne sait ce qui existe sous la ville.

Il ouvre la porte de son bureau et trouve Lourenço assis à sa table qui, comme d'habitude, est vierge de tout papier.

— On m'a appelé de la mairie, dit-il à son fils. Le projet va être approuvé la semaine prochaine. On peut déjà s'installer. Tu vas pouvoir tout transférer là-bas ou pas?

— Oui, bien sûr… répond Lourenço. Vu du fleuve, l'endroit, faiblement éclairé par les réverbères et par la torche d'Alberto, constituait la scène du crime. *Du crime.* Ce souvenir le glace. Oui, je m'en charge, Père.

— Il va encore falloir déloger un service de la mairie et un club d'activités nautiques… et nous devons faire très vite. Il ne faut pas que les gars de la mairie prennent peur à nouveau.

— Ils ont renoncé aux recherches? Ils n'ont pas trouvé… le corps?

Salvador hausse les épaules.

— Le corps? Qu'est-ce que j'en sais! Je n'en ai pas la moindre idée! Peut-être n'y a-t-il jamais eu de corps. Les flics ont trop d'imagination. Il se dit qu'il a envie d'aller prendre un verre avec sa secrétaire, pour fêter l'événement. Mais ça lui donnerait de nouveaux espoirs. C'est risqué. On n'a rien à voir avec ça, Lourenço. Regarde plutôt si tu peux dès demain matin parler avec Lopes, le chef de chantier, d'accord?

Lourenço approuve d'un signe de tête, comme une marionnette.

Alberto l'attendait au café près de la marina. Il l'accueille le visage fermé et lui dit de s'asseoir.

— On a un problème, dit-il en regardant sa montre. Et tu es en retard.

— Mais j'ai de bonnes nouvelles.

— De quoi tu parles ?

— Ils ont arrêté les recherches dans le fleuve. C'est Père qui me l'a dit. On lui a téléphoné de la mairie, on peut s'y mettre. Et on peut avancer parce que les plongeurs, les flics et les caméras de télévision sont partis. Donc…

— Soit ils ont renoncé soit ils ont trouvé le corps, murmure Alberto. Il s'appuie contre le dos de sa chaise et ferme les yeux avec force, en se passant les mains sur le visage. Ils ne peuvent pas se permettre d'avoir peur. Ni de prendre des décisions à la légère. Les cadavres surgissent, remontent à la surface, tout le monde le sait. S'ils avaient découvert le corps, ils l'auraient dit. Il ouvre les yeux. S'ils étaient partis sans rien trouver…

Lourenço le regarde, comme s'il attendait un ordre ou un mot de réconfort.

— Tuer c'est un problème… lui dit Alberto, essayant de sourire. Ça ne donne que des soucis. D'un autre côté, quand on ne tue pas, on a aussi des problèmes. On doit attendre, Lourenço. On doit garder espoir. Et on doit résoudre notre autre problème.

— Lequel ?

— Notre cher Silveira, qui ne sait rien faire

d'autre dans la vie que des films pornos et des émissions débiles, m'a appelé. Il veut me voir. Je lui ai donné rendez-vous tout à l'heure sur le yacht. Il n'a pas donné de détails, mais il a dit que ça concernait la disparition d'Irina.

— La Russe. Notre Russe ? Tu as dit *disparition* ?

— Oui. Irina… Gorki, ou quelque chose de ce genre. Silveira dit qu'elle n'est pas rentrée chez elle, là où elle louait une chambre. Alberto se lève. Il sort une pièce de monnaie de sa poche et va au comptoir payer son café. Il veut me parler. Nous devons découvrir ce qu'il sait… ou ce qu'il veut savoir. C'est lui qui nous l'a amenée, comme il l'a fait pour beaucoup d'autres nanas. Mais c'est la première à disparaître… de cette façon.

— Qu'est-ce qu'on va faire ?

— On le reçoit sur le yacht, on fait un tour avec lui… Alberto sort, suivi de Lourenço, et s'arrête dans la rue. De sa poche il retire un objet enveloppé dans un tissu marron, ça semble lourd et ça a la forme d'un pistolet. Conan avait été rapide. Alberto donne l'objet à Lourenço. Mets ça dans ta poche.

Lourenço saisit le pistolet, le palpe et regarde Alberto.

— C'est pour quoi faire, ça ? C'est un vrai ?

— Oui. Et il est chargé ! C'est Conan qui me l'a procuré.

— Mais je… Une arme… Je ne veux tuer personne d'autre, moi !

— Calme-toi, Lourenço ! Tu pars devant et tu

montes sur le yacht. Moi, je vais le rencontrer en tête à tête à la terrasse du café, pour qu'il n'ait pas peur. Puis je l'emmènerai sur le yacht. S'il le faut, tu lui tires dessus. Si Silveira représente une menace, il faut qu'on le fasse disparaître. Tu as déjà tué une fois et qui a tué… tuera à nouveau. Donc…

— Moi ? Mais je regrette ce que j'ai fait !

Alberto le plaque contre le mur, saisit la main de Lourenço qui tient le pistolet et la tord de façon à appuyer très fort le canon contre l'estomac de son frère. Il gronde, furieux :

— Réfléchis bien, Lourenço ! C'est trop tard pour avoir des regrets ! Continue avec tes conneries et tu iras rejoindre Silveira… nager avec les poissons ! Ou dormir avec les poissons ! Compris ?

Lourenço acquiesce de la tête. Ses yeux se remplissent de larmes. De peur et de révolte. Alberto le lâche et Lourenço perd presque l'équilibre.

— Allez, en route. Cache-toi sur le yacht. Tu ne te montres que si je t'appelle, et tu es prêt à tirer. Tu vises le dos ou le ventre, ce sont les cibles les plus faciles.

Lourenço reprend son équilibre et se met à courir dans la rue, sans regarder derrière lui. Il s'engouffre dans sa voiture et démarre.

Dos au mur, à sa place habituelle, Oulianov semble endormi. Evgueni le regarde. Est-ce qu'il dort vraiment ? Est-ce qu'il cuve sa cuite quotidienne à la bière et à la vodka ?

Parfois, Evgueni essaie d'imaginer ce que peut ressentir un homme autrefois doublement puissant, comme instrument de pouvoir et comme instrument de violence, qui – après s'être allié à une bande de truands et avoir fait un séjour en prison – est devenu un ouvrier non qualifié, un éternel étranger dans un pays qui ne cessera jamais de lui être étranger, loin de tous ses compatriotes et du reste du monde. Mais il n'y parvient pas.

Oulianov est une énigme et Irina ne lui avait jamais beaucoup parlé de ce frère. Evgueni, qui avait habité dans son quartier à Moscou, avait appris le transfert d'Oulianov dans les forces spéciales, après la dissolution du KGB. C'est à cette époque qu'il avait cessé d'entendre parler de lui. Plus tard, il avait appris par Irina que l'ancien héros du peuple s'était associé à un groupe de *spetsnaz* renégats, dirigé par un ancien colonel, un intime d'un vieux général du KGB.

Quand le général fut arrêté, le groupe disparut. Et lorsqu'elle eut à nouveau des nouvelles, ce fut par une lettre toute simple, postée de Lisbonne, au Portugal : « Quitte Moscou, viens à Lisbonne. Je te trouverai une maison et un travail. Tu gagneras mieux ta vie et tu seras plus en sécurité. »

Irina partit pour Lisbonne après avoir dépensé tout ce qu'elle possédait dans l'achat du billet et d'un faux visa. Quelques mois plus tard, ne supportant plus son absence, Evgueni la rejoignit. Il était hautement qualifié en électrotechnique et il espérait trouver un bon travail. À Lisbonne, Oulianov donna un peu d'argent à Irina, l'installa dans un petit appartement et lui dit qu'il reviendrait l'aider. Il le fit pendant deux mois et lui procura de vrais papiers.

Puis, Oulianov se retrouva compromis avec le clan Cobra, un gang dont la police disait qu'il appartenait aux « mafias de l'Est ». Ils furent arrêtés lors d'une opération de police de grande envergure suivie à distance par les caméras de télévision. Il finit en prison comme les autres. Parmi les chefs d'accusation retenus contre eux : homicides, aide à l'immigration illégale, extorsion de fonds, séquestration, proxénétisme, association de malfaiteurs et port d'armes prohibées. Oulianov obtint une peine plus légère que les autres et sortit au bout d'un peu plus de trois ans. Et plus jamais il ne disparut.

Il commença à travailler dans la construction, en particulier dans l'interminable chantier souterrain du métro du Terreiro do Paço. Sa journée terminée, il se rendait au Solar. Comme s'il attendait quelque chose. Impassible, les yeux vides.

Evgueni avait toujours pensé qu'Oulianov ne pouvait être aussi mauvais que les autres. Et qu'il avait dû faire quelque chose pour rester moins longtemps en prison. Et, grâce à Irina, il avait commencé à se rapprocher de lui.

Perdu dans ses pensées, il ne remarque pas que les yeux d'Oulianov s'ouvrent.

Ses lèvres fines frémissent, comme s'il était sur le point de sourire. Mais c'est peut-être une illusion.

— Entre, Evgueni, dit Oulianov en russe, en adressant un signe de tête aux deux hommes du comptoir.

Evgueni lui répond en portugais.

— Tu devrais avoir un portable ! Ce serait plus facile pour te contacter ! Tout le monde en a un. Moi aussi !

— Je n'ai besoin de parler à personne. On sait où me trouver, lui répond Oulianov, toujours en russe.

C'est aussi en russe qu'Evgueni continue à parler.

— J'ai surveillé l'appartement. Irina n'est toujours pas rentrée. Et il y a cette affaire, cette disparition dans le Tage…

— Du calme, Evgueni. La main lourde d'Oulianov s'abat sur son épaule. Dis-moi ce que tu as pu apprendre.

Evgueni respire profondément.

— Aujourd'hui, j'ai réussi à parler à une des femmes qui habite là-bas. Elle est ukrainienne. Il y en a d'autres qui vivent dans cet appartement, en plus de celle-là, qui s'appelle Olga et… d'Irina, bien sûr. Si elle habite… encore là. Je pensais que cette Olga était peut-être russe. Je suis allé la voir et je lui ai demandé des nouvelles d'Irina, en russe et elle m'a regardé d'un air ahuri.

— Et ?…

— Elle m'a dit que ça faisait plusieurs jours qu'elle ne l'avait pas vue. Je lui ai demandé si Irina participait à des tournages. Elle m'a dit que oui, que c'était cette Paula qui lui avait proposé de faire des films. « Artistiques », c'est comme ça qu'elle les a appelés.

Oulianov s'avance et repousse son verre de vodka.

— Des films. Comme ceux qu'on a vus ?

— Elle n'en a rien dit... et je n'ai pas posé de questions. La femme a fait la même proposition à Olga, mais elle n'a pas voulu. La somme promise était intéressante, dans les deux cent cinquante euros. Par nuit. Elle dit que ce qu'elle fait toutes les nuits lui rapporte plus. Je crois que c'est une... pute.

Oulianov ferme les yeux, comme s'il voulait organiser ses pensées.

— Irina avait dit qu'elle jouait dans des films. Et on a vu... des films pornos, tournés dans un appartement ou plutôt dans des studios improvisés ? C'est ce qu'on dirait. Et cette Olga n'a pas voulu en faire autant. Mais Irina a accepté... Elle aurait gagné plus à se prostituer, mais peut-être pensait-elle que ça, ce serait moins risqué et que moins de gens la verraient. Mais elle a laissé une cassette cachée... Pour quoi faire ? en souvenir ? comme preuve ? une piste, au cas où il lui arriverait quelque chose ? Et ça a beaucoup effrayé cette Paula qui propose ce genre de travail à ces filles et qui doit bien savoir ce qui se passe...

— Elle a dit à Olga que c'était un vrai réalisateur, un réalisateur de la télé, qui faisait les films !

— La caméra était dans des mains de pro, Evgueni. Celui qui a filmé avait de l'expérience.

— Qu'est-ce qu'on va faire ?

L'immense main droite d'Oulianov tombe de nouveau sur l'épaule gauche d'Evgueni. Oulianov le regarde dans les yeux, de très près.

— Il y a des situations où on ne peut rien faire, Evgueni. *Toi* encore moins. Mais moi… *moi* peut-être. Il faut que j'aille voir à nouveau cette Paula qui a tant aimé notre Union soviétique. Peut-être qu'elle m'en dira davantage. Toi, retourne là-bas et parle avec Olga. Sois discret. Il se peut qu'elle te dise quelque chose de plus. Mais n'effraie pas cette femme, la Portugaise. Elle doit être sur ses gardes depuis qu'on a visionné la cassette, elle a compris qu'on avait fait le lien. Et il faut que tu comprennes une chose : je ne suis pas flic. Je suis un truand qui a été condamné. Et un ex-KGB. C'est ce que tout le monde, Portugais et Russes, voit en moi. Si cette femme se retourne contre nous, c'est contre nous que les flics d'ici vont se retourner !

— Qu'est-ce qu'on va faire ?

— Maintenant ? Tu rentres chez toi… si tu ne veux rien boire. Moi, je vais réfléchir !

Silveira est assis à une table en retrait à la terrasse, tournant le dos à l'entrée du café. Alberto aperçoit au loin, sur le yacht, quelque chose qui bouge et il s'avance.

Silveira avait dit que deux Russes étaient allés à la maison où habitait la jeune femme et qu'ils y avaient visionné de la vidéo qu'il lui avait offerte.

Pourquoi ? C'est une question qu'Alberto n'avait pas posée. Mais ce n'était pas difficile à deviner. Le cadeau insolite de Silveira ne s'expliquait que par la certitude qu'il le conduirait tout droit au lit d'Irina. C'était une preuve qui le reliait à la femme disparue. C'était peut-être pour ça que Silveira avait peur. La logeuse qui servait d'intermédiaire avait peur et, Alberto se sentit obligé lui aussi d'avoir peur. Alberto traverse la terrasse du café. Il ne s'assied pas. Il pose sa main sur l'épaule du réalisateur de télévision qui sursaute. Dans un film comique, ils se seraient mis tous les deux à crier, à se regarder, les nerfs à fleur de peau. Pas ici. Silveira marque une pause puis pousse une chaise du pied.

— Assieds-toi.

— Je préférerais qu'on aille sur le bateau, répond Alberto.

— Pas moi, Alberto ! Ici, sur la terrasse, il y a un couple d'âge moyen, un groupe de garçons et de filles, un type qui fait la cour à une femme qui n'a pas l'air de faire grand cas de lui (ça doit être sa secrétaire), il y a les serveurs à l'intérieur. On est plus en sécurité. Silveira porte son verre avec une demi-tranche de citron à la bouche.

Alberto le fixe du regard.

— *En sécurité ?* Tu as peur de quelque chose ?

— Non. Et toi ? demande Silveira, sur un ton de défi. Prends quelque chose qui t'aide à maîtriser ton stress…

— Qu'est-ce que tu bois ? Alberto s'assied, un

sourire forcé aux lèvres, il ouvre son blazer et son col de chemise et desserre le nœud de sa cravate.

— Gin tonique. Tu as l'air effrayé. *Je* ne vais pas te faire de mal, Alberto !

— J'espère bien. Alberto fait signe au serveur et lui demande un whisky ordinaire avec des glaçons. Il ne mentionne même pas la marque, on le connaît bien ici, on le soignera. Puis il observe Silveira dont les yeux, soudain, lui semblent faux, fourbes même. Ses cheveux, gris, cette fois, tombent sur ses épaules. Il n'a pas une attitude agressive, mais il a l'air sûr de lui.

— Alors, raconte, Silveira, dit Alberto. La fille russe, le petit film, la femme qui s'occupe des nanas et qui touche pour ça, non ? La disparition, ton coup de fil. Et les deux Russes qui débarquent dans l'appartement… Moi, à votre place, je serais plus inquiet si c'était des flics.

— À *notre* place ? Silveira se met à rire. Elle a dit que l'un d'eux avait l'air d'un flic. L'autre était le copain de la fille.

— Ah, la nana avait un copain ? Mais il ne savait pas qu'elle était… star de cinéma, hein ?

— Peut-être qu'elle économisait pour leur mariage. C'est comme ça qu'on trouve ce genre de main-d'œuvre. Ou plutôt de corps d'œuvre, plaisante Silveira.

— Peut-être. Alberto laisse le serveur poser son verre sur la table avant de continuer. Ils l'ont menacée ?

— Non. Silveira soupire. C'est ça qui lui a fait peur, tu sais ? S'ils l'avaient menacée, elle aurait compris ce qu'ils voulaient et n'aurait pas eu aussi peur. Elle dit que c'était du genre : « On reviendra… »

— Et ils sont revenus ?

— Elle a revu le copain de la fille, aujourd'hui. Pas l'autre. Il s'est contenté de parler à une autre fille, une Russe, elle aussi… qui ne lui a pas raconté grand-chose. Il a dit à notre amie qu'il avait abordé Olga dans la rue. Et notre bonne amie, Paula, a entendu parler de ces mafias russes et ça l'inquiète. Elle a été communiste, tu sais ? Elle était au PC, mais elle trouve qu'il y a trop de Russes par ici… – Silveira vide son verre, en souriant.

— Et la fille, Irina, elle n'est toujours pas rentrée ?

— Non.

— Elle n'est pas réapparue, ni vive, ni morte ?

— Non.

— Alors ?

— Alors ? Alberto, la dernière fois qu'on l'a vue, c'était avec toi et ton frère ! Ensuite, elle a disparu ! Vous étiez sur un bateau ! Sur le Tage ! Vous vous dirigiez vers le Cais do Sodré, c'est ce que j'ai cru. Là où un crime a été commis, à ce qu'on dit…

Alberto porte son verre à sa bouche, mais boit peu.

— Tu es en train d'insinuer qu'on… l'a fait disparaître ? C'est grave, ça, Silveira.

— Non, non ! Le réalisateur de télévision se redresse sur sa chaise. Bien sûr que non. Mais il y a une coïncidence… étrange. Et il y a les Russes qui la cherchent. À savoir quel genre de relations elle avait avec eux !

— Écoute, voilà ce qui s'est passé : nous, on l'a débarquée du côté de Belém, à un endroit où le bateau pouvait accoster en toute sécurité. On lui a donné de l'argent. Qu'est-ce qu'on pouvait faire ? En plus, réfléchis un peu : si elle était morte, son corps serait apparu, flottant dans l'eau…

— Il aurait pu être emporté jusqu'à la mer… Personne ne l'aurait plus jamais revu.

Alberto boit son whisky presque d'un trait, pour pouvoir se contrôler. Ça marche. Il se calme. Ses pensées s'éclaircissent, le visage de Silveira se fait plus net, les possibilités plus évidentes. Il s'exclame :

— Fais pas chier, Silveira ! Qu'est-ce que tu veux ? Plus d'argent ? Me mettre en garde comme l'ami que tu es ? C'est pour ça que tu m'as téléphoné hier soir ? Si tu étais si inquiet, tu aurais pu aller directement chez les flics pour exposer tes craintes. Maintenant, vingt-quatre heures après… Tu couvres un crime, si crime il y a eu. Tu es complice ! Tu oublies de dire que tu la filmais quand elle baisait avec d'autres mecs et que tu en faisais des cassettes. Et que tu as même une recruteuse pour ton affaire !

— Pour la tienne !

— Pour la nôtre, si tu veux. Alberto se met à

rire. Attention… je ne fais que recevoir le matériel filmé et je ne te paie que les films déjà montés que tu m'apportes. Note bien que je ne sais ni où ni comment ni avec qui tu les fais. Je ne sais pas qui participe, il y a des types sans masque que je ne connais pas et d'autres avec des masques. Je vois des bites que je n'identifie pas. Et je ne paie pas la TVA, bien sûr. Mais toi non plus. Et tu fais des choses bien plus dangereuses que moi. Alberto avait élevé la voix, et certaines personnes qui se trouvaient à des tables voisines se retournèrent.

— Calme-toi, Alberto !

Alberto se lève. Puis il semble changer d'avis. Il se penche en avant et pose ses deux mains sur la table.

— Voilà ce qu'on va faire, Silveira, on va attendre. Ne crains rien, va parler à ton amie. Qu'elle nous tienne au courant. Si elle veut de l'argent pour être plus tranquille ou pour avoir une protection spéciale, ça peut aussi se trouver. D'accord ?

Silveira approuve d'un signe de tête. Il hésite.

Alberto sort son portefeuille de sa poche et pose sur la table un billet de cinquante euros.

— Règle l'addition. Le reste, c'est pour toi. Il essaie de sourire. C'est un extra.

Puis il s'éloigne, sans regarder derrière lui, sans attendre la réponse de Silveira. Au parking, il prend son portable et appelle son frère.

— Tu nous as vus, Lourenço ?

— J'ai regardé avec les jumelles. Tu faisais de grands gestes. Lui était calme. Et moi, j'attendais.

Alberto hésite avant de parler. Il devait faire attention.

— Il y a des Russes, le copain et le frère de la fille… Celle qu'on a laissée à Belém. Ils sont allés chez la femme… qui loue des chambres à des étrangères en situation irrégulière… que Silveira utilise pour faire des films. Il reviendra nous voir s'il y a d'autres problèmes. On en reparlera plus tard. Là, j'ai un rendez-vous.

— D'accord, répond Lourenço. C'est la seule réponse qu'il réussit à donner. Depuis son poste de contrôle, il observe à nouveau avec ses jumelles. Silveira est toujours assis à la terrasse. Il est encore là. Et… l'objet que tu m'as donné ?

— Rapporte-le-moi ici. Il peut servir.

Alberto raccroche et monte dans sa voiture. Il doit attendre, il ne veut pas que Lourenço garde l'arme. Il ne souhaite pas non plus parler à nouveau avec Silveira, tout au moins pour le moment.

— Quel toupet, ce mec ! Il se lâche, en pensant à Silveira et à la manière de l'éloigner. La bonne ou la mauvaise.

Silveira prend un second gin tonic sur la terrasse, aux frais d'Alberto. Il se lâche lui aussi à voix haute en pensant à lui.

— Quel culot, ce mec, hein ?

4

Oulianov s'était toujours senti bien à Moscou, tant avant qu'après. Déjà sous le règne du Kommunistitcheskaya Partiya Sovetskogo Soyouza, alors que la Russie était la grande Soyouz Sovietskikh, l'Union soviétique, puis lorsque le Parti communiste d'Union soviétique et l'Union soviétique disparurent et que le monde changea.

Peu à peu, les Moscovites se rendirent compte que les méchants possédaient plus d'armes que les gentils. Et, très vite, que ceux qui avaient une arme qu'ils pouvaient exhiber étaient mieux placés pour s'imposer socialement et économiquement. Ainsi, les deux camps avaient été bien définis.

Au même moment, la Russie – surtout pour ceux qui avaient cru au régime – avait commencé à apparaître comme un pays qui non seulement avait rétréci mais qui donnait l'impression d'être en permanence sur le point de s'écrouler, offrant pourtant nombre d'occasions de gagner de l'argent et donnant une illusion d'abondance beaucoup plus agréable que la pauvreté mélancolique du vieil empire.

Oulianov, libéré des contraintes de l'ancienne époque, commença à avoir du temps libre et plus d'argent, ce qui lui permettait de mieux apprécier la ville, d'avoir une voiture exclusivement à lui (volée dans les garages d'une caserne), de prendre du bon temps avec des femmes qui n'étaient plus nécessairement des militantes du Kommunistitcheskaya Partiya Sovetskogo Soyouza, de pouvoir partager leur lit et peut-être leur vie.

Lisbonne, à sa façon, avait aussi quelques-uns de ces charmes. Et lui, tant qu'il le put, en profita. Puis, en prison, il dut renoncer à tout. La proximité du Tage, coincé entre ses deux rives si rapprochées qu'il paraissait absorber la ville et vouloir l'entraîner progressivement vers la mer, l'avait fasciné. Cela lui rappelait Moscou, le fleuve qui traverse la ville, certains endroits de ses rives. Et peut-être était-ce cette proximité du fleuve qui avait attiré Oulianov sur le chantier au bord du Tage, lorsqu'il s'était mis à chercher du travail.

Le Terreiro do Paço, les travaux du métro et du Cais do Sodré n'étaient pas visibles depuis cette zone au bord du fleuve, ni même d'aucun ponton du vieux quai aux pierres irrégulières, lieu où, d'après le journal, pouvait avoir été commis le crime et où avaient été trouvés des restes humains.

Oulianov décide de parcourir chaque ponton

d'un bout à l'autre, s'arrêtant pour observer l'autre rive, la statue de cet homme aux bras ouverts qui rappelait, parce qu'elles étaient imposantes, les statues des ouvriers, marteau en main et des paysannes, faucille au poing. Depuis les pontons éloignés du quai, le pont semblait plus petit, presque insignifiant.

Oulianov en choisit un, celui qui lui semblait le plus solide, comme poste d'observation. Des jumelles auraient été utiles, mais Oulianov s'efforce de voir et pas seulement de regarder.

Sur le quai, de gauche à droite, après les établissements de distractions nocturnes, apparaît le porche de ce qui semble être un service de l'État ; puis des constructions basses qui prolongent l'édifice initial (peut-être d'anciens entrepôts, avec trois portails aux lettres peintes) ; ensuite un mur muni de grilles, un portail avec un grand P sur un fond bleu, un mur peu élégant, provisoire, vieux de plusieurs dizaines d'années ; et enfin, l'énorme édifice d'où partent et où arrivent les bateaux de transport de passagers.

Le regard d'Oulianov suit ensuite l'ombre qui recouvre déjà les pavés que le soleil n'éclaire plus, le tas de pierres provenant des trous creusés dans le sol, et le ruban qui ne tient plus que par un seul bout, où l'on peut lire « Police ».

C'est là.

Oulianov s'assied par terre, évitant les déchets, l'eau et les déjections des mouettes. Ou d'êtres humains. Du plus profond de son âme monte une légère inquiétude. Ce n'est pas de la peur, la discipline des *spetsnaz* et la philosophie de combat du *Systema* lui avaient appris à la contrôler, mais une sensation de danger, le sentiment qu'il est, comme il l'avait senti tant de fois tout au long de sa vie, sur le point d'entrer dans une zone dangereuse.

Sur le quai, il y a encore trois voitures garées. Deux d'entre elles sont occupées, deux personnes dans chacune. Au bout d'un moment, peut-être parce qu'elles se sentent observées par cet homme de grande taille assis par terre, elles s'en vont. L'homme de la troisième voiture arrive une demi-heure plus tard, pressant le pas, une mallette à la main, il s'installe au volant et démarre.

Oulianov essaie d'imaginer ce qui a pu arriver. Il entend le faible clapotement des vagues, il entend les voitures au loin, il entend les cris des mouettes. De temps à autre, un petit remous dans l'eau rompt le rythme de l'ondulation. Il est surpris : s'il y a des poissons et des pêcheurs dans la journée, c'est que l'eau n'est pas aussi polluée qu'on le dit.

Si ce qu'il a lu est vrai, les cheveux blonds – qui peuvent être ceux de n'importe quelle tête et avoir été retirés de n'importe quelle manière, violemment ou pas – et le sang, outre le cuir chevelu ou les morceaux de cervelle, sont les seules preuves qu'a été commis à cet endroit un acte de violence, un crime.

Mais si c'est vrai, pourquoi Irina devrait-elle être forcément la victime, comme le croit Evgueni ?

Que serait-elle venue faire là, pourquoi aurait-elle été emmenée là et tuée si violemment ? Si elle faisait des films pornographiques, si elle se soumettait à cette humiliation, comment n'aurait-elle pas réussi à éviter qu'on lui fasse du mal, en offrant son corps en signe de reddition ? S'il y avait eu crime, pourquoi le corps avait-il disparu, pourquoi ne le retrouvait-on pas, alors que les marées des jours précédents semblaient calmes ? Et si Irina était la victime, serait-elle morte par les mains de celui qui l'utilisait pour ses films et qui s'enrichissait grâce à elle ?

« Il y a une autre hypothèse », se dit Oulianov.

« Peut-être est-ce moi qui suis visé. On peut vouloir m'atteindre, m'envoyer un signe que la prochaine fois ce sera mon tour. Serait-ce la vengeance de Koba ? » Oulianov s'oblige à envisager cette possibilité. Il ne croit pas que Koba soit encore à sa recherche, il avait décidé d'attendre qu'il sorte de prison pour éviter de mauvaises surprises. Koba avait suffisamment de relations pour lui régler son compte depuis la prison et cela ne s'était pas produit. Il ne serait pas très logique qu'il le poursuive encore s'il réussissait à rester à Lisbonne. Koba avait été un homme dangereux mais ses attaques étaient frontales, directes. Il ne recourait pas à des menaces voilées et, lorsqu'il connaissait la victime, il n'envoyait pas ses sbires. Il faisait le travail lui-même. S'il avait voulu se venger de la trahison d'Oulianov, il n'aurait pas utilisé une méthode si tortueuse. Il aurait été direct et brutal. Comme il l'avait toujours été.

Par conséquent, Koba ne pouvait pas être impliqué dans cette affaire.

Oulianov se lève. Il n'a pas besoin de rester là plus longtemps. Mais, en relevant la tête en direction du quai, il aperçoit un mouvement : une ombre au milieu d'ombres, une trace de vent… si le vent pouvait se matérialiser. Il demeure immobile à regarder le quai. Et il distingue à nouveau l'ombre. Par sa taille, c'est peut-être un chien, un très grand chien. Mais les chiens n'essaient pas de dissimuler ainsi leur présence.

Oulianov se met à courir en direction de l'ombre. Ses bottes sont mieux que celles qu'il avait en Russie. Ses vêtements, sombres, sont un camouflage idéal. Il ne lui manquait qu'une arme, et l'arme idéale, utile en toutes situations, l'arme de prédilection des *spetsnaz* serait son couteau, son *NR2*. Mais, à cet instant, la seule arme dont il dispose est son corps.

Ses pas ne s'entendent pratiquement pas. Son regard passe de pierre en pierre, comme un radar, il enregistre rigoureusement toutes les irrégularités du sol sans jamais perdre de vue l'endroit où il a aperçu l'ombre, qui le guide avec une précision mortifère.

Mais, en atteignant l'endroit où il avait vu l'ombre, il ne trouve que le quai. Désert, pas une âme, pas une bête.

Le vent traîne un sac en plastique par terre et avec lui, une odeur différente.

Oulianov tente de suivre cette odeur, de la localiser, de l'associer à quelque chose, de l'identifier. Mais il n'y arrive pas. Il regarde autour de lui, un moment désorienté, il se sent menacé, sans comprendre par qui. Il essaie d'ouvrir les portes des anciens entrepôts et le portail en fer portant la lettre P mais tout est fermé. Si c'était un chien, vagabond ou abandonné et craignant les hommes, il avait disparu, effrayé par la silhouette qui courait dans sa direction. Mais si le chien était aussi tranquille qu'il en avait l'air, il pourrait être en train de manger et, dans ce cas, il serait peut-être encore là, prêt à défendre son bout de gras. Et il gronderait.

Et si ce n'était pas un chien… serait-ce quelqu'un capable de sauter par-dessus le portail, sans que lui n'ait vu sa silhouette se détacher dans la clarté du ciel. Peut-être avait-il franchi une des portes ?

Oulianov essaie d'écouter, de distinguer et d'identifier les différents sons du jour qui devient nuit. Au combat, il avait affronté des guérilleros capables de se camoufler dans la nuit. Et il les avait tous vaincus. Parce qu'il y avait toujours un léger mouvement, une odeur, le froissement d'un vêtement ou un souffle plus haletant. Mais là, il ne trouve rien qui révèle la présence d'un être humain. Oulianov abandonne. Il s'en va. Mais il pense : « Je devrais peut-être revenir. » Car il continue à sentir qu'il y a là quelque chose qu'il n'arrive pas à identifier.

Dans l'ombre, prêt à l'attaque, le Diable voit cet homme de grande taille s'éloigner. Il était là, si près… Il représentait une menace, mais l'attitude d'Oulianov – son absence de peur – avait vaincu toute tentation de l'attaquer. La prochaine fois, alors. Il l'observera mieux et lui tombera dessus. Car l'homme reviendra sûrement et sera un intrus.

5

Evgueni se réveille à nouveau lorsqu'il entend claquer la portière d'une autre voiture. La tension de l'attente et la fatigue des trois derniers jours font sombrer le petit Russe de plus en plus profondément dans l'abîme du sommeil, il ne remarque même pas les voitures qui passent. En réalité, seules l'intéressent celles qui s'arrêtent. Une en particulier. Si toutefois il a vu juste.

Il se redresse et regarde. La voiture s'est arrêtée devant l'immeuble où habite Irina. Peut-être devrait-il penser : *où habitait Irina*. Evgueni attend de voir qui en sort. Il ne veut pas s'accrocher à l'espoir de voir arriver Irina et c'est Olga, l'Ukrainienne, qu'il a décidé d'attendre. Jusqu'au petit matin, s'il le faut, comme le lui a demandé Oulianov.

Et c'est Olga qui finalement est là devant lui à quatre heures. Elle ne le voit pas car il est dans sa voiture et elle ne reconnaît pas la vieille Golf, mal garée à cheval sur le trottoir, comme tant d'autres. Olga est penchée sur la fenêtre côté passager et elle parle. Au volant – Evgueni voit une chevelure abondante – se trouve une femme ou un homme avec une coiffure afro. Olga se redresse, elle semble à l'aise dans sa minijupe et sa courte veste de fourrure (fausse, sans doute), passe la main dans ses cheveux blonds décoiffés et fait au revoir d'un signe de la main à la femme qui conduit la voiture plus petite mais moins vieille que celle d'Evgueni.

Tenant à la main un porte-clés orné d'un animal en peluche qu'elle a réussi à sortir de son sac, Olga se dirige vers la porte. Evgueni s'avance vers elle. Sans penser qu'elle aura peut-être du mal à ne pas le laisser entrer, Olga tente de fermer la porte d'entrée de l'immeuble, mais Evgueni l'en empêche et il se faufile dans le hall. Il regarde Olga.

— Je n'ai pas d'argent ! dit Olga, en russe, reconnaissant le visiteur de la veille.

— Tu sais bien que ce n'est pas ça que je veux. Même si tu as fait beaucoup d'heures aujourd'hui et que tu as tout sur toi, répond Evgueni, surpris par la rapidité de sa réponse.

Olga recule, hésitant entre l'escalier et l'ascenseur.

— Qu'est-ce que tu veux ? Je ne peux pas t'aider… dit-elle, tendant sa main droite vers les boutons de l'ascenseur.

— Je veux te parler. En tête à tête.

Olga ne répond pas tout de suite. Elle regarde

dehors, reprend son souffle, regarde Evgueni comme si elle le jaugeait. Ils ne peuvent pas rester là. S'il est venu en voiture, elle ne montera pas dedans. Elle pourrait le faire, s'il voulait payer, mais elle sait que ce n'est pas ce qu'il veut. Peut-elle le faire monter ? Avec un client, ce serait impensable. Mais Evgueni n'est pas un client. Son insistance et sa précédente visite avec un autre Russe créent une situation difficile à gérer. Finalement, elle se décide.

— On peut parler dans ma chambre. Si tu ne fais pas de bruit.

Evgueni n'est guère enthousiaste. Il accepte. Olga appelle l'ascenseur et ils entrent tous les deux dans la cabine. Ça sent le plastique sale : celui des parois et celui de la veste en fausse fourrure. Et Olga sent le tabac.

— Irina est revenue ? demande-t-elle en secouant son porte-clés d'où pend le petit animal bleu.

Evgueni ne lui répond pas. Ils montent en silence jusqu'au cinquième étage. Olga ouvre la porte lentement, permettant à Evgueni de voir que l'animal en peluche est un ours. Evgueni hausse les épaules. Il n'y a pas de lumière dans l'appartement. Olga ferme la porte, sans mettre le verrou de sécurité et allume la lumière du couloir.

— Viens avec moi, dit-elle. Ne fais pas de bruit.

La chambre d'Olga est mitoyenne de celle d'Irina. Elle est fermée à clé. Olga allume la lumière. La chambre, meublée comme celle d'Irina, empeste le parfum et le tabac. Evgueni entre et Olga ferme la porte, laissant la clé dans la serrure.

Une robe est étalée sur une chaise près du lit. Sur une autre chaise, à côté de la commode surmontée d'un miroir, traîne un tas de vêtements divers. Olga s'assied sur le lit, qui n'a pas de couvre-lit et retire ses bottes et sa veste, sous laquelle elle porte un T-shirt noir à paillettes. Evgueni remarque ses mamelons. Olga sort une cigarette et un briquet de son sac posé sur la table de nuit, mais elle ne l'allume pas. Elle regarde la fenêtre, comme pour demander à Evgueni de l'ouvrir mais il ne bouge pas. Elle se lève et ôte ses bas, dévoilant ses grosses cuisses et ses pieds élégants à la peau très blanche. Puis elle s'appuie contre les coussins en croisant les jambes. La jupe remonte de quelques centimètres. Evgueni se redresse et fixe son regard sur les yeux très maquillés d'Olga. Elle ébauche un sourire et demande :

— Qu'est-ce que tu veux ?

Evgueni plonge la main dans sa poche, en sort son portefeuille et montre une liasse de billets de vingt euros, pliés pour qu'on ne puisse pas les compter. Olga sourit et se redresse, laissant sa jupe remonter davantage, révélant ainsi une petite touffe de poils pubiens très blonds.

— Je suis à ta disposition, Evgueni, déclare-t-elle en louchant sur les billets.

— Si tu m'aides à trouver Irina, je te paie, dit Evgueni, sans détourner son regard du visage d'Olga. Je te paie trois cents euros. Après, je te donnerai davantage.

— Je ne sais pas comment je peux t'aider… répond Olga, à voix basse en levant les bras, ce qui fait ressortir ses seins ainsi que les protubérances des deux mamelons. L'invitation ne peut être plus explicite. Elle regarde la clé.

Evgueni suit son raisonnement et continue à la regarder droit dans les yeux.

— Tu as parlé des films ; des films qu'on voulait que tu fasses toi aussi. Qu'Irina faisait. Je veux que tu me les trouves.

— Je ne sais pas comment… Olga baisse les bras et le T-shirt perd de son élasticité.

— Demande. Dis qu'ils sont pour toi et moi, je ne dirai pas que c'est toi qui me les as donnés. Je te paie et je ne remettrai plus les pieds ici. Ni seul, ni accompagné. Evgueni se lève.

Olga serre les jambes et ferme les yeux quelques instants, comme si elle voulait éloigner Evgueni de ses pensées. Elle les rouvre et montre les billets du doigt.

— Paie-moi maintenant.

Evgueni n'a que cent euros dans la main. Il pose sur la commode les cinq billets.

— Je te donne le reste plus tard, dit-il.

Olga se lève et ajuste son pull. Elle le regarde avec l'air de penser qu'il existe une différence entre les trois cents euros promis et les cent qu'il lui a montrés. Evgueni détourne à nouveau le regard, essayant de paraître indifférent. Olga s'approche. Evgueni sent l'odeur de tabac mêlée à celle de la transpiration de plusieurs hommes. Il remarque la rapidité avec laquelle elle saisit les billets et les compte tout en s'écartant d'un coup de reins comme si elle craignait qu'il la touche.

— Je veux le reste, dit-elle.

— Demain.

— Tu as un portable ? demande Olga. Donne-moi ton numéro.

Evgueni répond en sortant le téléphone de sa poche. Olga prend un crayon de maquillage et écrit sur le miroir le numéro qu'Evgueni lui dicte. Puis elle ouvre la porte.

— Maintenant, va-t'en. Tout de suite ! Et ne fais pas de bruit.

— Quand est-ce que tu m'appelles ?

— Dans la journée, répond Olga, en reculant, l'argent bien serré dans sa main droite. Va-t'en et ne fais pas de bruit !

— Si tu ne m'appelles pas, je reviens, dit Evgueni. Accompagné !

Et il s'engage dans le couloir d'un pas pesant. En sortant, il claque la porte. Il entend une voix de femme crier en portugais dans l'appartement.

*

Il est sur son terrain : Salvador regarde autour de lui, il voit le directeur des services et Lourenço puis tourne le dos au fleuve. Il est onze heures, la matinée est printanière et la première bataille est gagnée.

Lourenço regarde s'approcher un homme grand et maigre, en bleu de travail, sorti d'une jeep très sale qui vient d'arriver du côté du fleuve.

— Monsieur Lopes est prêt, Père. Il dit que l'équipe de démolition sera là à une heure.

— Parfait, Lourenço ! Salvador se met à rire et désigne le petit préfabriqué sur sa gauche. Voilà notre quartier général. Ces restes de machines, de tubes, de matériaux de construction, de bois… tout ça, Lopes, c'est à jeter et notre ingénieur va vous donner l'adresse où emporter tout ça avec le papier qu'il faut.

Le chef de chantier acquiesce.

— Après, Lourenço, prends un de nos hommes et mets-le à forer le sol – poursuit Salvador – près du mur de la gare fluviale et là-bas, de l'autre côté. Je veux voir ce qui se passe… parce que je n'ai toujours pas les documents de la mairie… Salvador regarde l'ingénieur, qui fronce les sourcils. Bon. Dites-moi, les gens des clubs, ils ont bien reçu l'ordre d'évacuer ?

— Je leur ai dit que l'accord avec la mairie est caduc. Ils vont commencer à enlever leur matériel. Mais ils ont protesté.

— Et leurs collègues d'à côté ?

— Ceux du Sport ? Ils ont reçu aujourd'hui la lettre du conseiller municipal. Ils ont où aller. Ils doivent déjà être en train de faire leurs valises. Mais ils ne voulaient pas eux non plus.

— Super ! Salvador se frotte les mains. Lopes, apportez le matériel pour commencer à entourer tout ça de palissades. Le projet est vraiment lancé, n'est-ce pas ? demande-t-il à l'ingénieur.

— Le dossier est prêt, avec toutes les pièces, répond le directeur des services. Le maire va le défendre, les conseillers municipaux de la majorité approuvent toujours tout. Ceux de l'opposition, peut-être pas. C'est comme ça.

Salvador hausse les épaules. Du moment qu'ils l'approuvent… Il se tourne vers Lourenço.

— Reste ici avec Lopes, pour superviser les travaux. Je te téléphone cet après-midi. Maintenant, c'est à toi de faire tes preuves et n'oublie pas que c'est la plus grande œuvre de ta vie !

Lourenço acquiesce. Salvador tire l'ingénieur par le bras et s'éloigne avec lui.

— Vous avez votre voiture dans le coin ?

— Non, je suis venu à pied de la mairie…

— Venez prendre un café avec moi… Salvador l'emmène vers son Aston Martin. Grâce à elle, il impressionne tout le monde, même ceux qui ne se rappellent pas que c'était la première voiture de James Bond. Les choses sont en bonne voie.

La réponse est brève.

— Il est toujours en prison. Pour le moment, c'est tout ce que je sais.

Moura était passé par les Archives centrales. Il avait téléphoné au Service des étrangers et des frontières. Il s'était perdu à la Direction générale des services carcéraux. Il avait passé trois heures à essayer de téléphoner à quatre établissements pénitentiaires et n'avait réussi à en joindre que deux. Il avait même pensé se rendre au Tribunal de l'application des peines, à Monsanto. Si Zhudugyn, le Cobra de la PJ et le Koba d'Oulianov, était sur le point de sortir ou avait demandé une remise de peine, la décision de justice pouvait s'y trouver. Mais non, il ne la trouve nulle part.

À un moment, au bord du désespoir, ou presque, il se dit que Koba est peut-être mort, ou qu'il s'est enfui ou qu'il a disparu dans les méandres de la bureaucratie. « Peut-être n'existe-t-il même plus sur le papier », pense-t-il, en imaginant une cour de prison pleine d'hommes sans nom.

La réponse, il n'arrive à l'obtenir que par une ancienne collègue, bien placée au Secrétariat général du ministère de la Justice : le chef du clan Cobra est en prison dans l'établissement pénitentiaire d'Alcoentre, où il est toujours connu sous le nom de Cobra.

Impossible d'en savoir plus, mais cela suffit à Moura pour qu'il cesse de croire que Cobra pourrait essayer de se venger d'Oulianov. Et Moura peut alors se concentrer sur l'apparition d'Oulianov, qui cherche à identifier une morte… une sœur dont il ne l'avait jamais entendu parler.

Moura se rappelle avoir pensé qu'Oulianov avait toujours eu une certaine tendance à mettre en scène ses apparitions.

Les deux premiers jours, l'homme qu'il connaîtrait plus tard sous le nom d'Oulianov s'était contenté de l'observer, de se montrer puis de disparaître. Le troisième jour, il avait laissé Moura s'approcher de lui dans la rue de proche banlieue où il habitait. Moura s'était retenu de porter la main à son holster placé sous son aisselle. Il vit Oulianov de plus près, grand, les épaules larges, tout en muscles, le visage peu amical, l'air solide et le regard inexpressif, vêtu comme un soldat un jour de repos. Moura, inspecteur de la police judiciaire en service dans une brigade qui enquêtait sur les « mafias de l'Est », eut peur – on lui avait déjà envoyé un de ces soldats des troupes spéciales qui travaillent pour ces gangs, mais il releva le défi et alla à sa rencontre. L'homme ne fit aucun geste hostile. Il se contenta de dire, dans un portugais aux sonorités slaves, qu'il voulait lui parler. Moura l'écouta sans bouger pendant presque une heure, debout à la porte de son immeuble. Le Russe, qui portait le nom d'un écrivain et le surnom d'un grand homme politique, lui offrit ce sur quoi il essayait, avec d'autres, de mettre la main : le gang, mené par un homme du nom de Cobra et tous ses sbires, leur matériel, leurs planques et un témoignage sur leurs opérations.

Oulianov ne demanda rien en échange. Il suggéra

seulement que son acte de « trahison » soit rétribué par la garantie d'être tenu éloigné de ses ex-compagnons, lorsqu'ils seraient tous arrêtés, et par une réduction de peine. Moura eut une autre surprise : Oulianov acceptait d'aller en prison, d'être jugé et puni. On dirait qu'il veut se racheter, s'était alors dit Moura.

Après cette rencontre, l'inspecteur Moura pensa pendant toute la nuit que c'était peut-être un piège. Mais pour qui ? Dans l'organigramme de la Direction centrale de lutte contre le banditisme, il était un inspecteur sans importance. Il faisait ce qu'on lui disait, se taisait, réfléchissait avant de parler et d'agir, se tenait à l'écart des séances photos où s'entassaient armes, portables, liasses de billets, drogue et autres trophées, certains en plusieurs exemplaires, il fuyait les conférences de presse, saluait cérémonieusement son chef, l'influent et imposant Rodrigo Álvares et il n'avait qu'une envie : rentrer chez lui, essayer d'arriver à temps pour les journaux télévisés qui tenaient compagnie à sa femme pendant le dîner.

Des années après avoir résolu l'affaire du clan Cobra, ce qui lui avait valu des éloges, Moura avait commis une erreur : il avait laissé filer deux trafiquants d'armes et de drogue notoires dont les conversations téléphoniques avaient été enregistrées avant que la mise sur écoutes n'eût été formellement autorisée.

Rodrigo Álvares l'avait traité de bureaucrate et

Moura lui avait répondu, surpris par ce manque de tact, que la lutte contre le crime passait avant la politique et les relations publiques.

À présent, le retour d'Oulianov lui offre une opportunité. Il ne lui manque que deux choses : le résultat du test ADN et davantage d'informations sur Zhudugyn.

6

Olga s'endormit tard, agrippée à ses billets. Le lendemain matin, titubant de sommeil et envahie de doutes, elle entre dans la cuisine, encore vêtue de son pull noir de la veille. Elle explique à Paula qui lui a rendu visite et pourquoi, sans parler de l'argent et lui propose de surveiller l'homme pour deux mille euros. La logeuse s'enferme dans sa chambre et se lance dans une brève mais efficace séance d'appels téléphoniques. Silveira est, comme d'habitude, le premier de la liste. Paula lui transmet la proposition d'Olga et lui rappelle qu'il l'a même filmée une fois. Elle lui dit qu'elle ne veut que quatre mille euros et qu'elle paiera Olga avec cette somme. Silveira accepte et téléphone à Alberto. Il l'informe que ça coûtera huit mille euros en tout.

Alberto réfléchit. Puis il téléphone à Conan et lui explique grosso modo ce qu'il attend de lui. Le prix monte à dix mille euros, tout compris.

Agacé, Alberto téléphone à Silveira. Il lui offre

sept mille euros. Silveira téléphone à Paula et lui dit qu'il ne peut lui verser que trois mille euros. Paula accepte et dit à Olga que l'affaire est conclue mais qu'elle ne lui versera que mille euros. Olga accepte et téléphone à Evgueni. Elle parle en russe. Le rendez-vous est pris pour seize heures, le jour même, au parc Eduardo VII. Evgueni promet qu'il lui apportera le reste de l'argent et Olga le remercie.

*

Lourenço essaie de se reposer dans le quartier général improvisé du chantier, que Salvador désigne sous le nom de bureau. Une table en bois, deux chaises, une moquette récupérée on ne sait trop où, un canapé dépareillé d'une propreté douteuse – l'autre possibilité, c'est la BMW d'un rouge criard garé dans un coin du chantier… où il ne peut pas aller se planquer au nez et à la barbe des ouvriers qui sont en plein travail sous les ordres de l'infatigable Lopes. En plus, il y a son père : Salvador s'attend à voir son fils travailler, pas dormir. Mais qu'est-ce qu'il y a à faire ?

Lourenço teste la solidité des chaises et choisit le canapé. Mais en passant la main sur le velours épais, il sent toute la poussière accumulée. Il va chercher sa veste. Elle peut servir de couverture, mais il va se faire repérer. Il soupire, contrarié. Puis il se dit qu'il peut faire semblant d'être là pour organiser le bureau, pour le préparer en vue des mois de travail à venir. Mais son père ne lui en avait pas donné l'ordre.

Il est trois heures, il se sent lourd après le déjeuner, son père n'arrivera qu'à cinq heures, le dilemme est terrible. Dehors, le bruit des machines qui font on ne sait trop quoi, s'arrête. La porte s'ouvre et laisse apparaître la tête de Lopes, coiffée d'un casque blanc sur lequel est écrit « Chef-d'Œuvre ».

— Monsieur, venez vite !

Lourenço le regarde, enfile sa veste, qu'il considère comme plus importante que le casque qu'il est censé porter et le suit.

Autour d'un trou dans le sol se tiennent coude à coude les cinq hommes que Lopes a emmenés avec lui. Les machines dont Lourenço ne connaissait même pas le nom étaient à l'arrêt.

— On a commencé à creuser, comme votre père l'a demandé, dit le chef de chantier, et ça s'est effondré, là…

Lourenço pâlit. Son estomac se noue. Comme dans un film, il se voit au bord du trou, au ralenti, les hommes s'éloignent du cercle et il aperçoit, tout au fond, une chevelure blonde ensanglantée, des épaules nues, des morceaux de vêtements, des bras, des jambes… Il secoue la tête. Le trou ressemble à un puits. Lourenço regarde Lopes : « C'est pas possible. » Lopes le regarde à son tour : « On fait quoi, maintenant ? »

On dirait l'entrée d'un tunnel, qui part dans les deux sens, en direction du fleuve et du côté opposé.

Un filet d'eau coule au fond (c'est peut-être marée basse ?) où flottent des choses sombres, sans doute des détritus au milieu de la boue et de l'eau. Ça empeste les ordures et les égouts. À l'aide d'une torche, l'un des hommes éclaire les deux côtés du tunnel et regarde Lourenço puis Lopes.

— Je crois que ça continue à couler plus loin… il faut savoir vers où, parce que si ça se trouve, on est en train de démolir quelque chose et on va tous être engloutis, dit-il.

Lopes regarde Lourenço, attendant qu'il prenne une décision.

— C'est vous le patron !

— Je sais, répond Lourenço, bouleversé. Il a envie de dire qu'il n'est le patron de personne, pas même de lui, mais il ne peut rien dire. Il sort son mouchoir et éponge la sueur sur son visage. Il vaut mieux tout arrêter. Je vais téléphoner.

— Lourenço retourne à la baraque du chantier pour téléphoner à son père, en essayant de retrouver son calme. Ses mains tremblent, le portable semble sentir sa nervosité et ne se laisse pas prendre facilement. Et s'il téléphonait à Alberto ? Il voit les tunnels se ramifier, le corps de la Russe découvert putréfié dans ce labyrinthe, la tête explosée par l'ancre, les travaux à l'arrêt, l'enquête de police et il se voit lui, et pas Alberto, au milieu de toute cette tempête. Il sera interrogé, sûrement incarcéré, Alberto s'enfuira et lui, il avouera qu'il a tué… Il saisit son portable de ses deux mains et appelle son père qui prend aussitôt une décision.

— Renvoie Lopes et les gars. Je vais appeler cet imbécile d'ingénieur. J'avais raison. Comme d'habitude.

*

Le coup de téléphone d'Olga accomplit le miracle de calmer Evgueni. « Elle sait quelque chose sur Irina », pense le petit Russe. L'espoir l'envahit. Il met les bouchées doubles et, en début d'après-midi, son travail de la journée est fait : deux téléviseurs, un lecteur vidéo, un radiateur et cinq téléphones portables débloqués. Il annonce à son patron qu'il doit sortir et n'attend même pas la réponse.

L'homme, un vieil électricien à la retraite qui a gardé sa petite boutique pour s'occuper et parce qu'Evgueni sait tout faire sans lui coûter grand-chose, n'a même pas le temps de le mettre en garde : ce n'est pas la peine qu'il revienne, il trouvera quelqu'un d'autre, les gens qui veulent travailler ne manquent pas.

Sur le chemin du métro, Evgueni pense à faire appel à Oulianov, mais il renonce, il ne ferait qu'effrayer Olga. Ce serait comme venir avec un garde du corps. Du KGB, ajoute-t-il aussitôt, en se disant qu'il ne devrait pas penser à Oulianov de cette façon. Mais il trouve un argument de plus : Olga pourrait se souvenir de la bande de Koba et prendre peur.

Avec deux cents euros en poche, il émerge du labyrinthe souterrain du métro, au pied du parc Eduardo VII, belvédère naturel d'où l'on peut voir le Tage et une partie de la ville qui garde la solide réputation d'être un lieu peu recommandable pour la promenade, partagé entre deux zones distinctes de prostitution, l'une pour les hommes, l'autre pour les femmes. C'est là qu'Olga l'attend. Evgueni a déjà eu des rapports avec une Portugaise. Les nationalités coexistent, les sexes, non.

Evgueni aperçoit les cheveux blonds d'Olga. L'Ukrainienne est seule, en partie cachée par les voitures garées en épi, dans un espace à elle délimité par deux ou trois arbres, comme font les autres femmes. L'endroit est tranquille. Pour elles, la meilleure heure pour les affaires est celle du déjeuner et en fin d'après-midi. Pour eux, le moment idéal, c'est la nuit.

Olga, assise sur un banc, se redresse lorsqu'elle voit arriver Evgueni. Elle expire par la bouche un nuage de fumée. Pendant quelques instants, elle ondule conformément aux règles de la première approche : tête baissée mais les yeux aguicheurs, seins proéminents, jupe remontée sur les cuisses. Non loin de là, un homme tente de feindre qu'il n'est intéressé ni par elle ni par les deux autres femmes, l'une d'un blond plus foncé, l'autre, brune ; plus près, un autre homme aux cheveux grisonnants attachés en queue-de-cheval regarde sa montre comme s'il attendait quelqu'un. L'un des deux hommes pourrait-il être le mac d'Olga ?

Evgueni ne le croit pas. Olga semble travailler de façon indépendante, en *free lance* et si elle loue une chambre, c'est pour faire des économies et n'avoir de comptes à rendre à personne. Cela la rend plus vulnérable et Evgueni se sent plus fort pour s'imposer. Il regarde l'homme à la queue-de-cheval, il a l'impression de l'avoir déjà vu.

Olga l'aperçoit et se redresse. Son langage corporel se modifie : la séduction cède la place à une attitude de défi.

Evgueni traverse la rue, évitant de justesse une voiture qui roule trop vite et lui fait signe. Olga jette sa cigarette.

Evgueni se faufile entre deux voitures et s'arrête. Olga porte un haut rouge et une veste en faux cuir, cette fois-ci avec une minijupe qui semble en cuir véritable. Evgueni pense à la touffe de poils qu'il a entrevue et ça l'excite.

— Alors ? demande-t-il en russe, serrant son portefeuille dans sa poche. Dis-moi ce que tu as appris.

— L'argent, d'abord. Olga tend la main.

— Des noms ou un nom, un numéro de téléphone, où je peux trouver le type des films… où allait Irina : je veux tout ça, d'abord, répond Evgueni, en retirant son portefeuille de sa poche. Il est décidé à se montrer inflexible, à résoudre tout sur place et à montrer à Oulianov que lui aussi réussit à résoudre des situations difficiles.

Une voiture s'approche lentement. Le moteur

devient silencieux. Evgueni n'a d'yeux que pour Olga, qui lève le bras droit, faisant passer son sac minuscule dans sa main gauche et le désigne du doigt, en s'exprimant en portugais.

— C'est lui.

Evgueni se retourne. Il voit l'homme à la queue-de-cheval.

Il voit aussi que de la voiture qui vient de s'arrêter sort un homme grand, en costume gris, les cheveux d'un châtain presque blond, qui s'approche la main dans la poche de sa veste comme s'il tenait… une arme, peut-être. Evgueni range son portefeuille dans sa poche et regarde tour à tour les deux hommes. Puis Olga. *Il serait tombé dans un piège ?* Ses yeux, tels ceux d'un animal aux abois, cherchent de l'aide mais cette zone du parc semble tout d'un coup déserte. Personne ne veut de problèmes. Soudain, Evgueni se rappelle que l'homme à la queue-de-cheval était sur les photos de Paula – qui avait eu si peur –, celle du Kremlin et celle de la plage qu'Oulianov avait aussi eue entre les mains. La peur l'envahit et gagne tout son corps.

— Attention, Silveira, il a de l'argent pour moi ! s'écrie Olga.

Alberto regarde la prostituée blonde, l'air furieux : dans ces cas-là, on ne dit pas de nom. Elle serait assez stupide pour ne pas le savoir ? Il secoue la tête, regardant Silveira de biais : « ce sera toujours un idiot incompétent », pense-t-il.

Evgueni recule en direction d'Olga, cherchant la

partie du trottoir la plus dégagée et il voit avancer Queue-de-cheval avec son acolyte. La nervosité, moteur interne qui lui avait donné l'énergie suffisante dans certaines circonstances plus délicates, cède la place, un instant, à la peur. Il doit fuir et vite. Olga recule, s'éloignant de lui. Mais la distance entre eux n'augmente pas. Evgueni pense qu'il peut échapper au piège et que les deux hommes ne veulent pas lui faire de mal. Ils veulent seulement lui faire peur. S'il en est ainsi, il pourra se venger plus tard.

— Grosse traîtresse, dit-il en russe à Olga. Tu me le paieras ! C'est toi qui vas payer ! Il lui saisit le bras de sa main gauche et lève la droite pour la frapper. Mais il se rend compte qu'il n'arrive pas à la bouger.

Pratiquement soulevé du sol par une force qui semble aspirer sa main droite, Evgueni se tourne vers le géant noir, aux lunettes noires, vêtu d'un pull marron foncé, qui accompagne les deux hommes. Evgueni comprend : ses adversaires ne sont pas ceux-là, mais l'homme qui vient d'entrer en scène. Si les bulldozers avaient des jambes, ils seraient comme lui, pense-t-il quand il sent s'accélérer les battements de son pouls droit. Et il se souvient une dernière fois d'Oulianov.

Après l'avoir immobilisé, profitant de la surprise qu'il lit dans les yeux clairs d'Evgueni, Conan le tire vers lui et lève un genou, l'atteint entre les jambes et le soulève dans les airs. Le Russe se sent propulsé par un feu liquide qui le brûle à l'intérieur. S'il ne disparaît pas en cédant à la poussée, c'est que son agresseur le tient fermement par la main. L'air quitte ses poumons et son estomac est sur le point de l'accompagner dans sa fuite. La douleur, impossible à supporter, l'emporte sur la peur, sur la nervosité, sur les souvenirs d'Irina et sur l'espoir qu'avait représenté Oulianov et elle paralyse tout son corps.

L'homme au costume gris s'approche et murmure :

— Démolis-le, Conan. *Pour de bon*, Conan.

Soudain Evgueni se sent libre, comme s'il flottait dans les airs. Son agresseur l'a lâché. Evgueni essaie de comprendre ce que peut signifier « pour de bon », mais il se voit en train de tomber, recroquevillé comme un fœtus. *Tout ça* n'a donc été qu'un jeu, alors ?

En proie à la confusion, incapable de se libérer de la douleur qui l'étreint, il voit des chaussures et des bottes, il regarde les pneus des voitures, le sol aux pavés sales, le bitume de la chaussée au loin et il se met à vomir, comme si la douleur expulsait tout l'intérieur de son corps au dehors. Une des bottes bouge dans sa direction, comme dotée de vie propre et vient s'écraser sur son nez et sur ses yeux, en un mouvement que rien n'arrête. L'impact provoque un nuage de sang et de nouveaux vomissements. Evgueni réussit enfin à pousser un cri. Ou tout au moins il pense qu'il crie.

Mais ce qui sort de sa gorge est un hurlement animal et le seul œil qui reste ouvert n'enregistre qu'une image floue de la grande main noire qui le saisit par les cheveux et l'oblige à se lever, créant une autre zone de douleur. Evgueni sait qu'il ne réussira pas à rester debout – la douleur l'assaille de tous côtés –, mais il comprend aussi que ce n'est pas l'idée de son agresseur, qui cherche simplement une prise plus facile. L'autre main, poing serré, s'abat sur son visage et démolit ce qui lui reste de nez. Maintenant, oui, totalement libre, Evgueni est propulsé au loin et va s'écraser contre un lampadaire, s'écroulant comme un pantin de chiffon sur l'herbe sale.

— Laisse-le *un tout petit peu* en vie, murmure la voix douce du costume gris.

Evgueni est projeté dans une flaque où se mêlent des liquides de toute sorte. Cela signifie qu'il a son compte. L'œil encore ouvert le gêne avec des images absurdes de visages déformés et le sourire rouge et ironique d'Olga. Dans un éclair de lucidité, il pense : « Je suis encore en vie. » Il entend à nouveau, comme en écho, la voix douce de celui qui, à cet instant précis, a sur lui un droit de vie ou de mort : « Un tout petit peu. » Sans avertir, une autre douleur explose dans sa poitrine et lui vole à nouveau tout l'air qu'il conservait encore dans ses poumons. Il pense qu'il va voler, peut-être loin de là, mais il y a quelque chose – peut-être un autre poteau – qui l'en empêche. Le coup suivant lui bloque l'estomac.

Ce qu'il sent, ce sont ses organes qui s'échappent de son corps, s'accordant pour choisir la bouche comme porte de sortie.

Evgueni reste à terre. Dans son champ de vision limité surgit une main. Elle est petite : c'est sa main droite. Elle ne lui fait pas mal. Mais aussitôt une botte s'abat sur ses doigts et appuie avec force. Evgueni se remet à hurler. Le poids énorme du pied de son bourreau produit un bruit d'os brisés. Evgueni se retourne, comme pour protester, comme pour chercher le salut dans le ciel couvert de nuages sales, la bouche ouverte, sans forces pour continuer à crier, le cerveau sur le point de s'éteindre.

Sa main droite reste prisonnière sous la botte, son bras paralysé. Il tente de lever son bras gauche mais n'y arrive pas. Répandu sur le sol comme si ses os étaient brisés en mille morceaux, il exige un ultime effort de ses poumons et essaie de crier. Mais il ne réussit qu'à ouvrir un œil.

Puis il sent se relâcher la pression sur sa main droite. Il ne voit pas la botte se déplacer vers sa gorge, sur laquelle elle s'abat avec la violence qui lui est familière, détruisant les tissus et les cartilages qu'elle trouve sur son chemin, écrasant son cri.

Son cerveau achève sa mission consistant à bloquer tout contact avec le reste du monde et lui épargne la douleur engendrée par la destruction totale de son corps.

7

Oulianov regarde les deux hommes derrière le comptoir puis l'horloge du fond, sans bouger la tête. Il est sept heures et Evgueni doit être sur le point d'arriver. Il aurait déjà dû être là, d'ailleurs. Ce retard le contrarie et la contrariété se transforme en une émotion qui, mêlée au mystère de la disparition d'Irina, le tourmente et perturbe ses pensées.

D'un mouvement de la main, il désigne son assiette vide et l'un des hommes lui apporte un autre œuf dur et, voyant ses deux verres – bière et vodka – vides eux aussi, il lui demande s'il en veut encore. Oulianov hésite mais finit par acquiescer et s'adosse à nouveau au mur, le regard fixé sur l'entrée. Une voiture sombre s'arrête de l'autre côté de la rue. Ce n'est pas celle d'Evgueni, qui fait toujours plusieurs tours avant de trouver une place à sa convenance. L'homme au comptoir lui apporte une bière et une vodka et regagne son poste.

Le conducteur de la voiture entre au Solar et le

visage d'Oulianov se ferme. Le Russe perçoit la contrariété des deux hommes qui sont au comptoir : un autre client, à cette heure ? Ou alors, ils ont compris qui est ce client et ils ne veulent pas d'embrouilles.

— C'est pour moi, c'est un policier, s'empresse d'expliquer Oulianov. Bienvenue dans cette maison, inspecteur Moura ! s'exclame-t-il en s'adressant au nouveau venu. Tu viens me voir ? Ou tu fais la chasse aux prostituées et aux petits vendeurs de drogue ?

Les deux hommes au comptoir se regardent, l'air préoccupé.

— Monsieur est de la police judiciaire, mais c'est quelqu'un de bien, dit Oulianov. Viens t'asseoir à côté de moi, inspecteur Moura !

Le policier de la PJ passe devant les deux hommes sans les regarder, comme s'il ne voulait pas être reconnu et s'assied sur la chaise qu'Oulianov pousse du pied. Il ouvre son blouson en cuir et desserre son nœud de cravate avec un soupir de soulagement. Il ôte ses lunettes et se frotte les yeux.

— Tu ne devrais pas t'asseoir dos à la porte, inspecteur Moura, dit Oulianov. Si quelqu'un te cherche, tu deviens une cible facile. Moura le regarde et fait pivoter la chaise. Tu veux boire quelque chose ?

— Une bière. Un demi, répond l'inspecteur.

Oulianov passe la commande et se tourne vers son visiteur, une question silencieuse dans ses yeux verts.

L'inspecteur sort un papier de sa poche. L'homme au comptoir s'approche avec la bière. Moura va montrer le papier à Oulianov mais il se ravise. Le Russe reste impassible. L'homme revient au comptoir et l'inspecteur tend le papier à Oulianov.

— Le test ADN que tu as demandé, dit Moura. Puis il vide son verre d'un coup, noyant son anxiété dans le liquide mousseux.

Le Russe détache sa tête du mur, lentement. Ses yeux clairs semblent bleus, à présent. La lumière des lampes sales du Solar danse dans ses prunelles. Moura détourne le regard tandis qu'Oulianov examine le papier portant le timbre de la PJ et l'inscription « Laboratoire de la police scientifique ». Puis il regarde Moura, les yeux froids comme de la glace.

— Il ne peut pas y avoir d'erreur, alors ?

— Non, je suis désolé. C'est le même groupe sanguin. Ça pourrait être celui d'un autre parent à toi… Mais la coïncidence… Disons plutôt qu'il est possible que la femme agressée au bord du Tage soit ta sœur. Je suis vraiment désolé, l'homme de la PJ se tait, gêné. Le calme d'Oulianov le surprend toujours. Il n'y a pas la moindre émotion dans ces yeux si froids.

— Je te remercie d'être venu m'informer, dit Oulianov.

— J'ai donné à mes collègues son identité et ils doivent t'appeler pour te poser des questions. Ils vont t'interroger au sujet d'Irina Tchekhov et non d'Irina Oulianov.

— Évidemment, inspecteur Moura.

— Après qu'ils t'auront parlé, appelle-moi, s'il te plaît. Et ne te mets pas à enquêter pour ton propre compte.

— J'aimerais savoir une chose, inspecteur Moura : j'ai lu dans un journal qu'on a trouvé du sang et des cheveux blonds, très blonds, d'un blanc presque brillant. Mais on n'a pas encore trouvé de cadavre, n'est-ce pas ?

Moura hésite.

— Non, répond-il. C'est vrai. Ce qui nous laisse penser que… elle est peut-être même encore en vie.

— Mais gravement blessée, bien sûr. Vous n'avez rien trouvé sur terre ni dans le fleuve. Le corps peut-il avoir été emporté vers la mer ?

— Oui.

— Comme il se peut aussi que quelqu'un ait enlevé le corps de là…

— Ça se peut aussi.

— Par où allez-vous commencer ? Vous avez examiné le terrain, les entrepôts, les services municipaux, la gare fluviale, vous avez parlé avec les pêcheurs ?

— On a fait tout ce qui devait être fait, Oulianov. À mon avis. Nous travaillons bien. Maintenant, avec son identité, on va travailler encore mieux, dit Moura, essayant de comprendre ce qui se trame derrière les yeux d'Oulianov qui semble avoir un plan tout tracé pour résoudre le problème. En saurait-il plus que lui et ses collègues ?

Oulianov se lève et Moura en fait autant. Le Russe regarde les deux hommes et montre la table du doigt.

— Je vous paierai demain. Ce monsieur est mon invité.

Les deux hommes font un signe de tête, suivant du regard Oulianov qui sort en silence, le regard méfiant. Moura, qui s'est retourné vers eux, note leur indifférence et, frissonnant de froid, il suit Oulianov.

Après les premiers interrogatoires et sa mise en examen, Oulianov avait commencé à recevoir des visites de Moura. Il était passé en jugement et avait été condamné, avec presque deux ans de prison de moins que Koba et ses sbires. Il avait accepté la sentence car il savait qu'il avait lui aussi été un truand. Au bout de trois ans, il avait obtenu une réduction de peine et s'était demandé s'il devait attendre Koba ou pas, car il se doutait bien qu'il était le premier sur sa liste.

Il l'avait dit à Moura, lors de sa première visite. L'inspecteur l'avait rassuré, Koba était « hors-jeu ». Et de façon tout à fait désintéressée, il avait ajouté :

— Ce mec ne recommencera pas. En plus, il a écopé d'un avis d'extradition, ce à quoi toi, tu as échappé !

Oulianov avait fait semblant de le croire. Le fringant militaire Ivan Ivanovitch Zhudugyn ne renoncerait jamais à se venger s'il avait décidé de le faire. Et il ne comprendrait jamais pourquoi l'ex-membre du KGB Oulianov avait pris la décision la plus difficile de sa vie : dénoncer ses compagnons d'armes.

— J'accepte ce châtiment, avait dit Oulianov au policier. Je l'accepte, bien que mon action mérite une récompense parce que je vous ai aidés à éliminer un danger public, à retirer de la rue un bandit redoutable, en rien comparable à ceux que vous avez ici. La prison, ça va servir à quoi ? À ce que je m'améliore ? Peut-être. Mais je ne changerai pas, je serai toujours celui que je suis et celui que j'étais.

— Tu ne vas pas commettre les mêmes forfaits, n'est-ce pas ?

— La notion de forfait est variable, inspecteur Moura. Mais, rassure-toi, je ne répéterai pas les mêmes erreurs. Quant à Koba, il se peut qu'il veuille continuer. Vous pensez qu'il suffit de l'emprisonner pendant huit ou neuf ans pour en faire un ange ? Quand il sortira de prison, il continuera à faire la même chose. Ici ou dans un autre pays ! C'est ce qu'il sait faire, il n'a jamais appris à distinguer le bien du mal. Ou le Bien du Mal, si tu préfères, comme des valeurs absolues.

— Et toi… tu sais ?

— Pendant plusieurs années, j'ai su. Parce que mon pays me disait qui incarnait le Mal et qui incarnait le Bien.

— Tu aurais voulu qu'on le tue, cet apôtre du Mal ?

— Oui, Koba aurait dû être exécuté ! Moura n'avait pas apprécié.

— Je ne peux accepter ces propos que parce que tu as sans doute peur de lui ! Ici, nous ne tuons personne ! Tu crois qu'il va surgir dans ton dos et te coller une balle ? Il est vrai qu'il l'a déjà fait mais nous n'avons pas trouvé de preuves…

Oulianov, qui était avec Moura dans un bureau de l'établissement carcéral, avait mis ses mains dans ses poches, comme pour se contrôler. Peur, lui ? Il s'était contenté de rétorquer :

— Tu crois que les *spetsnaz* résolvent leurs problèmes à coups de balles, en pleine rue ? Tu devrais faire des recherches sur la manière dont les Spetsialnoye Nazranie étaient entraînés au pays des Soviets.

— J'ai fait mes recherches. En plus, je sais que ce n'est pas de votre faute si vous n'avez plus de pays !

— Mais nous avons un pays, inspecteur Moura ! La mère Russie ! Bon sang, tu crois encore que la Sovetski Soyouz était un pays ? Regarde ce que ça a donné : plein de pays ! Pour toi, un pays doit avoir une taille standard pour exister ?

L'homme de la Judiciaire avait renoncé aux conversations doctrinales avec Oulianov. Quand il essayait de parler avec lui, il finissait par aborder des sujets sur lesquels il refusait de polémiquer. Moura avait cru pendant des années à cette réalité dont les cendres avaient engendré Oulianov et Koba. Et aucun des deux n'était « l'homme nouveau » qu'on lui avait promis dans sa jeunesse.

— Notre pays – avait poursuivi Oulianov, tentant d'être didactique – est la seule Russie. Il deviendra un des grands pays de ton Union européenne, beaucoup plus fort que les autres. Je le sais parce que j'ai étudié son histoire, que j'y suis né et que j'ai vu la détermination qui a donné naissance à un régime qui aurait dû durer des milliers d'années. Et qui n'est tombé que parce qu'on a abattu un mur de béton à mille kilomètres de là.

Moura regrettait d'avoir engagé cette conversation. Moura observe Oulianov, tandis que les patrons du Solar tirent la grille métallique, une fois les lumières éteintes à l'intérieur. La baisse de la température en cette nuit de fin d'hiver ne gêne pas Oulianov, appuyé contre la fontaine en pierre où l'eau ne coule plus depuis longtemps, mais Moura, lui, est gelé. Le Russe rompt le silence.

— À quoi penses-tu, inspecteur Moura ? L'homme de la PJ détourne le regard.

— C'est de Koba que tu veux parler ? *Proklyátie !* Sois clair ! Dis-moi !

— Très bien. Koba, donc. Ça pourrait être lui ? Ou quelqu'un à ses ordres ?

Oulianov appuie sa tête contre la pierre, fermant les yeux. La disparition d'Irina serait une vengeance de Koba ? Il ouvre la bouche pour répondre mais la referme. Il secoue la tête.

— Il y a combien de temps que tu n'entends plus parler de Koba ? demande Moura.

— Il y a très longtemps, répond Oulianov. En

prison, on lui avait dit que Koba voulait se venger. Mais Koba devait être toujours en prison, tout comme ses hommes de main. Oulianov avait décidé d'attendre jusqu'à en avoir la certitude. Sans quitter le même endroit, sans quitter le Solar, nuit après nuit. Et toi ? Tu sais où il est ?

— Il est toujours en prison. C'est ce que j'ai pu savoir. Il a des complices ici, à l'extérieur, Oulianov ?

Oulianov répond de la seule façon qu'il peut répondre. Par deux questions.

— Tu crois, inspecteur Moura, que derrière la mort possible d'Irina, se cache la main de Koba ? Que c'est sa vengeance ?

— Tu n'as pas répondu.

— Il ne réussira plus à trouver personne pour l'aider.

— Tu passes tes nuits ici… insiste Moura. Tu crois qu'il va venir te trouver ? C'est pour ça que tu restes là à te soûler ? Suppose qu'ils aient voulu commencer par Irina…

— Non. Oulianov secoue la tête, résolument. Ce n'est pas son style.

— Mais peut-être qu'il vaudrait mieux le surveiller, même en prison, et te surveiller toi aussi, non ? Je ne veux pas de guéguerre personnelle à la mode de Moscou.

Oulianov crache sur le côté.

— Pourquoi tu dis ça, inspecteur Moura ? Tu crois que tu n'en as pas ici sous prétexte que tu ne les vois pas ? Tu ne sais pas ce que c'est la guerre !

Moura se tortille, mal à l'aise. À cause du froid ou des propos d'Oulianov. Qui revient à l'attaque.

— Tu n'as jamais compris la différence entre lui et moi, n'est-ce pas ? Rappelle-toi ce que je t'ai toujours dit : Koba a appris à tuer quand il est devenu un *spetsnaz*. Et il a aimé ça. Il n'a jamais vu la différence entre *notre* Bien et *notre* Mal, entre *nos* guerres justes et *nos* guerres injustes. Moi, je n'ai pas tué parce que j'aimais ça, mais parce qu'il le fallait. Lui, il a commencé par apprendre à tuer, moi, j'ai commencé par apprendre la différence entre le Bien et le Mal et ce n'est que plus tard que j'ai appris à tuer !

Moura reste silencieux. La mort d'Irina peut refermer définitivement la porte restée jusque là entrouverte entre Oulianov et lui.

— Je crois que tu es encore un idéaliste, inspecteur Moura – dit Oulianov – et que tu penses toujours que tu peux redresser le monde. Mais tu te leurres toi-même.

L'homme de la PJ lui tourne le dos et se dirige vers sa voiture. Oulianov le voit partir. L'absence de réponse signifie sûrement que Moura lui donne raison.

8

Oulianov retourne au bord du fleuve. Il renonce à attendre Evgueni, contrarié par son absence quoique convaincu qu'il reviendra, et poussé vers ce lieu par la révélation de Moura : si les restes trouvés sont ceux d'Irina, c'est par là que toute enquête doit commencer. Tandis qu'il traverse la place et le petit labyrinthe de rues qui le conduisent au Cais do Sodré, ignorant comme toujours les femmes qui se tiennent au coin des rues, Oulianov s'efforce de penser comme un policier. Pas comme les policiers qui étaient allés sur les lieux et qui en étaient repartis en emportant les cheveux comme un trophée.

L'explication de ce qui est arrivé est là et tout doit être bien observé, y compris l'ombre : Oulianov l'a-t-il vue ou bien l'a-t-il *sentie* ? Encore un mystère dans une affaire qui ne devrait pas en comporter.

Oulianov traverse la gare ferroviaire, voit la gare fluviale et continue le long des murs et du petit bâtiment qui séparent la rue du quai, de l'autre côté de la ligne de chemin de fer.

Au bord du fleuve, rares sont les voitures qui sont encore là après la journée de travail. Et seule l'une d'elles donne des signes de présence à l'intérieur : deux têtes derrière les vitres embuées. Oulianov ralentit l'allure. À l'angle du petit bâtiment où est écrit « Mairie de Lisbonne », au lieu de tourner à gauche, là où l'ombre était apparue, il s'agenouille et, vérifiant que le sol n'est pas trop sale, il s'assied, décidé à attendre. Deux fenêtres, probablement d'anciennes portes, lui garantissent un abri sous la lumière pâle des lampadaires. Il y a trois autres portes, celles de baraquements qui doivent aussi servir d'entrepôts.

« Irina est peut-être venue ici avec quelqu'un », pense Oulianov, en voyant la voiture démarrer lentement le long du quai. Et pourtant, ce ne serait pas logique, se dit-il. Cet endroit peut servir à des rencontres amoureuses clandestines, mais il est trop exposé pour offrir une grande intimité… à des actes qui ne doivent pas être vus. Irina a beau être une femme désinhibée, comme il l'avait vu dans le film, elle ne serait jamais venue ici. Et avec qui ?

Evgueni doit lui raconter tout ce qu'il a fait – et quand – depuis la dernière fois qu'il l'a vue car malgré son désarroi qu'il ne dissimule pas, il va être considéré comme un suspect.

Oulianov pense à nouveau à Irina : elle aurait pu venir là avec quelqu'un et avoir refusé de faire ce qu'on lui demandait et ce refus aurait engendré de la violence. Dans la voiture où ils se trouvaient ? C'est pour ça qu'il n'y a plus de traces ? Pourtant, les restes, ce qui a été retiré de l'eau ainsi que le sang trouvé sur le sol, laissent à penser qu'elle peut avoir été jetée à l'eau. « L'eau devrait la ramener », pense Oulianov.

Un homme tout seul n'aurait pas assez de force pour porter le corps d'Irina jusqu'à l'un des pontons, là où le fleuve coule plus librement, et le jeter à l'eau. Le fleuve, dont la force est amortie par les pontons et l'érosion des vieilles pierres, n'aurait pas eu la puissance suffisante pour charrier un corps, s'il n'avait pas été jeté loin du quai. En tout cas, pas dans l'immédiat. Avec plus de temps, la marée aurait pu l'emmener au milieu du fleuve et les plongeurs l'auraient trouvé. Mais les recherches étaient terminées.

Restent deux hypothèses qui incluent la possibilité qu'Irina soit encore en vie ou ne soit pas morte tout de suite : quelqu'un l'aurait emmenée d'ici (mais personne ne l'aurait mise ensanglantée dans une voiture garée devant les eaux sombres du fleuve) ou alors on l'aurait laissée là, dans les entrepôts, derrière le portail, dans un des nombreux trous qui se trouvent sur le quai. Et c'est donc là qu'il faut chercher. Moura aurait dû venir avec lui. Pour apprendre avec lui, pense-t-il.

Il regarde le fleuve et essaie de se souvenir de ce qui lui a semblé être une ombre, la veille. Il décide d'attendre. Il se lève et glisse le long du mur, s'abritant dans l'embrasure de la seconde porte où se trouve l'inscription « ANL », Association navale de Lisbonne. Seules deux portes le séparent maintenant du portail de fer.

Rester en planque, il sait faire. En temps de guerre comme en temps de paix. Le secret de l'attente est mental, il faut maintenir l'esprit occupé pour laisser les yeux libres. Ce qu'il avait appris dans les pires circonstances n'était pas perdu. Le travail de force l'a conservé en bonne forme physique. Les outils, il les utilise comme on lui avait appris à utiliser le couteau de combat. Le cerveau et les yeux restent libres, loin des mouvements du quotidien.

Oulianov ne regarde pas vers l'endroit où il a cru voir l'ombre. Il laisse son regard flotter, errer en direction du fleuve, jusqu'à l'autre rive, se promener sur les pontons, glisser sur la tache que forme le quai de la gare fluviale, sur le mur et sur les portails, sur les grilles de la partie haute du portail en fer qui laissent passer la lumière. Et en même temps, il écoute. Il se concentre, en essayant d'isoler chaque son et d'en localiser l'origine.

Le premier mouvement est précédé d'un bruissement, sur sa gauche. Comme celui d'un animal, d'un prédateur méfiant. Oulianov ne bouge pas, son cerveau fait de son corps une machine. Très lentement, il passe la tête hors de l'embrasure de la porte et guette, sans rien bouger d'autre que son cou.

L'ombre est revenue. Mais cette ombre semble immatérielle, ni humaine ni animale, elle n'a pas l'air d'un objet aux formes définies. C'est comme un fantôme, une apparition surnaturelle.

Oulianov essaye d'en voir davantage. L'ombre se déplace, évitant la lumière des lampadaires ; elle cherche le fleuve et s'éloigne du portail d'où elle semble avoir surgi. Si l'ombre continue à s'éloigner vers le fleuve, Oulianov pourra s'interposer entre elle et le portail pour empêcher toute tentative de fuite et l'obliger à se révéler.

Un bruit différent lui fait tourner la tête de l'autre côté : une voiture, plus près. Est-il l'objet d'une embuscade ? L'ombre serait-elle un leurre ? Si c'est le cas, quelqu'un s'est trompé. Lui, en pensant que Koba se vengerait d'une autre manière. Ou l'inspecteur, à qui l'on ne disait pas tout. Ou même, les sbires de Koba qui, bien qu'ils le connaissent et le craignent, peuvent chercher à plaire à leur ancien chef.

Oulianov tourne la tête, à nouveau, à la recherche de l'ombre, mais il ne voit plus aucun mouvement. L'ombre a disparu à cause de la voiture, pas parce qu'elle l'a vu.

Il respire profondément. Il se sent vulnérable sans son équipement de combat.

Le bruit de moteur qui l'a distrait un instant se fait entendre à nouveau, plus fort, dans la zone cachée par l'angle de la rue, sur sa droite.

Oulianov voit un rayon de lumière – une torche

ou les phares de la voiture ? « C'est moi qui me suis trompé », pense-t-il. Le Solar est son territoire, son poste de combat, sa dernière tranchée et, pour cette raison, ils ont décidé de le faire sortir de là : c'est la seule explication qu'il trouve. Ils veulent l'attraper désarmé, seul face à un groupe, acculé contre un mur. Dans cette situation, quelles possibilités lui reste-t-il ? Plonger dans le fleuve ou les affronter ? Combien seront-ils ?

La voiture tourne à gauche, dans sa direction et entre lentement dans la zone du quai en passant devant lui. Derrière elle, y en a-t-il une autre ?

Oulianov respire à fond. Non. La voiture petite et basse est conduite par un jeune accompagné d'une fille, sur fond d'une musique endiablée, l'intérieur est tout sombre, à l'exception du tableau de bord. Les phares qui ont éclairé le fleuve en faisant demi-tour balaient la surface du quai et soudain, les lumières rouges des freins s'allument et la voiture s'arrête.

Le conducteur et Oulianov voient la même chose : l'ombre, qui se confond avec le fleuve, furtive comme un chien errant et de la taille d'une personne courbée. Le garçon et la fille remuent la tête, les feux arrière passent du rouge au blanc lorsque la voiture commence à faire marche arrière.

Oulianov se lève d'un seul mouvement et se met à courir. Le long du mur, en direction de l'ombre qui est un homme. Le conducteur doit l'avoir vu se détacher du mur, tout près de lui, c'est pourquoi il appuie encore plus fort sur l'accélérateur et la voiture disparaît sous les protestations bruyantes du moteur. Oulianov est rapide, mais l'ombre aussi. Le Russe reste immobile près du portail en fer. À nouveau, il ne voit plus l'ombre. « Et maintenant ? »

Le fleuve est serein. Le quai aussi. Et l'ombre, où est-elle ? Oulianov baisse les yeux, se concentrant sur le mur et sur le sol en quête d'une piste, d'un indice. Il voit une porte en fer, entrouverte, tout près du portail, par laquelle il faudrait ramper pour passer. Un homme ou un gros chien peuvent s'y faufiler pour franchir le portail. Il regarde le terrain, de l'autre côté, et voit les machines arrêtées à côté d'un trou large, qui semble creusé depuis peu.

Il se rappelle ce qu'il a lu et ce que disent certains des ouvriers qui travaillent sur le chantier avec lui : ils parlent de tunnels qui traversent la Baixa, des rats qu'on y trouve, plus gros que ceux qui pullulent dans un couvent dont Oulianov a oublié le nom. Ils affirment que les rats ne sont pas les seuls habitants du sous-sol. Si c'est vrai, pense Oulianov, Irina est peut-être là. Elle, ou ce qui reste d'elle.

Distrait, Oulianov ne voit pas l'ombre. Il entend un bruissement, un froissement de vêtements lourds, une respiration rapide, il sent une odeur et se retourne, pensant que son adversaire va utiliser un objet coupant ou contondant, car si c'était une arme à feu, il aurait déjà tiré. Oulianov fléchit les jambes et avance son bras droit, tandis que le gauche se rétracte, préparant le second coup. Si le couteau est une extension du bras, les doigts doivent être un couteau, lorsque les *spetsnaz* sont désarmés.

Dans cette danse de la mort, sur une scène improvisée et mal éclairée, Oulianov voit d'abord un visage sombre, caché par des poils ou de longs cheveux et un seul œil, grand ouvert, exprimant la rage, et il perçoit une odeur comme il n'en a jamais senti. Les doigts de sa main droite, tendus à l'extrême, heurtent le nez de l'ombre, qui n'est qu'un homme, ou ce qu'il en reste. Le cartilage et l'os cèdent, provoquant un hurlement de douleur. Mais le choc ne met pas fin à l'attaque.

Animé d'un mouvement malgré tout élégant, tandis qu'Oulianov envoie son poing gauche dans sa direction, l'agresseur, bien campé sur ses jambes pour ne pas perdre du terrain, enfonce profondément la lame de son couteau dans le blouson en cuir, le pull en laine, le maillot de corps d'Oulianov avant de reculer pour récupérer des forces ou pour s'enfuir. Toutefois, le poing gauche du Russe l'atteint à la poitrine, le pousse et le fait tomber. Au sol, l'homme redevient une simple ombre.

Oulianov jure en russe tout en comprimant sa main gauche contre sa poitrine, pensant qu'il ne doit pas laisser tomber de gouttes de sang sur les pierres, surtout quand la police possède les éléments permettant de l'identifier. Puis il s'approche de la rive, essayant de voir ou d'entendre ce qui pourrait lui indiquer où se trouve cet adversaire capable de manier presque aussi bien que lui un instrument coupant.

Le silence l'oblige à se décider : son adversaire a peut-être pris la fuite ou se prépare à une nouvelle attaque. Oulianov est vulnérable, il ne peut pas rester là, même si l'ombre attend de pouvoir regagner le trou d'où elle est sortie et que bloque sa présence. Il regarde de tous côtés, sentant une rage incontrôlée s'emparer de lui. Mais il ne peut pas y succomber, il doit rester rationnel.

Il reprend son souffle et pense à ce qu'il va faire. Il sait d'où vient l'ombre, par où elle se faufile, et aussi qu'il peut exister une jonction avec les tunnels du sous-sol, ouverte par le trou sur le terrain. Peut-être que là-dessous, il en saura plus sur Irina. Mais maintenant, il doit laisser tomber à cause de sa blessure à la poitrine et parce qu'il ne connaît pas ce territoire.

Oulianov recule le long du mur, regardant le champ de bataille qu'il est contraint d'abandonner. Arrivé à l'angle du bâtiment, se sentant enfin plus en sécurité, il tourne le dos au fleuve et s'éloigne d'un pas rapide. Avant d'entrer dans la gare encore ouverte, il ôte son blouson, constate que sa blessure à la poitrine est moins profonde qu'elle n'en avait l'air et il enlève son maillot de corps qu'il utilise pour faire pression sur la plaie. Il regarde autour de lui, gardant la tête basse pour essayer de paraître plus petit. Si jamais il y a d'autres hommes en embuscade prêts à l'attaquer, il ne se sent pas en état de riposter. De plus, s'il est surveillé par la police, ou si un policier le voit, un immigrant russe qui perd du sang ne peut être qu'un truand.

Il reviendra, donc. Mais mieux préparé.

9

Le pêcheur voit les gouttes de sang et s'arrête, ses deux cannes à pêche en équilibre sur son épaule droite. Il pose le seau et les cannes par terre et met dans sa poche les clés de la voiture qui cliquetaient dans sa main droite.

Il regarde son compagnon, au loin, immobile comme le vieux du Restelo devant la mer et face au fleuve, tournant le dos à son ami et au reste du monde. Aurait-il remarqué les gouttes sombres, qui n'avaient pas l'air complètement sèches ? Il espère que non.

Le pêcheur suit le cortège de gouttes. Elles vont du milieu du quai jusqu'au portail du chantier, qui porte toujours le P du parking municipal. Plus loin, il y en a d'autres. Le pêcheur se souvient qu'il avait saigné du nez dans son enfance et qu'avant de comprendre d'où venait le mystérieux liquide chaud et épais qui coulait de l'intérieur de son corps, il avait admiré les gouttes qui tombaient de son nez en formant des cercles parfaits, tels des soleils rouges, dans la cour de l'école.

Il se baisse pour les voir de plus près et se rappelle ce qu'avait provoqué la semaine précédente son appel à la police quand il s'était retrouvé dans la même situation. Il se relève lentement. Il n'a pas envie de revivre ça.

C'est à ce moment-là qu'il voit un homme qui le regarde, de l'autre côté du portail. Il porte un costume et une cravate, des lunettes, son visage est joufflu et rougeaud, son front en sueur. Il a pratiquement l'âge de son fils.

— Bonjour, lui dit l'homme, en se frottant nerveusement les mains.

Le pêcheur répond – « Bonjour » – et jette un coup d'œil derrière l'homme ; il y a aussi des gouttes de sang derrière le portail, qui vont vers un groupe de machines. L'homme s'approche, lui bouchant la vue.

— Dites-moi… insiste-t-il.

Le pêcheur continue à penser au sang et à ce que lui veut cet homme, il hausse les épaules.

— Rien, répond-il. Il lui tourne le dos et va chercher son seau et ses deux cannes, en évitant de porter son regard sur ces gouttes qui ressemblent à du sang mais qui n'en sont peut-être pas. Puis, sans regarder derrière lui, il part retrouver son compagnon.

De l'autre côté de la grille, Lourenço soupire, s'éponge le front et met ses mains dans ses poches, pour que personne ne les voie trembler.

On parlait de « complexe », à son époque. On trouvait que l'adjectif était suffisant pour définir complètement le phénomène. Mais, même ceux qui caractérisaient ainsi le regard éteint des gens qui tournaient interminablement autour de l'île allaient eux aussi de temps en temps en faire le tour en cachette, trouvant toujours un prétexte pour ne pas être classés comme les autres victimes du « complexe ».

Comme beaucoup d'autres habitants de Madère, Salvador Teles avait vécu sous l'emprise du « complexe » jusqu'à ses dix-neuf ans. Il s'engagea alors dans l'armée et réussit à troquer l'exiguïté de Funchal contre les grandes étendues du continent.

Mais le « complexc » nc l'avait jamais quitté, il s'était manifesté d'une autre façon : lorsqu'il regardait l'horizon infini de la mer, Salvador pouvait penser qu'il était de retour sur cette île où il avait vécu une adolescence heureuse. Et même au milieu des plaines argentines, l'horizon bleu de l'océan lui avait rarement manqué, la vastitude des espaces le comblaient. C'est peut-être ce qui l'avait conduit à choisir cet endroit au bord du Tage pour son ultime réalisation. C'est là – il regarde les eaux qui semblent étranglées par les deux rives, leur noirceur verdâtre et l'autre rive avec les constructions qui s'y dressent, le pont qu'il a toujours trouvé massif – c'est là qu'il doit déployer la force que lui donne son mépris pour les autres cultivé avec cynisme pendant tant d'années, s'il ne veut pas déprimer.

C'est pourquoi Salvador ne s'extasie pas dans la contemplation des eaux. Poussé par le scandale, il avait troqué, dès qu'il l'avait pu, les privilèges de la mer vue de Cascais contre les horizons de la montagne de Sintra. Il avait accepté, des années plus tard, que ses fils restent à Cascais et voient le coucher du soleil tous les jours, s'ils le voulaient. Et maintenant, c'était au Centre nautique du Tage de lui permettre de l'emporter sur ceux qui prétendaient encore être ses concurrents, qui ne le voyaient pas comme un promoteur immobilier et croyaient que parce qu'il n'était pas en mesure d'assurer sa succession, il allait renoncer au monde des affaires.

C'est pourquoi, en cette matinée ensoleillée, au lieu de rester à admirer le fleuve comme tous ceux qui se garent à cet endroit, Salvador lui tourne le dos et, ce faisant, il aperçoit deux silhouettes à côté du portail, qu'il observe de loin.

Il suit du regard le pêcheur qui a d'abord les yeux rivés au sol et qui les lève ensuite sur le portail où Lourenço apparaît, avec la silhouette indolente caractéristique des obèses. Et il voit que Lourenço le chasse en agitant nerveusement les mains.

Salvador sort sa pipe de la poche de sa veste et la met dans sa bouche sans l'allumer. La saveur froide du bois et du tabac lui suffit, depuis que le médecin lui a interdit les cigarettes, les cigares et même la pipe lors de la consultation déprimante de la veille :

« Mordillez-la, si vous voulez… mais ne la fumez pas. »

Le médecin avait étalé les radiographies sur la table, comme une cartomancienne prophétisant des signes de mort imminente après des semaines d'examens. Et il l'avait regardé longuement.

Salvador lui avait posé la question habituelle et avait obtenu la réponse habituelle.

— Combien de temps ?

— Ça dépend, Monsieur. Je peux juste confirmer, sur la base des radios et des examens, ce que je vous ai déjà dit. Vous avez des années devant vous si vous êtes prudent et si vous vous soignez. Ou quelques mois si vous continuez à fumer comme vous le faisiez. Mais si vous avez supporté ces dernières semaines sans fumer…

En sortant du cabinet, Salvador avait demandé à la réceptionniste de lui envoyer la note d'honoraires à son bureau. Puis il avait pris une décision définitive : il achèverait son projet, liquiderait Chef-d'Œuvre et cesserait de se préoccuper de la destruction systématique de son petit empire et de ses fils. Mais en constatant l'embarras de Lourenço qui se trouvait sur son propre territoire, de l'autre côté du portail, il décide de revenir sur sa résolution.

Se rappelant les discussions sur le sous-sol du chantier, les recherches effectuées par les policiers dans le fleuve, les craintes des gars de la mairie et ce qui avait surgi à cet endroit, à ce qu'on disait, du sang et des cheveux blonds, Salvador n'attend pas davantage. Il se dirige vers le chantier, redressant le dos pour avoir l'air plus grand. Rien ne trahit le mal qui lui ronge les poumons. On le découvrira plus tard, quand ce sera vraiment nécessaire, quand on l'ouvrira… si on veut l'ouvrir. Mais ce sera dans les *fincas* d'Argentine, là où l'espace est plus vaste et où la vue s'étend à l'infini. Lorsqu'il fermera définitivement les yeux, c'est cette absence de frontières que Salvador veut emporter avec lui.

10

Un mort non identifié n'est pas chose étrange ni peu courante. Ils sont nombreux, les morts et les mortes qui entrent à la morgue de Lisbonne et qui y restent, avec quelques notes circonstanciées en annexe, dans l'attente d'un mcillcur sort, quand rien ne peut les identifier, quand personne ne les recherche ou quand on pense que l'identification n'en vaut pas la peine.

Ils restent entreposés là au cas où se présenterait une demande subite d'organes encore utilisables ou bien, lorsque les installations sont surpeuplées, ils sont évacués, sans que personne ne sache ni ne veuille savoir vers quelle destination.

Ce cadavre se distingue des morts habituels par l'état dans lequel il se trouve : il a été, de toute évidence, frappé avec une extrême brutalité. La mort n'a pas été instantanée. Bien au contraire, on l'a abandonné, pour que, peut-être déjà inconscient, il meure à petit feu. A-t-il été victime d'un vol ?

À la manière dont il était habillé, ça semble peu probable : vêtements très usés, chaussures – l'élément le plus révélateur – également. L'absence de tout papier d'identité, de clés ou de titre de transport laisse penser qu'il peut s'agir d'un SDF, mais les vêtements et les chaussures appartiennent à quelqu'un qui a un logement. Sans compter l'existence de trois dents en or, qui auraient dû être arrachées, si on l'avait agressé pour le voler.

Le médecin qui se décide finalement à faire l'autopsie – et qui met un temps fou à relever les lésions, le nez éclaté, l'œil droit en bouillie, les os brisés – y compris ceux des doigts –, les hématomes, les hémorragies internes, la gorge écrasée (au point d'avoir endommagé tout l'appareil respiratoire), les côtes fracassées qui avaient perforé les poumons, conclut à cause des dents que l'homme est un immigrant de l'Est.

C'est une tradition qui a deux explications et un avantage : l'or est un métal plus résistant que les amalgames existant dans les pays de l'Est et c'est le signe que celui qui en possède est plus riche que les autres. De plus, les hommes et les femmes qui ont des dents en or peuvent se les faire arracher pour en tirer de l'or pur, qui a toujours plus de valeur que n'importe quelle monnaie.

Pour le médecin, un tel cadavre représente une tentation. Comme d'autres avant lui, il n'hésite pas et lui arrache les dents. Pourtant, dans ce cas, c'est risqué : sur la fiche de la PSP est notée l'existence des trois dents en or, et elles ne peuvent pas disparaître alors que le corps est sous sa garde.

Le cadavre avait été trouvé par deux militaires de la GNR qui patrouillaient à cheval dans le parc Eduardo VII après avoir été alertés par un homme qui, semble-t-il, s'était trouvé sur les lieux juste pour reprendre sa voiture et rentrer chez lui en fin d'après-midi. L'endroit était étrangement désert et même les prostitués, hommes ou femmes, avaient disparu. Après l'intervention du SAMU, le commissariat de la PSP au Palais de Justice avait été averti afin de prendre en charge cette affaire.

L'homme qui avait découvert le corps fut interrogé sans relâche. Les agents de la PSP firent une demi-douzaine de photographies (deux seulement avaient été utiles) et, après avoir conclu qu'il était impossible d'identifier la personne, ils en avaient référé à l'Institut médico-légal de Lisbonne.

L'autopsie déclarée comme non urgente fut reportée à la fin de la garde de nuit du seul médecin présent. Ce dernier la réalisa pour s'occuper, rester éveillé et aussi parce que, quand il s'agissait du cadavre d'un étranger – lui-même étant étranger, du Brésil –, il avait un accord de coopération avec un inspecteur du Service des étrangers et des frontières, particulièrement zélé, celui de le tenir informé au sujet des morts non portugais qui entraient à la morgue, ce que les services administratifs ne faisaient pas aussi systématiquement qu'il le fallait. Les cadavres des étrangers servaient, avec ou sans dents en or, à l'aider dans la négociation complexe qui lui assurait le renouvellement automatique de son statut d'immigré en situation légale.

N'ayant plus rien à faire que d'attendre le lever du jour, le médecin se met à regarder les photos, essayant d'imaginer ce qui a pu se passer. La première montre le cadavre allongé à plat ventre, l'avant-bras gauche sous le visage. Sur la seconde, il est sur le dos.

Le médecin examine de plus près la photo. Les trottoirs pavés à la portugaise, faits de pierres presque carrées et généralement irrégulières, présentent l'avantage de constituer une surface claire où tout se voit : les saletés et les restes éventuellement importants dans ce genre de cas. Comme, par exemple, du sang (pas beaucoup, parce que les blessures étaient surtout internes) et quelques lettres. Ou du moins des signes ressemblant à des lettres, cinq lettres griffonnées par les doigts de la main gauche de l'homme avant de mourir.

Le médecin va chercher une loupe et réussit à déchiffrer : un O, un U, un L, un I et un A. Il revient dans la salle où se trouve le cadavre et examine son visage.

« Oulia ? » se demande-t-il. Est-ce que c'est son nom ? Ou celui de son agresseur ?

Il range le corps dans une des chambres froides et se met à écrire le rapport d'autopsie. Il le photocopie ainsi que les photos. Il n'y a pas d'autres corps et ceux qui arriveront seront pour ses collègues de jour. Sa garde est terminée, mais le médecin attend, faussant compagnie aux vivants et aux morts.

À neuf heures et demie, il passe un premier coup de fil. En vain. À dix heures, tombant de sommeil, il réussit à joindre l'inspecteur du Service des étrangers et des frontières, qui vient d'arriver. Il lui dit, une fois de plus, qu'il aimerait avoir son numéro de portable, mais l'inspecteur, une fois de plus, ne lui répond pas.

— J'ai quelque chose qui vous intéresse. Je peux vous le faxer ? demande-t-il, imaginant l'inspecteur, à l'autre bout de la ligne, regarder en direction du fax.

— Oui, envoie. Je te rappelle, répond l'inspecteur qui s'apprête à aller au café.

Après avoir attendu l'appel pendant vingt minutes, le médecin répond à quelques questions sur l'autopsie et l'interroge au sujet des lettres.

— Ça vous dit quelque chose, *Oulia* ?

L'inspecteur ne répond pas tout de suite. Il lui dit que non et le remercie. Le médecin raccroche et rentre chez lui dormir en se disant qu'il a gagné sa journée. Au SEF, l'inspecteur passe une heure à réfléchir à cette suite de lettres. Il arrive finalement à la conclusion que le mort avait voulu écrire *Oulianov*.

À quarante-cinq ans, il appartenait à la génération qui avait lu Lénine et qui se rappelait que le nom du révolutionnaire qui l'avait fait vibrer en d'autres temps était Vladimir Illich Oulianov. Et au

SEF, il n'y avait qu'une référence à un seul Oulianov parmi les immigrants de l'ex-Union soviétique, dans un dossier indiquant en rouge qu'il s'agissait d'un cas traité en collaboration avec la police judiciaire, des années auparavant.

GNR – PSP – 112 – Morgue – SEF... PJ ? Si toutes les procédures étaient respectées, l'information écrite n'arriverait pas à la police judiciaire avant deux semaines. Mais le lien qu'il a établi lui dit qu'il y a urgence. C'est pourquoi, l'inspecteur du SEF téléphone directement à l'inspecteur de la PJ avec qui il avait travaillé à l'époque et qui, par un curieux hasard, l'a appelé quelques jours plus tôt pour lui demander s'il avait des nouvelles de l'ancien chef de la même « mafia de l'Est », surnommé Cobra.

11

Lourenço, un tuyau d'arrosage à la main, observe l'expression sarcastique de son père, debout de l'autre côté du portail et le salue d'un « Bonjour » un peu contraint.

— Tu vas arroser le jardin, Lourenço ? demande Salvador. Il sort la pipe de sa bouche et le fixe de ce regard pénétrant avec lequel il essayait d'effrayer ses fils lorsqu'ils étaient adolescents.

Lourenço lâche le tuyau, indécis.

— Qu'est-ce qu'il voulait ? demande Salvador, désignant de la tête l'un des deux pêcheurs puis le sol. Encore du sang ? C'est un abattoir ici ou quoi ?

— Ça en a l'air, finit par répondre Lourenço.

Salvador se baisse et regarde de plus près la ligne de gouttes brunes. Il la suit jusqu'au mur où se trouve une petite porte métallique, qui doit mener aux canalisations ou à d'autres équipements à l'intérieur de l'entrepôt. Ensuite, les gouttes disparaissent pour ne réapparaître qu'à l'intérieur du chantier. Et là, elles vont jusqu'au trou toujours ouvert, puis disparaissent. *Dans le sous-sol?*

Salvador regarde le chef de chantier appuyé contre l'une des machines, qui attend ses ordres.

— Trouve une torche et va voir ce qui se passe là-dessous. Demande à un de tes gars de laver le sol et de passer le jet pour nettoyer cette saleté avant qu'on vienne nous casser les pieds. Mon fils descend avec toi.

Lourenço regarde le trou, puis son père, les yeux inquiets.

— C'est vraiment du sang? lui demande Salvador.

Lourenço ouvre ses mains, paumes en l'air, comme pour dire qu'il n'y est pour rien. Mais il se tait.

— C'est étrange, ça. Salvador croise les bras, regardant autour de lui. Puis il se tourne vers le fleuve, comme s'il pensait que ces traces pouvaient venir de là. Mais aucune conclusion ne s'impose à lui. Règle-moi ça, Lourenço, avant que d'autres flics ne pointent leur nez.

Lourenço acquiesce. Le chef de chantier s'approche avec deux torches et deux casques.

— Tu sais ce qui s'est passé par ici, il y a quelques jours, n'est-ce pas, Lourenço? Salvador le regarde.

Lourenço n'arrive pas à répondre. Avec une rapidité inattendue, il saisit la torche et le casque que lui tend le responsable et murmure:

— On descend maintenant, Père.

Salvador est surpris de le voir se diriger vers le trou, devant Lopes, hâtant le pas. « Une fuite en avant », pense-t-il, soudain. L'absence de réponse de son fils l'inquiète. « Tout le monde sait ce qui s'est passé ici », pense-t-il. Salvador regarde les deux hommes qui sont au bord de ce modeste abîme, casque sur la tête et torche à la main, en train de décider qui descend le premier. « Il sait quelque chose que j'ignore ? » se demande-t-il.

Car le regard et le mouvement incontrôlé des mains de Lourenço avaient toujours trahi ses dérapages ou tout au moins les actes que son père, à coup sûr, lui reprocherait. Salvador l'avait remarqué quand le problème que posaient ses deux fils avait atteint une complexité presque catastrophique.

Il était sept heures en cette matinée de dimanche, quand la sonnerie du téléphone l'avait tiré du lit. C'était l'été 1975 et les coups de fil pleuvaient tous les jours, toutes les heures, lourds de rumeurs et de questions. Ils étaient presque tous pour lui : un coup d'État, une insurrection, un attentat, la chute du gouvernement provisoire en fonction et la formation en cours de plusieurs gouvernements hypothétiques, une demande d'aide pour sauver la Patrie, la proposition d'un poste qui aux yeux des autres avait plus d'importance que sa vie discrète de chef d'entreprise… À tous, Salvador avait dit non.

Le coup de fil de ce matin-là fut différent. Un voisin, ancien compagnon d'armes toujours en service, venait l'avertir de quelque chose qui, en effet, le concernait : « Il y a un problème avec vos fils. La GNR va débarquer chez vous. Si j'étais vous, Salvador, je prendrais des dispositions… »

Salvador, qui avait toujours eu la faculté rare de raisonner avec un grand sang-froid quand les choses commençaient à tourner au vinaigre, écouta les détails tout en pensant aux possibilités qui s'offraient à lui : une jeune fille de l'élite de Cascais, Maria João, connue sous le nom de Janeca, fille du général Sampaio qui avait servi en Angola mais qu'il n'avait jamais croisé, avait disparu. Son petit ami, originaire de Lisbonne, présentait des marques d'agression lorsqu'il s'était rendu chez le général Sampaio lui dire que sa fille avait été « enlevée » par les deux fils de Salvador et un troisième garçon.

Le couple était sorti de la discothèque, où se trouvaient aussi Alberto et Lourenço, et avait été attaqué. Le général Sampaio avait téléphoné à la GNR et s'était adressé au commandant en personne à Cascais, non sans avoir d'abord appelé toutes les autorités militaires et civiles qu'il avait pu trouver.

À cette heure-là, on devait encore être en train de la chercher. Plusieurs dizaines de soldats de la GNR avec des chiens, ainsi que des soldats du régiment d'infanterie de Queluz, avait dit le voisin. Les premiers accomplissaient leur devoir, les seconds obéissaient aux ordres d'un des militaires qui soutenaient la révolution, et les deux – ou trois – suspects étaient les fils d'un officier de réserve qui était indifférent à la situation politique.

Salvador le remercia et après avoir raccroché, il resta assis durant quelques minutes sur le fauteuil qui se trouvait à côté de la table où était posé le téléphone, les jambes croisées, balançant sa pantoufle au bout du pied. Puis il alla voir ses fils. Ils étaient dans leur lit, chacun dans sa chambre. Ils dormaient ou faisaient semblant de dormir. Ils avaient l'air simplement de ce qu'ils étaient : des jeunes de dix-huit et dix-sept ans. Il les réveilla et les interrogea, séparément. Lourenço lui dit ce qu'ils avaient fait et que le cousin Rick avait participé lui aussi, Alberto garda le silence.

Deux heures plus tard, deux officiers de la GNR frappaient à la porte. Pour lui dire que Janeca, que sa femme et lui connaissaient de vue, avait été retrouvée nue, en état de choc, blessée et apparemment « violée à maintes reprises », au barrage de la rivière Mula, dans la montagne entre Cascais et Sintra. Son sac à main trouvé à Ramalhão, sur la route de Sintra, avait joué un rôle décisif : il leur avait fait comprendre qu'elle ne devait pas être loin et avait permis aux chiens, qui en avaient flairé l'odeur, de les aider à la localiser sur une route très fréquentée par des jeunes couples en quête d'intimité. Une demi-heure plus tard, les chiens la retrouvaient. La jeune Maria João Sampaio ne s'en remettrait jamais, elle disparut de la maison familiale, partie à l'étranger ou dans une clinique discrète.

Alberto et Lourenço passèrent la journée ainsi que la nuit suivante à la GNR. Les vols de voitures, de motos et de bateaux n'étaient rien en comparaison de ce qu'ils avaient fait, mais ils n'en furent pas moins cités.

Salvador et Eduardita discutèrent du sujet en tête à tête, analysant toutes les possibilités. « *Mis angelitos* », avait dit Eduardita, pleurant en silence. Ce qui finit de convaincre Salvador et ils décidèrent de faire sortir leurs fils du pays.

Il s'attela à la tâche. En deux jours, il fit rentrer au Portugal des avoirs et de l'argent qu'il avait placés en Argentine et sur un compte en Suisse en mars 1974. Il fit jouer toutes ses relations politiques et économiques, promit tout ce qu'il pouvait et aussi ce qu'il ne pouvait pas et dérogea à sa règle de ne pas financer d'hommes politiques. Il expédia finalement ses fils dans les *fincas* des Mendoza, aux bons soins d'un frère d'Eduardita. Rick fut récupéré dans le garage d'un ami et acheminé par le même circuit, mais dans une hacienda éloignée de celle où se trouvaient Alberto et Lourenço. Les trois garçons restèrent en Argentine pendant quatre ans et voyagèrent aux États-Unis, où Rick passait plus de temps qu'eux. Salvador et Eduardita leur rendirent visite deux fois.

À l'automne 1979, Salvador les fit rentrer et les plaça comme cadres dans une de ses entreprises, leur offrant un poste de chef, convaincu qu'ils allaient se mettre sérieusement au travail en suivant son exemple. Il mit vingt et un ans à comprendre son erreur.

L'ouverture, légèrement élargie par les ouvriers, permet à Lopes et à Lourenço de descendre, non sans difficulté, glissant sur les roches humides jusqu'à une flaque d'eau boueuse et sombre.

Aucun des deux ne crie. Lopes frissonne mais accepte cet inconfort, protégé par ses bottes en caoutchouc. Lourenço, sentant l'eau inonder ses chaussures, ses chaussettes et l'ourlet de son pantalon, étouffe un cri de frayeur car il ne veut pas que son père l'entende et parce que l'odeur qui les enveloppe est si désagréablement forte que, telle une masse de déjections glissantes, elle tente d'envahir, en plus de leurs narines, leur bouche et leur gorge.

Lopes regarde Lourenço comme pour lui demander ce qu'il doit faire maintenant. Lourenço n'hésite pas : entre son père et ses questions embarrassantes et le tunnel qui s'ouvre devant eux, il décide de ne pas remonter à la surface sans réponse. Il dirige la torche vers l'avant et Lopes l'imite en silence.

Ce qu'ils voient d'abord, c'est un canal, parsemé de roches et de pierres et présentant une forte pente. Il ne semble pas avoir été creusé par la main de l'homme. C'est peut-être le résultat d'un glissement de terrain, de pierres ou l'œuvre des marées. L'ouverture est difficilement accessible. Sur le côté, en direction du fleuve apparemment, il y a un autre trou. C'est par là que l'eau doit passer.

Luttant contre la répugnance que provoque en lui la boue dans laquelle ils pataugent, Lourenço avance de quelques pas.

Le tunnel se prolonge et la lumière des deux torches semble créer des ombres mouvantes. Les pieds de Lourenço butent contre des roches qui le conduisent hors de l'eau, sur un sol en pierre à peine mouillé. Il essaie de reprendre de l'air mais l'odeur lui donne envie de vomir. Lopes le regarde. Sa main gauche est posée sur son nez et sa bouche. Il secoue la tête et Lourenço comprend : ils doivent faire demi-tour.

L'odeur semble avoir une vie propre, un mélange de miasmes d'ordures accumulées, de déchets, de matière morte en décomposition, de limons pourris. Lourenço craque : son estomac l'oblige à se plier en deux et ce qui reste de son petit-déjeuner et peut-être d'autres repas lui monte à la bouche et jaillit brutalement, de manière incontrôlée.

— Remontons… murmure-t-il en se nettoyant la bouche du revers de la main.

— Et votre père ?

— Je vais lui parler, répond Lourenço en reculant, repassant par la flaque d'eau qui les conduit vers la sortie.

Salvador, son portable à la main, les attend.

— Alors ?

— Je ne sais pas, dit Lourenço, le regard vitreux,

la douleur quittant son estomac vide pour migrer vers les intestins. Ça doit être relié aux égouts. Le sol est ferme, mais il y a une espèce de tunnel… Ça pue terriblement !

Salvador hausse les épaules, en signe de frustration.

— J'ai téléphoné au type de la mairie et je vais lui parler. Élargissez l'entrée et mettez-moi une palissade tout autour pour qu'on ne puisse rien voir. Il y a d'autres traces de sang ?

— Non, répond Lourenço grimaçant de douleur. Là au fond, il n'y a que de l'eau. Sale. S'il y a eu quelque chose, l'eau a tout recouvert.

Salvador garde le silence. Lourenço lui tourne le dos et s'éloigne en direction du bureau improvisé. Lopes ne dit rien non plus. Salvador se dirige vers sa voiture.

12

Alberto avait été clair : « Apporte-moi trois mille euros en espèces et viens me retrouver à Algés dans une demi-heure. » Lourenço obéit. Quand il arrive, Alberto est déjà là, adossé à sa voiture. Lourenço s'approche lentement, en seconde. Il était bien allé s'acheter d'autres chaussures et d'autres chaussettes, mais son pantalon, bien que presque sec, conservait l'odeur nauséabonde des profondeurs. Il arrête la voiture à côté de son frère et le regarde. Alberto est troublé, ses yeux ont l'air moins décidés et plus sombres. Il s'engouffre dans la voiture de son frère et lui ordonne d'avancer.

— On va jusqu'à la tour de Belém. Il est arrivé quelque chose…

Lourenço roule, pensant aux gouttes de sang, au trou sur le quai et à l'attitude de son père.

— Je sais, dit-il.

Alberto se tourne vers lui.

— Quoi ? Toi aussi tu es impliqué dans l'histoire du Russe maintenant ?

Lourenço secoue la tête.

— Quel Russe ? On ne parle pas de la même chose, je crois.

— Tu as apporté l'argent ? demande Alberto.

— Bien sûr. Mais je veux savoir à quoi il va servir.

— On a fait une connerie. On est entourés de bons à rien. Les choses ne sont plus comme avant, Lourenço !

Lourenço le regarde.

— Tout ça, c'est à cause de la fille, répond Alberto. De la Russe. Et à cause de Silveira. Il m'énerve depuis un moment, la femme qui servait de contact m'énerve aussi et maintenant il y a une autre nana qui habite là-bas qui est venue s'en mêler… Tout le monde me fait chier !

— Tu veux dire que d'autres personnes savent ce qui s'est passé ? Lourenço tourne à droite et se dirige vers la tour de Belém. Qu'est-ce qu'on est venu faire ici ? Il y a quelques voitures garées, deux cars de tourisme, des enfants sur la pelouse, des chiens qui courent.

— Dans ce pays, les gens ne travaillent pas… Arrête-toi là, tu risques de renverser quelqu'un, grogne Alberto. On est là pour rencontrer Silveira. Lourenço s'arrête et éteint le moteur. Voilà : hier à l'aube, le Russe qui est le mec de la fille que tu as tuée est allé à l'appart de Queluz et s'est mis à parler avec l'autre Russe, qui s'entendait très bien avec la fille. Il lui a proposé de l'argent pour qu'elle le mette en contact avec ceux qui faisaient les films…

Lourenço ignore l'accusation de son frère. Le manque d'assurance d'Alberto lui donne une force soudaine.

— Je ne l'ai pas tuée tout seul, Alberto ! Alberto acquiesce de la tête, il pense à l'argent.

— OK. Bon, la fille avait dit à son mec qu'elle faisait des films, cette idiote. En plus, comme Silveira est un dragueur et qu'il se prend pour un artiste, il lui a offert un morceau de pellicule qui avait dû rester du montage. Il a mis ça sur une vidéo et lui a donné. On voit bien que c'est elle qui est en train de se faire baiser et qui fait un clin d'œil au cameraman… Le Russe qui est allé là-bas avec un autre gars a vu le film. Et la logeuse aussi. Silveira s'est mis alors à réfléchir. Et quand il réfléchit, c'est pour enfoncer les autres et s'en tirer, lui !

— Alors on est foutus ? demande Lourenço.

— Non, pas encore. Mais j'ai dû prendre des décisions. Et le mec en question ne recherche plus personne.

— Explique-toi mieux.

— Quand Silveira m'a téléphoné, je lui ai proposé une rencontre avec le Russe, comme il le voulait. Mais pas pour que l'autre fille lui donne des infos. Pour lui faire peur à lui…

— Comment ça ?

— Tu vas voir. L'autre nana lui a donné rendez-vous au parc Eduardo VII, où elle travaille. Alberto fait le signe signifiant « entre guillemets ». J'y suis allé, Silveira aussi et j'ai emmené Conan...

— Et les choses se sont mal passées ?

— Pire que ce que tu imagines... mais ça dépend de ce qu'on va faire. Conan a frappé le Russe. C'est moi qui lui ai demandé. Il l'a frappé jusqu'à ce qu'il ne bouge plus, terrassé. Il l'a tabassé comme un fou... je ne sais même pas s'il l'a tué ou non. On s'est tous cassés en vitesse !

— Tous ? Toi, Conan, Silveira, la Russe ? La bande au grand complet ! Et vous l'avez laissé là sans savoir dans quel état il était ? Lourenço fut pris d'une violente nausée : une autre difficulté, un nouveau problème. Il n'était plus le seul à dérailler, son frère aussi.

— J'ai donné sept mille euros à Silveira pour qu'il paie la Russe et l'autre et deux mille à Conan. Ça, c'était hier. Aujourd'hui, Silveira en veut trois mille de plus !

Lourenço le regarde, pensant à l'argent.

— Ces trois mille-là ? Tu vas donner encore plus d'argent à Silveira ? Il nous fait du chantage, Alberto. On ne s'en sortira jamais ! Et les bandits, c'est nous ?

— Tu as une autre solution, toi ? Je regrette cette histoire du Russe. On fait trop de conneries, Lourenço. Toi, qui as tué la fille et moi, qui essaie de tout cacher...

Lourenço ouvre brusquement la portière et sort

en la claquant bruyamment. Puis il fait le tour et ouvre du côté d'Alberto, hors de lui.

— Voyons voir si on se comprend ! C'est *toi* qui as tout précipité ! C'est *toi* qui m'as poussé à la gifler quand elle a voulu sortir du bateau ! C'est *toi* qui as mêlé Silveira à tout ça… et ensuite Conan ! Et maintenant, tu veux quoi ? Tu crois que Silveira ne va pas demander plus ? Et Conan ?

— Conan m'est fidèle !

— Silveira l'était aussi !

Alberto ne répond pas. Ce qui avait commencé comme un jeu dépassait maintenant les limites. Il se sentait perdre pied de plus en plus. Il regarde son frère.

— Je sais… On ne peut pas avoir confiance en lui. C'est pour ça que j'ai voulu l'éliminer l'autre jour !

— Et la logeuse des filles russes ? Et le Russe que vous avez tabassé ? Tu ne sais même pas s'il est mort ou vivant… Et l'autre Russe ? Et la disparition du cadavre de l'autre fille ?

— Silveira est le contact de ces gens-là. Si on le fait taire, les autres se tairont. Et le Russe doit être mort. C'est sûr !

Lourenço s'éponge le visage avec son mouchoir et regarde son frère. Il ne veut même pas lui parler des gouttes de sang ni de l'attitude de leur père. Ça n'en vaut pas la peine et ce n'est peut-être pas important.

— J'ai réfléchi, Alberto. On devrait se casser

loin d'ici, à l'étranger. Une fois de plus. Sans jamais revenir ! Retourner en Argentine. On a la double nationalité, on s'en sortira si jamais ça merde. Si tout est découvert, même Père ne nous protégera plus ! Tu as quelque chose qui te retient ici ?

Alberto ébauche un sourire.

— Les affaires ? Je les revends. Donc, non, rien ne me retient. Mais toi, oui.

— Si tu veux parler de ma femme et de ma fille, j'ai un excellent prétexte pour quitter le domicile si je dois aller en Argentine. Père n'a pas besoin de moi. Tes affaires n'ont pas besoin de toi. On vend tout. Silveira garde le business des films. En cas de problème, c'est à sa porte qu'ils iront frapper, nous, on sera loin.

Alberto sourit.

— Peut-être que tu as une bonne idée, cette fois-ci…

— On ne doit pas perdre de temps ! Rappelle-toi que le corps n'a pas encore été retrouvé.

— J'y ai pensé : si elle est vivante, si elle a survécu, elle est peut-être même à l'origine de tout ça…

— Silveira ? Le chantage ? Le Russe, son copain ? Tu crois vraiment ?

— J'en sais rien ! Comment le savoir ? On n'a jamais été des pros, tu avais remarqué ?

— Regarde… Lourenço montre du doigt l'autre côté du petit parking, par où arrive une jeep rouge.

— Regarde, c'est Silveira qui arrive. Comment on fait ?

— On fait ce que tu as dit. Je suis d'accord !

Lourenço monte dans la voiture, tend la main vers sa veste sur la banquette arrière et en retire une enveloppe. Il met le moteur en marche et fait rouler doucement la voiture en se retournant vers Alberto.

— Trente billets de cent euros. Montre-les mais ne les donne pas. Prépare-toi.

Au loin, Silveira sort de sa voiture. La BMW rouge glisse jusque tout près de lui, sans sembler vouloir s'arrêter. Silveira ne s'écarte pas. Il sait que Lourenço ne l'affrontera pas. Alors, la voiture s'arrête, le parechocs avant lui frôle les genoux. Alberto, sans sortir, montre l'enveloppe. Silveira s'approche, souriant. Mais Alberto la range. Et Silveira range son sourire.

— J'allais te payer… dit Alberto. Mais j'ai eu une autre idée. Bien meilleure pour toi.

Silveira le regarde, les mains tendues comme s'il réclamait.

— Je t'appelle tout à l'heure, dit Alberto. Ça va te plaire ! Lourenço appuie sur l'accélérateur et démarre. Silveira grogne de rage. Il savait déjà à qui donner cet argent : à Olga. Seul à seul, avec une caméra. Et maintenant ? Il va devoir lui donner de son argent à lui ? Et qu'est-ce que tout ça signifie ? Qu'est-ce qui a changé ?

13

Salvador ouvre un plan de Lisbonne sur la table de la salle de réunion et l'observe un moment.

Lisbonne avait commencé par être un port phénicien. Plus tard, arrivèrent les Romains, qui firent de la ville un comptoir. Puis ils la quittèrent.

L'estuaire du Tage était à cette époque un énorme bassin. Au fil des siècles, la ville s'étendit en direction de la mer, gagnant du terrain sur le fleuve, le faisant reculer. En surface, mais pas en profondeur, sous la ville.

Les édifices poussèrent sur des terres instables. Le tremblement de terre de 1755 en fut la preuve. La reconstruction, avec des maisons bâties selon une technique antisismique primitive mais efficace, les « cages » en bois comblées de pierres, avait conservé l'empreinte urbaine originale. Le Cais do Sodré, la zone le long du fleuve en direction de Santos et d'Alcântara, le Terreiro do Paço ou Praça do

Comércio, ainsi qu'une grande étendue entre cette place et celle du Rossio, font partie des terrains volés au Tage. Mais seulement en surface, car ce qui se trouve en dessous est un mystère : de la terre ferme, parfois, mais aussi de l'eau.

Salvador téléphone au chef de chantier et lui demande des détails. Lopes est laconique.

— On creuse, mais on n'a pas trouvé grand-chose. La puanteur est toujours là. Il y a de l'eau et des roches. Rien d'autre.

— J'ai regardé quelques plans que j'ai achetés à la mairie et il n'y a rien sur cette zone. On trouve des indications de ruines romaines mais seulement vers la Baixa, dit Salvador. Si tout ça est solide, on n'aura pas de problème. Il suffit de renforcer les fondations, non ?

Le chef de chantier acquiesce. Et il ajoute :

— J'ai mis des planches et de la ferraille sur le trou. C'est mieux qu'une palissade. Et j'ai averti les gars qu'ils ne devaient rien dire à personne. Demain, je vais creuser à d'autres endroits… et après, je pense qu'on pourra être tranquilles.

— Parfait ! Salvador raccroche. Pour ce qui est du sous-sol, il se sent plus tranquille. Reste Lourenço, il pense à lui, mais pas longtemps.

Sur place, le chef de chantier et la demi-douzaine d'ouvriers qui l'accompagnent s'en vont, ferment le portail et se dirigent vers la camionnette qui assure leur transport. Aucun d'entre eux ne remarque le grand homme, au crâne rasé, assis sur un des plots, qui se retourne lentement en les suivant de ses yeux verts.

14

Oulianov perd de vue la camionnette. Il laisse passer vingt minutes, saisit le sac en plastique et se lève. En décidant de pénétrer sur ce territoire inconnu, il avait résolu de ne pas y aller les mains vides.

Si les autorités intervenaient et l'attrapaient en possession d'un couteau militaire de vingt-six centimètres à la lame acérée et dentée sur la partie supérieure et d'un manche étrange dont ils ne comprendraient pas l'usage, ils l'arrêteraient sur le champ. C'est pourquoi il s'était contenté de mettre dans le sac un burin et un marteau, les plus lourds qu'il avait trouvés sur le chantier, et une torche puissante au manche en caoutchouc dur. À l'aide du marteau et du burin, il fracture facilement la serrure du portail et ouvre la petite porte en fer qui semble donner sur l'intérieur des vieux entrepôts.

À quelques mètres de là, un homme en costume, un porte-documents marron à la main, regarde un instant dans sa direction, puis monte dans une des voitures garées là et s'en va.

Oulianov se baisse et observe de l'autre côté de la porte. Quelques bidons vides apparemment bouchent l'ouverture qui relie la remise à l'ancien parking. Il vérifie avec sa torche qu'il n'y a rien qui puisse l'intéresser.

À l'intérieur de l'ancien parking, il examine les planches et la ferraille qui bouchent le trou. Il écarte le tout et, malgré l'odeur, éclaire l'ouverture avec sa torche. Il entend le bruit de l'eau, se rappelle que la marée est haute et perçoit une autre odeur, plus forte que celle du fleuve. Apparemment, c'est de ce trou que surgit son agresseur. Oulianov glisse le marteau dans sa ceinture et ferme son blouson jusqu'au cou. Sa poitrine ne lui fait plus mal : un simple pansement et un traitement improvisé avaient suffi, la blessure n'avait même pas eu besoin d'être suturée.

Attachant son mouchoir autour du nez et de la bouche, Oulianov se faufile dans le trou, éclairant le chemin avec sa torche. Mais il ne touche pas tout de suite le sol comme il s'y attendait : ses bottes glissent et il se retrouve dans l'eau. L'odeur, provenant essentiellement d'urine humaine, est nauséabonde et le mouchoir ne l'en protège pas totalement.

La torche lui révèle des marches taillées dans la roche et il commence à les descendre. Il s'enfonce encore plus dans l'eau. En sentant ses genoux mouillés, il se dit qu'il va se noyer dans cet enfer aquatique. Mais les marches s'achèvent sur un sol plat, il remonte un peu et devient sec, et Oulianov se retrouve devant une ouverture taillée dans la roche.

Il dirige le faisceau de sa lampe sur cette ouverture. Le reste du chemin, qui ressemble à un tunnel, se perd dans l'obscurité. Il y a de l'eau, sombre, qui semble bouger, peut-être au gré de la marée. Le niveau d'eau pourrait-il monter davantage ? Il ne le pense pas.

Saisissant une pierre, il la jette dans le tunnel et entend le son qu'elle produit en cognant contre la roche. Il peut avancer par là, sans courir le risque de se retrouver dans un tourbillon imprévu, il résiste à la nausée, l'odeur semble s'atténuer et il essaie d'identifier une ombre inquiétante.

Ce n'est pas la première fois qu'Oulianov s'aventure dans des galeries souterraines où peut toujours se cacher un ennemi dangereux. En d'autres temps, il aurait eu un casque avec une lampe, un dispositif de contact par radio, des armes à feu et son couteau. Là, il n'a qu'un burin, un marteau, une lampe et son couteau. L'ombre à forme humaine, s'il la trouvait, serait-elle mieux armée que lui ? Peut-être pas.

Le chemin débouche soudain dans une caverne pourvue d'une ouverture donnant sur un autre tunnel. Là, le sol est complètement sec.

Oulianov se souvient de Moscou. C'est une ville construite sur la terre ferme et, malgré le réseau d'égouts, les tunnels creusés pour le métro et les nombreuses légendes qui circulent sur les monstres apparus après l'échec d'expériences scientifiques, il n'éprouvait aucune peur à s'aventurer dans ses entrailles. Mais Lisbonne, comme il le constate tous les jours, est un véritable fleuve souterrain plein de surprises, un piège fait de cours d'eau qui semblent tous être des minuscules variantes du sinistre Styx, la voie qui mène à l'enfer de la mythologie gréco-romaine.

Immobile, Oulianov tente de distinguer un bruit susceptible de lui fournir d'autres informations. Il baisse son mouchoir et s'aperçoit que l'odeur s'est atténuée. La température est plus basse, l'humidité de l'eau stagnante moins pénétrante. Il s'approche de l'ouverture. Elle est petite pour sa taille. Il pense à son agresseur et n'imagine pas qu'il puisse passer par là, mais il est peut-être plus petit et plus agile que lui. Il applique ses deux mains de part et d'autre du trou et, ignorant la douleur qui monte de sa poitrine, il se hisse de toute la force de ses bras.

Des pierres dégringolent pendant quelques minutes. Oulianov replie les bras, tout en gardant ses muscles tendus. Puis il passe de l'autre côté.

Il se retrouve dans une caverne plus large, sombre et qui donne à voir immédiatement sur sa droite un petit cours d'eau s'échappant d'une sorte de canal qui doit conduire au fleuve et, devant lui, s'ouvre une autre caverne au sol sec.

Dans les coins, il y a des morceaux de papier

ou de vêtements, des restes qu'il ne cherche pas à identifier, un rat mort, un animal à plumes partiellement déchiqueté. Et une nouvelle ouverture, assez large cette fois, pour laisser passer une personne.

L'atmosphère a changé. Elle est plus dense, plus sèche, moins silencieuse, habitée par de petits bruits, comme de petites pattes qui courent sur les pierres. Oulianov imagine des rats, ou des personnes. L'odeur aussi a changé, elle est devenue plus humaine, mais tout aussi répugnante.

Oulianov balaie de sa lampe le sol, les murs et la paroi supérieure, il découvre une nouvelle ouverture dans le fond et mémorise ce que la lumière lui montre. Puis il éteint la torche, s'adossant aux roches pour ne pas offrir son dos comme cible. De la main droite, il retire le marteau de sa ceinture, aspirant l'air comme un chien en quête d'informations sur ce qui l'attend. Mais rien ne change. Il n'entend pas d'autres sons.

Il allume à nouveau la torche et dirige le faisceau de lumière vers l'autre ouverture. Personne. Un nouveau tunnel l'attend, aux formes géométriques nettes, creusé de toute évidence – combien de centaines d'années auparavant ? – par la main de l'homme. Le tunnel où il se trouve n'est plus un caprice de la nature, mais une construction humaine. Date-t-il des Romains ? Est-il antérieur au tremblement de terre de 1755 ? A-t-il été une voie d'entrée clandestine dans la ville à l'époque des pirates et des bateaux qui revenaient d'Afrique chargés de richesses ? Le mystère le captive mais le distrait de sa mission. Oulianov éloigne ces questions et se concentre à nouveau sur ce qu'il doit faire.

Éclairant le tunnel de sa torche, il commence à marcher. Il s'arrête, après avoir dépassé une sorte de coude. L'odeur est humaine, plus aucun doute, mais ça sent la pourriture, les corps sales, les déjections et les marques sur le sol montrent qu'il a été souvent foulé.

Oulianov pense qu'il doit encore y avoir des ruines romaines à dégager du sous-sol de Lisbonne. Sur les chantiers sont apparus des fragments de poterie, des restes d'ornements métalliques et d'os, et même des pièces de monnaie, quand la force de l'eau se fait plus intense et vient de sous la ville. Pourtant, les parois de ce tunnel ne présentent pas la symétrie parfaite des constructions romaines. Le couloir souterrain semble avoir été creusé selon les nécessités du moment et non avoir été construit à partir d'un plan. Si c'était une zone de passage, c'est maintenant un abri. Pour cacher quoi ? Des humains, ou ce qui reste d'eux ? L'ombre qui l'a attaqué ?

Oulianov s'arrête. La disparition d'Irina, qu'elle soit morte ou seulement blessée, n'a aucun lien avec le monde souterrain où il se trouve. « C'est une perte de temps », se dit-il. Plutôt que d'explorer le sous-sol de Lisbonne, c'est Evgueni qu'il lui faut voir. Evgueni pourra lui donner des informations plus utiles que les gens qui vivent dans ce monde souterrain sous la ville.

Ce sont les rayons de lumière de l'éclairage public, filtrés par les fissures du sol, qui le réveillent habituellement. Mais, cette fois-ci, c'est un élément très différent qui le tire du sommeil : un bruit, un bruissement léger, une odeur nouvelle. Tout cela associé à une présence qui ne lui est pas familière. Qui perturbe l'océan de ténèbres où, en dormant, il attend.

Conservant son immobilité, il ouvre les yeux.

Les autres habitants des ténèbres ne le gênent pas, ils ne représentent aucune menace, ils le craignent. Il suffit qu'il fasse un geste un peu brusque pour que les rats, les hommes et les deux femmes qui se trouvent dans les parages, s'éloignent, apeurés. La présence nouvelle qu'il sent est donc un intrus. Parfois, c'était des apparitions qui ne remontaient plus jamais à la surface. Lentement, le Diable tourne la tête. Puis il écarte, d'un geste rapide, la couverture qui le couvre.

Trois silhouettes à forme humaine se détachent du mur du fond où elles devaient être en attente de restes, comme des chiens, et disparaissent dans le corridor le plus large. Ce n'est qu'après que la bande de rats se disperse. Quand les hommes renonçaient, les rats comprenaient qu'il n'y avait rien pour eux. Le Diable l'avait déjà vérifié. Il les regarde un moment glisser sur le sol, presque sans bruit. Ils doivent être huit ou neuf, ils sont gros, sombres, ils ont le poil luisant et des formes tout à fait adaptées à la vie souterraine. Il se lève. Il regarde la silhouette cachée à ses côtés, se baisse et lui caresse les cheveux. S'éloignant de sa niche, il urine bruyamment dans le trou qui évacue les eaux vers le fleuve.

L'odeur – différente, mais pas inconnue – vient à sa rencontre, accompagnant un bruit de pas, lui aussi différent.

Le Diable attache à sa ceinture le vieil étui avec le couteau et, pensant que ce ne sera peut-être pas suffisant, il va chercher son ancien couteau de combat qu'il avait planté dans le sol entre son lit et celui de sa compagne pour asseoir son pouvoir. Elle resterait sans protection, mais pour peu de temps. La barre de fer, qui s'achevait par des pointes crochues et très aiguisées, il la laisse sous le lit. Si l'intrus est déjà dans le souterrain, il n'y a pas assez de place pour l'utiliser efficacement.

Le grand couteau dans la main gauche, le Diable s'enfonce dans le tunnel. Il reconnaît l'odeur : c'est celle de l'homme qui l'a affronté la nuit précédente, le seul qui, depuis plusieurs années, l'a obligé à reculer. Son nez, douloureux, se charge de lui rafraîchir la mémoire. Il n'a pas peur. Cette nuit, son régime sera différent.

Il ne mangera ni pigeons ni mouettes.

Oulianov regarde le mur. Composé de grands

blocs de roche carrés, il semble avoir été érigé selon la logique et l'art des constructeurs romains.

Ce n'est pas une simple élévation dans le sol, mais une construction soignée, avec des pierres calibrées posées sur d'autres pierres tout aussi calibrées. Peut-être s'agit-il du mur d'enceinte ou de la paroi d'une maison enterrée par la suite. Elle fait toujours partie de ce tunnel, dont l'extension est impossible à mesurer, où le sol est toujours sec et qui lui semble aller jusque sous le Cais do Sodré, en direction du centre-ville.

Posant sa torche de manière à éclairer la paroi, Oulianov passe les paumes de ses mains sur les pierres. Elles sont froides et sèches. Que peut-il y avoir au-delà de cette barrière ? Des maisons romaines ? L'ancien étudiant en Histoire réapparaît quelques instants, effaçant le policier, le soldat et l'ouvrier : des centaines d'années auparavant, des gens avaient vécu à cet endroit.

Cette pensée le trouble. Peut-être n'est-ce pas seulement dans les entrées des immeubles ni devant les portes fermées des maisons inoccupées que se cachent les SDF de Lisbonne ou les fantômes des premiers habitants de la ville. Peut-être se cachent-ils dans ces tunnels, dans ces cavernes où il est facile de se perdre et où ils peuvent retrouver un confort qui leur est peut-être encore familier.

Distraitement, Oulianov se baisse pour prendre sa torche. C'est à cet instant-là que le monde des profondeurs l'enveloppe.

Dans le sous-sol, il n'y a ni règles ni hiérarchies. Seuls les plus forts survivent. Et en survivant, ils règnent.

C'est pourquoi l'homme que l'on avait appelé Diable règne sur ces lieux. Se détachant des ombres, se matérialisant devant la proie qu'il attaque par surprise, il tue quand il veut et qui il veut. Il n'admet ni résistance ni opposition. Enveloppé de tissus sombres et sans visage, doté d'un œil unique capable de tout voir tel un cyclope, il s'abat sur les personnes, sur les animaux et sur tout ce qui peut être vivant et représenter une menace ou qui est comestible. Si le sous-sol de Lisbonne est un enfer, cette ombre faite de force et de rage est, en effet, le Diable.

Connaissant parfaitement chaque centimètre du sol et du mur, le Diable s'approche de l'intrus. Il le voit poser la source de lumière qui l'éclaire, l'exposant à sa fureur. De sa main gauche, il caresse son nez fracassé puis, se gardant de laisser ses pieds nus faire le moindre bruit, devenu à nouveau une ombre, au moment précis où l'ennemi se baisse, il attaque, un couteau dans chaque main, les bras tendus, prêts à porter leurs coups.

Pendant quelques secondes, des images de sa vie passée surgissent, comme des éclairs et lui rappellent qu'il ne doit pas agir comme ça ; d'abord, on étudie son adversaire, jamais on ne laisse son corps sans protection, les règles du combat corps à corps stipulent que les deux mains ne doivent pas intervenir en même temps lorsqu'on attaque, et cet homme l'avait fait reculer la veille… Mais tout cela s'évanouit dans le caléidoscope de rage qui le porte, dans le besoin de défendre son territoire. Seule la nécessité de rester silencieux s'impose. Ce qui ne lui est pas difficile car depuis plusieurs années, le Diable n'a plus personne à qui parler.

La lumière indirecte de la lampe ne révèle à Oulianov qu'une illusion de mouvement : une ombre. Une ombre qui, comme la veille, avance dans sa direction à la vitesse d'un train, les deux bras tendus. Aux extrémités étincelantes. *Des couteaux?* Oulianov ne réfléchit pas, il n'a pas besoin de réfléchir, il doit seulement agir.

Sans se lever, de manière à offrir une cible plus petite, Oulianov se tourne vers son agresseur, levant sa main armée du marteau. La torche reste au sol.

Les deux hommes se heurtent violemment.

L'épaule droite d'Oulianov percute la poitrine du Diable et stoppe net son mouvement, provoquant un cri de douleur. Puis le coude droit d'Oulianov remonte de la poitrine au menton, le poussant en arrière. Enfin, le marteau le frappe à l'épaule. Les trois coups, très rapides, sont dévastateurs et le Diable est projeté en arrière. Si Oulianov avait été correctement armé, son adversaire serait mort sur le coup. Et lui se serait retrouvé avec une énigme à résoudre. Mais il n'a pas beaucoup de temps pour y penser. Avant de tomber sous les coups qui s'abattent, le Diable comprend que ses mains doivent accomplir leur geste jusqu'au bout et fait converger ses couteaux vers le corps de son attaquant. Il les sent déchirer les tissus et la chair, puis il les lâche, se laisse tomber et roule en direction de la torche. La saisissant, il appuie sur le bouton.

Et le monde lui appartient : la lumière disparaît, les ténèbres reviennent. Le Diable récupère son royaume, au détriment de son adversaire.

Lorsqu'Oulianov sent la déchirure dans son corps, il ferme les yeux, résistant à la douleur. Quand il les ouvre de nouveau, il voit la main saisir la torche. Puis la lumière disparaît. Dans le vide obscur qui suit, il perçoit un bruissement qui s'éloigne.

Il se laisse tomber à genoux, pensant à sa torche et essaie de comprendre d'où vient la douleur. Il sent alors qu'un petit couteau est planté un peu au-dessus de ses reins, du côté droit. Si le coup avait été porté plus bas et avec une lame plus longue, la blessure aurait pu être très grave. La douleur, toutefois, ne vient pas que de là : du côté gauche, il a aussi une entaille. Les deux blessures saignent au point qu'il commence à sentir ses vêtements devenir humides.

Oulianov essaie de localiser l'endroit où il a laissé la torche. Il se met à explorer le sol à tâtons. Il ne la trouve pas. Il réfléchit. Peut-être réussira-t-il à trouver le chemin de la sortie, mais il peut aussi se noyer dans un trou. De plus, cet être n'a pas besoin de torche… mais il peut l'avoir emportée. Sa main gauche trouve le marteau. Il continue à chercher, l'oreille tendue. Il ne rencontre que de la roche. Il réprime une sensation de peur. Sa main droite trouve la surface en caoutchouc dur de la torche. Il respire profondément. Il la saisit, la main tremblante et l'allume.

La caverne semble plus petite. Il y a des traces de pas sur le sol, des gouttes de sang, un long couteau ensanglanté, du genre militaire. Oulianov braque la lampe sur lui et voit que la blessure infligée par le grand couteau du côté gauche est profonde. Celle du côté droit, heureusement, non. Mais les deux vont être source de problèmes.

De la main gauche, il saisit le manche du couteau qui est encore planté dans son corps et l'arrache. Il regarde la lame, ensanglantée et rouillée, et jette le couteau dans un coin.

Il ôte son blouson, déchire son pull et utilise les bandes de tissu pour essayer d'étancher le sang des blessures. Celle de la poitrine s'est remise à saigner, le pansement fait avec un drap est trempé. Il enfile son blouson et regarde le couteau qui se trouve par terre. Il comporte une partie dentée et une autre, plus fine. Plus petit, son manche est moins ergonomique que ceux des *spetsnaz*, mais il pourrait peut-être lui être utile. Il le saisit. Oulianov se rappelle comment l'ombre l'a attaqué, le couteau brandi devant elle, le seul détail dissonant étant l'utilisation simultanée d'un couteau plus petit. Son adversaire n'avait pas la perfection d'un *spetsnaz* mais il y avait quelque chose de discipliné dans cette attaque, un enchaînement de mouvements que l'on n'acquiert qu'après de nombreuses heures d'entraînement. Et aussi avec de la pratique.

Adossé au mur, Oulianov hésite entre retourner en arrière ou suivre son agresseur. Mais il finit par succomber à la tentation du combat. Il enfile le couteau dans sa ceinture et, le marteau dans la main gauche et la torche dans la droite, il se met en route. Son agresseur ne doit pas être loin.

Le tunnel est sans fin. Il s'élargit et se rétrécit comme s'il avait été creusé par la seule force de l'eau, sans intervention de la main de l'homme.

On dirait, se dit Oulianov, un immense intestin. La comparaison est justifiée : l'odeur recommence à tout envahir. Combien de siècles de pourriture, d'ordures, de corps décomposés et de déjections se sont-ils accumulés dans cette partie du sous-sol, où l'on sent à peine un peu d'air circuler ?

Oulianov bute sur des jambes et des bras, sur des vêtements habités par des corps qui bougent, il donne des coups de pied dans des animaux à poils, se cogne contre des parois aux courbes abruptes, heurte de sa tête des plafonds plus bas, disperse avec ses pieds des os qui ne sont pas complètement secs, surmontant la nausée et la douleur, qui semblent briser son corps en deux comme si on l'avait scié.

Il ne s'arrête qu'à l'entrée d'une caverne plus vaste, qui a la forme parfaite d'une porte munie d'un encadrement rectangulaire. C'est de là que vient l'odeur. C'est là que se trouve l'homme qui l'a affronté. Il défend son territoire, sa cachette… Le couteau bien serré dans la main et la torche levée à la hauteur de l'épaule, comme un marteau, éclairant son chemin, Oulianov avance. Le Diable était parti à la recherche des ténèbres, c'est là qu'il se sentait le plus en sécurité et il avait pressenti que son trésor pouvait être menacé. Il ne s'était pas enfui. Il s'était contenté d'attendre.

Ce qu'Oulianov voit le surprend.

La caverne, éclairée par une lumière diffuse qui vient de l'extérieur à travers des fissures naturelles, peut mériter le statut de salle ; vaguement rectangulaire, elle possède une table à plusieurs pieds.

Sur le côté droit se trouve ce qui a dû être une fenêtre, il pense alors que cette partie du sous-sol correspond, en fait, à une maison datant de l'époque des Romains.

La fenêtre est la seule ouverture, outre celle où il se trouve, et sert aussi de passage.

Tout près, il y a deux seaux. Oulianov ne tient pas à savoir ce qu'ils doivent contenir.

La paroi du fond est couverte de guenilles de différentes couleurs, suspendues à des clous plantés dans la roche, sorte d'imitation sarcastique d'une penderie. À gauche, tout près de lui, il y a deux lits, ou plutôt des matelas crasseux posés sur des planches et dessus, des couvertures et ce qui semble être des manteaux ou des imperméables, servant de protections.

À la tête des deux matelas, comme collés l'un à l'autre, il voit un vieux réchaud à pétrole, un tas de cendres, une casserole et une cafetière et, dans une assiette sale et ébréchée, ce qui doit être le reste d'un repas, fait d'animaux à plumes. Et de nombreuses bouteilles vides, grandes et petites.

C'est là que se trouve son adversaire, qui le regarde, le visage pratiquement à découvert, légèrement courbé, en position d'attaque. Il tient dans chaque main une barre de fer dont la pointe est constituée d'espèces de dents de fourche aiguisées et tordues. Le visage, encadré par des cheveux grisonnants avec des mèches plus sombres, n'a qu'un œil visible, le gauche. L'œil droit est une orbite vide. Le nez semble avoir été arraché puis recollé, avant le coup porté par Oulianov. Mais avec trop de colle. Le bras droit, qui se voit à travers les déchirures des vêtements, est plus maigre. La main droite ne comporte que deux doigts.

Oulianov comprend que ce n'est pas son étrange foyer que l'homme défend. La manière dont son œil gauche regarde sur le côté indique que c'est plutôt la personne qui est allongée sous une couverture, sur l'autre matelas, qu'il protège. Dont on ne voit que les cheveux d'un blond très clair, presque blanc.

Oulianov fait deux pas en avant, les yeux écarquillés, sans remarquer la tache sombre qui se trouve à ses pieds.

Tout à son étonnement, en allant vers ce lit double, il marche sur la tache d'huile, glissante et grasse, qui lui rappelle les huiles brûlées du Solar. Et il glisse. Il essaie de rester debout, mais perd totalement l'équilibre. Il tombe en avant et voit l'homme brandir sa barre de fer avec un sourire triomphant qui fait ressortir son nez écrasé et sanguinolent.

Oulianov s'étale sur le ventre, ce qui rend ses douleurs insupportables, une chape de plomb brouille son jugement. Lâchant le marteau mais pas la torche, il essaie de pousser sur ses genoux pour s'aider à se relever et se traîne en direction des matelas. Il lance sa main droite vers la couverture et en tire le bord en arrière.

Le temps s'arrête.

Les cheveux sont ceux d'une femme. Et cette femme est Irina. Mais son visage n'est plus celui d'Irina, il ne lui appartient plus. C'est celui d'un cadavre qui a subi des blessures profondes et qui a commencé à gonfler, prenant la couleur et la texture qui distinguent les tissus morts des tissus vivants. Les yeux, enfoncés, sont ceux d'Irina, le nez ressemble au sien, la bouche est tordue dans une expression de douleur qui restera pour l'éternité comme un sourire tragique. Une blessure profonde, qui a poussé ses os vers l'intérieur, va de l'œil gauche jusqu'au menton, lui balafrant la moitié du visage. Le sang est sec, mais pas les tissus auxquels il se mêle qui ont l'air humides sur une partie de la tête et sur une épaule nue. Le corps est enveloppé de haillons blancs parsemés de taches sombres. Les bras, très maigres et plus sombres à certains endroits, avaient été repliés et plaqués au tronc comme pour faire croire qu'elle dormait, mais le gonflement des tissus les maintenait écartés.

Le cerveau d'Oulianov essaie de filtrer ce que voient ses yeux et ce que sent son nez, il tente de se concentrer sur la menace imminente, sur l'homme qui avance avec sa barre de fer. Mais son corps, tordu par la douleur des blessures ouvertes, paralysé par l'image de cet être humain mort brutalement, réagit lentement.

Parce que rien, pas même la guerre, ne l'avait préparé à voir le visage distordu et gonflé d'Irina, cette sœur qu'il avait essayé de protéger.

Il avait envisagé, depuis quelques jours, que ces cheveux d'un blond presque blancs pourraient ne plus encadrer qu'un visage martyrisé. Mais jamais qu'il verrait ce visage dans un corps en décomposition. La barre de fer s'abat sur son dos, manquant de quelques centimètres sa nuque. Oulianov s'écroule et s'étale de tout son long sur le matelas vide, qui doit être celui de son agresseur, la main droite agrippée à la couverture, la gauche au marteau.

Le Diable, poussant un cri de triomphe, brandit à nouveau sa barre de fer.

Oulianov concentre dans ses jambes et dans son bras droit toutes les forces qui lui restent et, se redressant, il réussit, une fois de plus, à percuter la poitrine de son adversaire et à abattre sa torche sur son épaule gauche. Le coup, brutal, brise la résistance du Diable et la barre de fer rebondit sur le sol en pierre.

Oulianov coince le marteau dans sa ceinture et pose ses deux mains sur le cadavre d'Irina. Il l'enveloppe comme il peut dans la couverture et voyant d'un rapide coup d'œil que l'homme se relève, il recule et enjambe la tache d'huile sombre, plonge dans le tunnel, tente de se guider à l'aide des parois, regrettant d'avoir laissé sa torche derrière lui et, luttant contre la répugnance que lui inspire l'odeur du cadavre, il s'efforce de supporter le poids d'Irina.

Seule l'idée qu'il peut s'écrouler dans ce labyrinthe lui donne la force de maintenir ses jambes en mouvement. Une seule fois, il craint s'être perdu lorsqu'il plonge jusqu'à la ceinture dans un liquide qui lui semble plus épais et moins froid que l'eau du Tage, sans trouver de point d'appui pour ses pieds. Mais, soudain, il les sent se poser sur une surface lisse. Il recule, sentant l'eau monter. C'est peut-être l'ouverture qui mène au fleuve, se dit-il. Mais il peut aussi s'agir d'un autre chemin, sur lequel il se serait perdu.

En retrouvant la terre ferme, il s'aperçoit qu'il n'est plus dans l'obscurité. Devant lui, il voit une faible lueur provenant d'un trou dans le plafond.

Et derrière lui, la lumière, agile comme un insecte attiré par le feu, de sa propre torche. Il presse le pas et, dans un dernier effort, atteint le bout du tunnel.

Oulianov regarde le ciel sans étoiles, éclairé par la lumière des lampadaires, son oreille enregistre le bruit de pas traînants.

Il pose un pied sur un rocher plus proéminent et tend ses bras, autant qu'il le peut, au-dessus de sa tête. Le cadavre, de plus en plus lourd, passe par l'ouverture. Il éprouve un premier sentiment de triomphe : Irina sera retrouvée.

Un hurlement l'oblige à se retourner. Oulianov appuie son dos contre la pierre, tend ses jambes et se hisse au-dehors à la force de ses bras. S'agrippant au bord extérieur du trou, il lance ses jambes contre son adversaire, dont la poitrine vient heurter ses bottes de plein fouet.

Les cris de douleur des deux hommes résonnent en même temps. L'homme des profondeurs tombe en arrière et Oulianov ouvre les mains, tombant lui aussi de tout son poids contre la roche qui fait office de marche.

Ignorant son adversaire, il se relève, lance à nouveau ses mains vers le haut, saisit le bord de l'ouverture et se hisse vers l'extérieur. Il se trouve exactement à l'endroit où le trou a été creusé. Tout juste devant lui gît le triste cadavre d'Irina, dont l'odeur recouvre celle de la marée.

Oulianov essaie de se mettre debout mais il n'y parvient pas. Il roule sur lui-même pour s'éloigner du trou et constate qu'il laisse sur la pierre une tache sombre faite d'eau, l'eau dans laquelle il a marché, mais aussi de sang. Il reste étendu sur le dos, essayant de réunir les dernières forces qui lui restent. Il sait ce qui va se passer. Il cherche le couteau qu'il avait coincé dans sa ceinture mais ne le trouve pas.

Du trou dans le sol surgit la torche, éteinte. Puis la barre de fer.

« Il sait que je ne peux plus bouger », se dit Oulianov, s'obligeant à replier ses jambes pour essayer de se préparer au combat.

L'homme sort du trou et saisit la barre de fer. Il reste accroupi à regarder sa proie, puis le cadavre et son œil, brillant dans son visage sombre, trahit une soudaine hésitation.

Oulianov sent des gouttelettes sur son visage : ces timides perles de pluie lui donneront peut-être des forces. Son adversaire s'approche du corps d'Irina. Puis, lentement, il tourne la tête vers Oulianov et le regarde. Oulianov le regarde lui aussi. Mais l'homme hésite. Il regarde le ciel, les narines se dilatant comme si elles cherchaient une odeur, le visage mouillé par des gouttes de pluie de plus en plus nombreuses.

Oulianov comprend son indécision : il ne veut pas qu'Irina prenne la pluie…

Oulianov se redresse, s'appuyant sur son coude gauche, se vidant de son sang et affronte la douleur. Il regarde l'homme et crie :

— Non !

L'homme le regarde, surpris, la main droite posée sur le cadavre. Sa bouche s'ouvre, mais la seule chose qui en sort est un son rauque.

— Elle s'appelle Irina ! *Irina!* crie Oulianov. En lui donnant un nom, il en fait un être humain, un habitant de la surface, une femme qui, bien que morte, appartient au monde des vivants.

L'homme pose un genou au sol, abandonnant un instant la posture de l'animal prêt à bondir. Ses deux mains s'agrippent au cadavre. Et, pour la première fois depuis de longues années, le Diable parle :

— Elle est à moi !

Comme s'il cédait à la pluie, de plus en plus grosse, Oulianov laisse tomber sa tête en arrière.

Il reste allongé, la pluie lui fouettant le visage. Il ne peut plus rien faire. Il n'arrive pas à récupérer le cadavre de sa sœur, il n'arrive pas à se lever pour lutter, il n'arrive pas à empêcher son adversaire d'envelopper le cadavre et de le soulever dans ses bras. Il se rappelle les deux lits de la caverne souterraine. Il n'arrive pas à disputer le cadavre à cette créature qui retrouve ainsi un peu d'humanité.

Oulianov se mord les lèvres pour contenir toutes ses douleurs, physiques et mentales. Peut-être va-t-il lui falloir abandonner Irina. S'il avait pensé un moment qu'elle avait été tuée par la main de cette créature, il s'était sans doute trompé. Cet esprit perturbé devait avoir trouvé Irina sur le quai, la nuit où elle avait été tuée. Ou peut-être l'avait-il trouvée vivante et avait-il essayé de la sauver.

— C'est Irina… ma sœur, dit Oulianov, dans un ultime effort, incapable de crier.

L'ombre prend le cadavre dans ses bras, elle soutient sa tête de la main gauche tout en tenant fermement de la droite la barre de fer. Elle ne se soucie pas de la pluie. Elle ne l'atteindra pas dans le sous-sol. L'homme ouvre la bouche et grommelle quatre mots :

— Je suis le Diable !

— Protège-la, demande Oulianov. C'est tout ce qu'il peut dire. Elle s'appelle Irina et elle est…

— Elle est à moi ! À moi ! L'homme lui tourne le dos et disparaît par le trou.

Oulianov ferme les yeux. *Et maintenant ?* Les gouttes de pluie recouvrent son visage, telles des larmes.

15

Les patrons du Solar, que Moura suppose être des frères, ferment plus tôt ce soir-là. Soit ils savent qu'Oulianov ne viendra pas, soit ils renoncent à l'attendre. De plus, la pluie éloigne de potentiels clients occasionnels.

À l'abri dans sa voiture, l'inspecteur les voit baisser le rideau de fer qui protège la façade et il éprouve un sentiment croissant de frustration. Il veut voir Oulianov et n'a même pas un numéro de téléphone fixe ou de portable, ni une adresse. Il aurait dû. Un vague souvenir d'un propos entendu quelque part lui fait penser qu'Oulianov habite près du Solar, mais le labyrinthe de rues dans la zone située entre le Chiado, le Cais do Sodré et São Paulo rend impossible toute recherche. D'autant plus que Moura agit seul, pour son propre compte, soupçonnant qu'il y a dans cette affaire quelque chose qui mérite d'être approfondi.

Ce n'est pas seulement à cause du résultat du test

qui établit un lien entre les restes humains et l'ADN d'Oulianov. Ce sont les deux photos, mises dans une enveloppe, que Moura a gardée dans la boîte à gants de sa voiture. Elles montrent un cadavre, le Russe, tabassé à mort dans le parc Eduardo VII, qui a laissé une piste : les cinq lettres initiales d'Oulianov. Habituellement, selon les théories de la police, les moribonds écrivent le nom de leur assassin. C'est pourquoi il serait logique qu'Oulianov soit impliqué dans cette mort. Ce nouvel homicide si brutal et l'affaire de la sœur disparue d'Oulianov, qui a sûrement dû subir aussi des violences, ont laissé Moura dans un état extrême d'agitation. Avec un doute qui le taraude : il est possible que la sœur d'Oulianov ait été tuée par vengeance et qu'Oulianov se soit vengé en liquidant cet homme, impliqué sans doute dans l'assassinat de sa sœur… si elle est bien morte.

À six heures, quand on lui avait donné les deux photos, Moura s'était rendu une fois de plus sur le chantier du Terreiro do Paço, mais il n'avait pas vu Oulianov et un sursaut de clairvoyance l'avait empêché de s'enquérir du Russe. S'il l'avait fait et s'était identifié, il n'en aurait tiré que des ennuis. Il y avait renoncé et était allé monter la garde au Solar.

Mais Oulianov ne s'était pas montré. Moura s'interroge sur son absence : « Il a tué et pris la fuite ? On l'a tué ? » Tout est possible.

Après la fermeture du Solar, voyant les deux hommes courir il ne sait vers où (ils doivent avoir garé leur voiture pas loin, suppose-t-il), il laisse tomber. Il met le moteur en marche et démarre lentement, contrarié, frustré, attentif à la pluie qui tombe dru et aux phares des voitures.

Quand il prend le chemin du Cais do Sodré, concentré sur les prostituées qui commencent à quitter les lieux, il ne voit pas l'homme courbé qui se déplace péniblement et qui paraît plus petit qu'il n'est. Oulianov, trempé de pluie, affaibli par tout le sang qu'il a perdu et s'efforçant de ne pas chanceler, de ne pas tomber, ne le voit pas non plus. De loin, il a l'air d'un homme soûl. Mais les rues sont désertes et il poursuit son chemin, qui n'est pas celui qu'il prend d'habitude et qui ne le conduira pas chez lui.

Les éboueurs font ce que ni la GNR ni la PSP n'avaient réussi à faire quand, à l'aube, de retour du Dance Spring, Alberto rentre chez lui : ils l'obligent à s'arrêter. À la porte du garage de son immeuble, là où se trouve le monstrueux camion vert qui ramasse le contenu des poubelles, tirées par les hommes sans visage qui les traînent, les accrochent aux griffes du camion, actionnent le vidage et les ramènent à la porte des immeubles. Ou parfois, sur l'espace laissé libre devant les portes des garages, ce qui oblige les couche-tard ou les lève-tôt à les pousser pour pouvoir entrer ou sortir. La rue est étroite et à sens unique et, pour ne pas prendre toute la place, les éboueurs préfèrent garer leur camion à l'entrée des garages.

Selon son état d'esprit, Alberto module son degré de protestation : il leur demande d'enlever leur camion de là, klaxonne, attend, les insulte sans qu'ils puissent l'entendre, il sait qu'il est en infériorité numérique.

Cette nuit-là, son irritation est plus grande, comme proportionnelle à la satisfaction qu'il éprouvait en rentrant du Dance Spring. Parce que la proposition de Lourenço (« Tous les imbéciles ont leurs jours de génie », se dit-il) a été une excellente idée, parce que le directeur de la PJ, qui fréquente le Dance Spring et avec qui il a discuté de la criminalité nationale entre deux verres de whisky ne lui a pas parlé de Russes, parce que Rick lui a promis de mettre à son service son expérience dans le rôle de gangster en lui apprenant à tirer, parce qu'aucune « opération stop » ne lui a intimé l'ordre de s'arrêter et parce que la proposition de Lourenço lui offre la possibilité de liquider Silveira... d'ici quelque temps.

La vente de leurs biens – de son côté, le restaurant et Dance Spring et, avec son frère, MultiAction Multimédia –, des appartements et du yacht leur fournira un apport financier confortable pour monter une affaire en Argentine.

Et si Silveira achetait MultiAction Multimédia, ils feraient d'une pierre deux coups. L'entreprise utiliserait sa marque pour les films pornographiques, bon marché mais rentables. Il suffisait de quelques prostituées, de petites employées ou d'étudiantes passablement défoncées, d'un scénario qui variait peu : quelques scènes osées en plein air, chez Silveira, dans les montagnes de l'Alentejo ou parfois même dans la réserve où ils stockaient les machines et les films, ou encore sur leur yacht, comme cette nuit-là. Et ils se vendaient bien, à un prix plus qu'intéressant. Silveira serait ravi de diriger l'affaire… mais il suffirait d'une dénonciation, un peu plus tard (sans compter les erreurs qu'il ne manquerait pas de commettre), pour mettre la police à ses trousses et ils seraient alors débarrassés de lui à jamais. Ce ne serait pas aussi jouissif que de lui tirer une balle, mais ça suffirait pour se venger des pressions qu'il exerçait sur eux.

La satisfaction d'Alberto diminue toutefois devant le camion à ordures. Quand, baissant sa vitre, il prend en plein visage le mélange d'odeurs qui en émane, encore plus nauséabond sans doute à cause de la pluie, il craque et après avoir klaxonné longuement, il leur crie :

— Dégagez votre merde d'ici, je veux entrer dans mon garage ! Espèces de rats puants !

Les réponses lui parviennent au milieu du bruit des poubelles et du camion. Elles sont accompagnées de gestes d'apaisement sans que pour autant le camion ne bouge, ce qui le remplit de rage. Les hommes, trois ou quatre, lui répondent en criant. La porte du côté du chauffeur s'ouvre, une tête apparaît. Alberto se rend compte que l'homme rigole. Le pistolet, qu'il a toujours sur lui, se fait lourd dans la poche de sa veste. Le camion avance de quelques mètres, lentement et ne bloque plus la porte du garage que par un nuage : l'odeur des ordures.

La rage d'Alberto refroidit, mais elle ne s'éteint pas. Il ouvre la porte avec sa télécommande et entre dans le parking. Dehors, le camion avance vers l'immeuble suivant.

Alberto sort de sa voiture, la ferme et monte dans l'ascenseur qui s'arrête juste devant la porte de son appartement et il entre chez lui. La télévision, allumée depuis le matin sans le son, confère au salon une lumière spectrale. Il va jusqu'au balcon et fait coulisser la porte vitrée. Le bruit et l'odeur sont toujours là. Alberto ne regarde pas la baie, il n'essaie même pas de voir le yacht dans la marina, comme il aime le faire. Il jette un coup d'œil autour de lui et voit les autres balcons vides. Dans la rue, les hommes s'apprêtent à remonter dans le camion. Une voiture, phares allumés et moteur en marche, attend que le camion avance. Alberto sort le pistolet de sa poche, enlève le cran de sécurité (comme Conan lui a appris à le faire) et sourit en tendant son bras droit et en appuyant la main qui tient l'arme dans la paume de sa main gauche.

Il pense à Silveira et tire : le bruit laisse penser que la balle est allée se loger dans la structure métallique du camion. Alberto tire à nouveau et la vitre d'une voiture garée à côté explose. La voiture qui se trouve derrière le camion commence à reculer. Alberto tire encore. Il ne pense plus à Silveira ni à une cible quelconque. Il voit juste que les mouvements des éboueurs se font plus rapides. Il perçoit les détonations et se rend compte que des lumières s'allument sur les balcons voisins. Le bruit de la troisième balle n'a pas le son d'un impact sur du métal ni celui d'une vitre qui vole en éclats. Il provoque un cri, de peur ou de douleur, qui lui fait baisser son arme, il recule, ne voyant plus que les mouvements des hommes et le camion qui prend de la vitesse.

Les mains tremblantes, Alberto revient au salon. Il ferme la porte du balcon et s'appuie contre la vitre. Sa respiration crée une auréole de buée qui rend floues les lumières de la baie. Il se retourne et, à travers le salon et le hall, il fixe la porte comme s'il craignait que quelqu'un vienne lui demander des comptes.

Mais rien ne se produit. La conductrice de la voiture à la vitre brisée ne découvrira la balle que plusieurs mois plus tard, sous un tapis. Les éboueurs envisagent de porter plainte mais il n'y a aucune trace des deux coups de feu : la première balle a ricoché puis disparu et la seconde, passée à quelques centimètres de la tête de l'homme qui a crié, s'est perdue dans les ordures, Alberto passe la nuit sur le canapé, le regard braqué sur la porte plus que sur la télévision. Il ne lâche pas son pistolet. Il finit par s'endormir. Le matin suivant, réveillé par le lever du soleil, il va à la fenêtre et découvre une rue tranquille et la luminosité brillante du bleu de la mer. Il ne remarque pas la femme qui regarde, perplexe, ce qui reste de la vitre de sa voiture.

Alberto souffle et va chercher ses cigarettes.

16

Le directeur des services de la mairie et le conseiller municipal arrivent avec vingt minutes de retard. La rencontre, sollicitée par le conseiller, était « urgente ». Salvador accepte et se hâte d'arriver sur le lieu du rendez-vous, la pâtisserie du Cais do Sodré, à dix heures trente, heure prévue. Il n'est pas passé par le chantier, s'étant contenté peut-être un peu légèrement d'un coup de fil du responsable qui lui avait dit qu'il était « en pleine activité ».

Tout en craignant le pire, Salvador garde son calme. Le pire est toujours ce qu'il ne voit pas et ce qu'il ne voit pas peut bien attendre. Du trou creusé dans le sol peuvent surgir des problèmes sans fin qui ruineraient tous ses projets. Salvador accepte le risque : s'il perd l'opportunité offerte par le Centre nautique, il fermera Chef-d'Œuvre, se déclarera en faillite avec l'aide d'un de ses amis, retraité des Finances, et il entrera définitivement dans le club des retraités. Il ne devra plus donner d'argent à qui que ce soit, pas même à l'architecte, et il partira plus tôt en Argentine avec Eduardita. Tout compte fait, il ne perdra pas grand-chose. À onze heures moins dix, Salvador se lève. Il règle son café, se dirige vers la porte, où il se retrouve nez à nez avec les deux hommes, essoufflés. Il les accueille avec mauvaise humeur :

— Je pensais que vous ne viendriez pas… dit-il, une note de mépris dans la voix. Comme pour dire : « Et que l'affaire ne se ferait plus. » Heureusement qu'il avait décidé de ne pas apporter ce qu'il avait promis.

— Il y a eu du retard, explique le directeur des services, en lui remettant une enveloppe A4. Nous avons dû aller chercher ça.

Ils retournent à l'intérieur et Salvador les fait passer devant lui, cérémonieusement. Ils s'assoient. Ils demandent des cafés et Salvador ouvre l'enveloppe et en retire sept pages imprimées portant le titre : « Ruines romaines du sous-sol de Lisbonne – Cais do Sodré et Zone Riveraine. » Son cœur s'arrête presque.

Il feuillette les papiers, ne les lit même pas et regarde les deux hommes : « Expliquez-vous ! »

— Non, ce n'est pas ce que vous pensez, s'empresse de répondre le directeur des services. Il y a des vestiges de ruines romaines dans le sous-sol, près du Cais do Sodré, mais les rares études qui ont été menées sur le sujet et dont les conclusions sont là montrent qu'elles ne se trouvent pas dans la zone… de votre chantier.

— À l'époque des Romains, ce terrain était recouvert par le fleuve, ajoute le conseiller municipal.

— Et alors ?... Le regard de Salvador passe de l'un à l'autre.

Le directeur des services sourit.

— Alors... ne vous inquiétez pas, Monsieur ! Bouchez votre trou avec des gravats et fermez-le. Rapidement. Il n'y a pas ici de patrimoine ni municipal ni historique.

— Le sol est sûr, à ce qu'on peut en déduire, ajoute le conseiller municipal.

— Si vous le dites...

— Fermez tout. Mais avant de vous attaquer aux entrepôts, attendez encore vingt-quatre heures. Le directeur des services regarde le conseiller. Les gars du département n'ont pas encore fini de déménager. Il y a eu quelques protestations.

— Et si l'un d'eux se rend compte qu'on est en train de démolir les entrepôts alors qu'ils sont encore là, ça peut créer des problèmes. Quant au projet – le conseiller municipal retire deux feuilles de la poche de sa veste, qu'il déplie –, il a été approuvé hier ! Vous en avez ici une photocopie – Salvador se penche sur la table pour mieux voir – avec le tampon, la date et la signature du maire. La publication officielle sera prête demain. Salvador saisit les deux papiers et les examine.

Avec son code énigmatique de références numériques et ses sigles quasi ésotériques, le document est satisfaisant. C'est vrai : le Centre nautique du Tage est en bonne voie. Il sourit et regarde les deux hommes.

— Très bien, dit-il, comme si le mérite leur revenait entièrement, en offrant aux deux hommes un sourire flatteur en échange de leur regard avide. Vous voulez bien passer là-bas demain ? Vous verrez ce qu'il y a à faire. On s'occupe du reste ? Le regard des deux hommes trahit leur angoisse. Ils espéraient toucher leur dû, tout de suite, mais Salvador n'allait pas leur donner de l'argent dans un lieu si fréquenté.

— Bien sûr, dit le conseiller municipal, en se levant. Nous vous confirmons l'heure dans la journée. Comme vous le voyez, nous sommes tous des hommes de parole. Il se retourne vers l'ingénieur. – Il faut qu'on y aille.

— Nous sommes heureux que ces nouvelles vous aient satisfait, Monsieur, dit le directeur des services.

— Il ne pouvait pas en être autrement. Et monsieur le maire appréciera la réalisation. Il tend la main aux deux hommes. Je peux conserver ce document sur les ruines ?

— Bien sûr, ce sont des photocopies, répond l'ingénieur avec un sourire. Étudiez-le tant que vous voudrez, pour vous éviter des frayeurs.

Salvador éclate d'un rire triomphant.

— Maintenant il n'y a plus de raison d'avoir peur !

Alberto téléphone tôt le matin à Silveira et, sans le laisser dire un mot, il lui demande s'il veut acheter MultiAction Multimédia et gérer l'affaire : « Pour un prix qui compense tous les désagréments récents. »

Silveira répond par l'affirmative sans hésiter et demande quand cela peut se faire. Demain, lui dit Alberto. Il est encore chez lui, à faire ses comptes sur la table de la cuisine. Silveira accepte. Alberto raccroche et téléphone à Lourenço. Rendez-vous est pris au siège de MultiAction et Alberto rappelle Silveira pour s'assurer, avec courtoisie, que l'heure lui convient. Silveira acquiesce à nouveau.

Alberto retourne à ses comptes : Rick, ou même Conan, ou les deux, vont vouloir Dance Spring et peut-être aussi le restaurant, MultiAction va rapporter moins, le yacht se vendra bien, les voitures aussi, son appartement sera confié à une agence et Lourenço va devoir laisser le sien à sa femme et à sa fille.

En trois jours, pense Alberto, tout sera bouclé. Reste le plus compliqué : l'annoncer à son père… et à sa mère et se débrouiller pour qu'ils demandent, sans poser trop de questions, à la famille de leur mère de les accueillir en Argentine. Ça risque d'être compliqué, mais…

« On dira qu'on va se lancer dans l'élevage », avait suggéré Lourenço. « Bonne idée, une fois de plus », se dit Alberto.

17

Oulianov ouvre les yeux et voit au-dessus de lui un homme et une femme qui le regardent. Ses doigts lui disent qu'il est allongé sur un tissu doux. Sur un lit. Et son esprit lui souffle qui sont cet homme aux cheveux blancs qui a son âge et cette femme, rousse maintenant et toujours jolie, les bras croisés sur sa blouse blanche, qui a déjà enfilé sa veste. Il s'était mis à sa recherche, la veille, et il les a devant lui, elle, Nadja, une alliance passée à l'annulaire de sa main droite, et lui, Anton.

— *Dobri den*. Bonjour. Il n'y avait personne d'autre… dit Oulianov en russe, comme pour s'excuser. Il essaie de soulever la tête mais n'y arrive pas. De sa poitrine et de son dos montent en lui des douleurs, moins fortes, toutefois. Excusez-moi.

— Tu ne vas pas avoir besoin de rester ici, n'est-ce pas ? demande Nadja.

Oulianov secoue la tête.

— Vous avez déjà beaucoup fait pour moi, on dirait.

Anton s'approche. Il n'a plus ce regard avec lequel il avait défié Koba. Maintenant, c'est après Oulianov qu'il en a : un mauvais souvenir qui peut lui attirer des ennuis.

— Elle s'est bien occupée de toi, Oulianov, dit Anton. Trop, même, vu ce que tu es. Ce que tu méritais, c'est une piqûre…

— Tais-toi, Anton ! l'interrompt Nadja. Elle s'approche de la tête du lit et regarde Oulianov. Son expression cache quelque chose. Oulianov tente de les oublier, tous les deux. C'est Anton qui t'a amené ici, qui a monté les marches avec toi. Parce que je le lui ai demandé. Tu as des entailles dans la poitrine et des deux côtés de la région lombaire. Je t'ai anesthésié, j'ai suturé les blessures, j'ai tout désinfecté, j'ai fait les pansements. Tu peux bouger, mais tu ne dois pas faire d'efforts. Si tu veux, reviens ici dans deux jours. Mais avertis-moi d'abord, à la pharmacie. Maintenant, on doit y aller. Ferme la porte, quand tu sortiras.

Oulianov acquiesce d'un signe de tête. Il essaie de voir s'il peut se lever, pense que oui. Son ancienne compagne et maîtresse et l'homme qu'il avait sauvé ne veulent pas de lui chez eux. Ça peut se comprendre.

— Tu as des antibiotiques et des médicaments contre la douleur sur la table, ajoute Nadja, désignant la table de la chambre, sur laquelle il voit trois boîtes de médicaments. Oulianov se rend compte qu'ils l'ont installé dans le lit qu'il partageait avec Nadja, avant qu'Anton ne lui succède. Peut-être qu'il le sait ou qu'il l'imagine. Il le regarde mais Anton détourne le regard.

— Je vous suis très reconnaissant, dit Oulianov.

— On le sait. Ferme la porte en partant. Et fais attention, dit Nadja en se dirigeant vers la porte. Anton lui emboîte le pas.

Oulianov reprend son souffle et regarde l'horloge à côté de la télévision : onze heures.

Moura pose sur son bureau les deux photos de l'homme mort et s'assied. Il a maintenant un nom : Evgueni Mikhailovich Steranko. L'identification est venue du SEF, d'un de ses anciens collègues qui avait l'air de s'intéresser à l'affaire. Mais Moura veut réfléchir, il veut se concentrer sur les coïncidences : Oulia… Oulianov ? Il cherche le nom d'Evgueni Steranko dans les bases de données auxquelles il peut accéder mais ne trouve rien. Ce n'est pas un délinquant. Et s'il était sur le point d'en devenir un, il a raté l'occasion. Il téléphone à l'inspecteur du SEF, décidé.

— Je me charge de l'affaire.

À l'autre bout de la ligne, l'inspecteur du SEF a l'air surpris.

— Très bien… Tu veux le reste de la paperasse ? Vous allez ouvrir une enquête ? Tu as des pistes ?

— Je ne sais pas…

— Et ces lettres : Oulia… Tu as pensé que ça pouvait avoir un lien avec le type qu'ils appelaient Oulianov, celui de cette bande qu'on a démantelée ? Le clan Cobra.

— C'est possible, répond Moura. Mais cette affaire était de mon ressort, tu te rappelles ? Elle était à nous, pas au SEF.

À l'autre bout de la ligne, la voix change, légèrement.

— Tu peux la garder autant que tu veux ! Un Russe mort ne nous mènera nulle part. Ici, il n'y a que les vivants qui nous intéressent.

— Merci, dit Moura en raccrochant.

Oulianov, sa sœur (nulle part n'apparaissait un cadavre possédant ses caractéristiques, à commencer par des cheveux blonds ou teints), le mort du parc Eduardo VII : ça fait trop de monde. « Il ne manque plus que Koba », se dit Moura.

Il téléphone à nouveau à son contact au bureau du Procureur.

— Quel est le statut de Zhudugyn dans l'établissement pénitentiaire d'Alcoentre ?

La réponse, lorsqu'elle arrive, est surprenante.

Toujours chez Nadja, Oulianov téléphone au chantier : il est malade, il ne peut pas venir. C'est une démarche inutile, mais s'il ne l'accomplit pas, il se peut qu'on ne l'accepte plus : s'il n'y va pas, il n'est pas payé ; il ne sera même pas enregistré. Il pense à l'argent qu'il a mis de côté et qui doit suffire. Pour partir, s'il le peut encore, après avoir accompli ce qu'il a à faire.

Il sort en emportant les médicaments et s'oblige à marcher. Il va jusqu'à l'appartement de la Rua das Flores qui, avec son séjour, sa chambre et sa salle de bains, lui sert de logement et il essaie de dormir quelques heures. Il pense à Evgueni, mais il se dit que se faire du souci pour lui risque de le déconcentrer. Il refuse aussi de penser à ce qu'il a vu la nuit précédente et il ne se sent flancher que lorsqu'il se regarde dans le miroir de la salle de bains et qu'il se rappelle les yeux d'Irina. Il réprime en lui une lutte qui se transforme en une bataille sans vainqueur entre confusion et raison.

Quand il se réveille, Oulianov prend une dose plus importante de médicaments et change ses pansements. Nadja, avec son habileté de médecin, semble avoir totalement refermé les blessures.

À huit heures, il descend la Rua das Flores et se rend au Solar. Il dit aux deux hommes qu'il ne veut ni manger ni boire et qu'il ne restera pas longtemps. Puis il part vers le quai, un sac plastique à la main.

18

Oulianov pose son sac et la nouvelle torche qu'il a achetée, plus puissante et plus lourde, et il écarte les planches et les armatures métalliques qui constituent probablement la structure dans laquelle ils couleront le béton qui scellera l'ouverture. Il agit machinalement, sans penser à sa sœur morte qui a trouvé le repos éternel, ni à son étrange adversaire (l'assassin ?), devenu le gardien du plus étrange butin de guerre qu'il ait jamais imaginé.

Puis, s'asseyant sur le sol déjà humide – il doit pleuvoir à nouveau cette nuit – Oulianov se laisse glisser à l'intérieur, empêchant son sac de cogner contre les pierres. Il se souvient du chemin mais il décide d'être plus prudent. D'autant plus qu'il ne veut pas que l'intrusion dans l'espace de son adversaire soit ressentie comme une agression.

L'avancée d'Oulianov est, cette fois-ci, plus assurée et plus discrète. Il ne s'arrête pas pour penser aux ombres comme la veille ; elles n'apparaissent même pas, peut-être tenues à l'écart par le souvenir de la bataille entre les deux hommes. Il ne se trompe pas non plus de chemin. Il n'hésite pas devant les odeurs qui se succèdent. Il reconnaît le parcours qu'il a emprunté lors de sa fuite et le suit sans hésiter, évitant les bruits inutiles, sa torche lui ouvrant le chemin et confirmant ce que lui dicte son sens de l'orientation.

Lorsqu'il aperçoit des lueurs vaciller dans le fond, il éteint sa lampe et l'empoigne comme une arme.

Se gardant d'entrer dans le champ de vision de son adversaire, il s'accroupit, s'efforce d'ignorer ses douleurs et l'odeur et s'arrête à l'entrée de ce singulier mausolée. Il respire profondément, exhalant lentement l'air de ses poumons. Il ne peut pas se contenter de penser, il doit agir, dans le sens qu'il a décidé.

Le Diable est assis sur une caisse, à côté des vieux réchauds éteints, il regarde, l'air pensif, le deuxième matelas, celui sur lequel repose une masse à forme vaguement humaine. C'est Irina. Il n'y a là, du reste, rien d'autre qui puisse être le corps d'Irina.

Ignorant la présence d'Oulianov, l'étrange adversaire de la veille soulève une partie des guenilles et découvre une mèche de cheveux blonds, sales, et une main droite, la sienne. Elle n'a que deux doigts, qu'il bouge habilement, et elle est reliée au bras qui semble raide.

Plusieurs cicatrices forment une tache sur le côté droit de son visage et, à la place de l'œil, il y a un trou. Son nez est tordu, pas seulement à cause du coup porté par Oulianov.

Un des deux doigts soulève une mèche de cheveux blonds. C'est un geste de tendresse qui fait frémir Oulianov.

S'obligeant à ne pas oublier qu'il se trouve dans une situation de conflit, Oulianov fixe son attention sur les infirmités physiques de son adversaire. Elles ont peut-être été provoquées par une explosion ou par des flammes, mais elles ne l'empêchent pas d'être efficace au combat. Serait-il un ancien militaire, comme lui ? Oulianov le pense.

Une fois son adversaire étudié, Oulianov se sent plus sûr de lui et s'efforce de regarder ce qui lui est le plus douloureux : le cadavre d'Irina. Son corps est toujours recouvert, seuls les cheveux blonds sont visibles. Oulianov tressaille, involontairement. Et il s'oblige à se relever.

Le Diable redresse soudain la tête, braquant sur lui son œil gauche. S'il est surpris, il ne le montre pas. Mais il est tendu, tel un prédateur prêt à bondir sur sa proie.

— Je viens en paix, dit Oulianov, en poussant le sac qu'il ouvre lentement, ce qui provoque un bruit de verre.

Un rictus de fureur se dessine sur le visage du Diable.

Oulianov lève la main droite et l'ouvre en signe

de paix tandis que de l'autre, il retire du sac qu'il a apporté du Solar, deux bouteilles d'un litre de bière, une bouteille de vodka – généreusement enveloppées de plusieurs pages du *Notícias da Manhã* – et un sachet de beignets, imbibé de taches de graisse. Il dépose le tout par terre devant lui et recule de deux pas.

— C'est un cadeau, dit-il, en portugais, essayant de parler le plus distinctement possible.

Les yeux du Diable passent, hésitants, du visiteur aux paquets. Puis son corps se met à bouger, lentement, toujours sur la défensive, mais prêt aussi à l'attaque. La spécialité d'Oulianov, c'est de faire la guerre, pas la paix. Mais il ne voit pas – il ne veut pas voir – l'autre homme comme un ennemi, malgré tout ce qui s'est passé. Il aurait pu, s'il l'avait voulu, le prendre par surprise et se jeter sur lui, ce qui se serait probablement terminé par la mort de l'homme des profondeurs. Mais Oulianov avait décidé qu'il lui fallait prendre le Diable vivant. Sa mort ne résoudrait pas le problème principal : Irina est définitivement morte.

Reste à savoir qui l'a tuée.

Oulianov ne croit pas qu'il soit le meurtrier. Les coups qui avaient frappé Irina ne pouvaient pas avoir été portés par cet homme capable de tuer quelqu'un d'un coup unique. Il y a en lui quelque chose de félin, de militaire, qui ne colle pas avec le désespoir révélé par les blessures infligées sur la tête et sur le visage d'Irina par un objet qui n'est ni un couteau ni la barre de fer avec laquelle le Diable l'avait menacé. De plus, il est possible que le Diable ait vu quelque chose. C'est pourquoi il peut être un allié.

Oulianov montre la nourriture et les bouteilles.

— C'est un cadeau de paix. Pour toi.

Le Diable se baisse, ouvre le sachet et en retire un beignet de morue. Il mord dedans, son œil gauche s'illumine et il le met tout entier dans sa bouche en mâchant vigoureusement. Oulianov se met instinctivement à saliver.

Le Russe n'avait pas eu l'intention de pique-niquer avec lui, mais la faim le saisit et lorsque l'homme, qui entre-temps s'est assis, ouvre une des bouteilles de bière et la porte à sa bouche, la vidant presque d'un trait, il se sent la gorge sèche. Son regard louche sur la bouteille de vodka mais le Diable s'en saisit de la main gauche et la serre contre lui, lui signifiant qu'aucun de ses gestes ne lui échappe. Oulianov déglutit et change de sujet.

— Cette femme est ma sœur, dit Oulianov en désignant le corps. Elle s'appelle Irina.

— Irina. Irina, répète le Diable, acquiesçant de la tête. Elle est à moi.

— Elle est en paix. Elle se repose. Oulianov réprime une émotion subite, qui lui monte du cœur à la gorge. Elle est en paix ici.

— Irina. Irina, répète le Diable, engloutissant un autre beignet de morue. Elle est en paix. Elle reste ici avec moi et elle est en paix.

Oulianov lui pose la question qu'il juge être la plus difficile.

— Comment elle est venue ici ?

Le Diable se nettoie la bouche d'une main et finit d'avaler ce qui reste de la première bouteille de bière. Il rote. Et soudain, il regarde sur le côté.

Oulianov voit, dans l'une des ouvertures qui servent de porte, une tête qui semble être celle d'un être humain. Peut-être a-t-il été attiré par l'odeur. Ou par le bruit que l'homme fait en mangeant.

Ce qu'il a apporté doit constituer un véritable banquet. Il essaie d'imaginer ce qu'il doit manger, probablement des restes trouvés dans les poubelles ou même – il se rappelle le tas de plumes, de pattes et de têtes d'oiseaux à côté des petites casseroles – des animaux qu'il attrapait pendant la nuit. Et des petits chiens, ou des chats, aussi ? Et des êtres humains ?

Soudain, le Diable lève le bras droit, d'un geste menaçant, et la tête disparaît dans l'obscurité. Son bras, raide, reste à découvert. L'avant-bras porte un tatouage, une tête de mort surmontant deux os en croix, une phrase et deux inscriptions : « Jusqu'à la mort » et « 70 – Angola – 72 ».

— Irina, dit Oulianov. Le Diable se retourne. Comment elle est venue ici ?

— Moi, répond le Diable. C'est moi qui l'ai trouvée. Je l'ai sauvée. J'ai voulu l'aider… Je l'aide. Il prend un filet de poisson et le regarde avec curiosité, comme s'il n'en avait jamais vu. Je lui donne un toit. Elle est à moi.

« Mais elle est morte », veut lui dire Oulianov. Mais il ne le dit pas. Oulianov ne veut pas qu'il se rende compte qu'elle est morte si, par hasard, cela a un sens dans ce monde si différent de tous les autres. S'il en prenait conscience, le Diable se fermerait. Peut-être même qu'il disparaîtrait. Et il ne lui serait plus d'aucune utilité, ce qui serait trop cher payé, vu ce qu'Oulianov attendait de lui. Parce que s'il était revenu dans ce monde souterrain, c'était pour en savoir plus, pas pour s'en retourner les mains vides.

— Qui a fait du mal à Irina ? demande-t-il.

Le Diable le fixe longuement. Un éclair brille dans son œil droit pendant quelques secondes. Oulianov ne le quitte pas des yeux. Il avait connu beaucoup d'hommes perturbés, à divers moments de sa vie, mais jamais un cas comme lui. Et pourtant, peut-être restait-il une lueur de lucidité au fond de ces yeux sombres.

Le Diable baisse la tête, mange un autre filet de poisson et ouvre la deuxième bouteille de bière. Oulianov est tenté de lui dire qu'il doit offrir quelque chose à Irina, mais il regrette d'avoir eu cette pensée. Il frémit à l'idée de ce qu'il pourrait voir.

— Qui a fait du mal à Irina ? insiste-t-il.

Le Diable continue à boire la bière et le fixe à nouveau du regard.

— Tu es soviétique ? Oulianov tarde à répondre.

— Non. Je suis russe.

— J'ai tué des Russes. En Angola, dit le Diable. Il lève son bras droit et montre son index et son pouce à Oulianov. C'est une mine qui m'a fait ça. Elle était soviétique.

— Pourquoi tu as tué des Russes ?

— Des Russes et des Nègres.

— Pourquoi ?

— Parce qu'on m'a ordonné de le faire.

— Moi aussi, j'ai tué des Russes, dit Oulianov.

— En Angola ? Oulianov secoue la tête.

— Pourquoi ? demande le Diable.

— Parce qu'on m'a ordonné de le faire, à moi aussi.

— C'est pour ça que tu es là ?

— Non. Tu es le Diable, pourquoi ?

— Je suis le Diable à forme humaine ! s'exclame le Diable, agitant les bras et grimaçant comme pour rire. C'est ce qu'on m'a dit quand je suis revenu de l'enfer ! Après l'explosion. Je suis le Diable, je viens de l'enfer, je retournerai en enfer. « Va en enfer », qu'elle m'a dit !

— Qui ? Irina ?

— Non ! Irina est mon amie. Parce qu'elle ne parle pas, elle ne crie pas.

Oulianov avale sa salive.

— Qui lui a fait du mal ? demande-t-il.

— Ça s'est passé il y a plusieurs nuits. Sur le quai.

— Dehors ? Oulianov montre du doigt le haut de la grotte.

— En mer.

Dans le fleuve ?

— De la mer est arrivé un bateau. Elle était dedans. Il y avait deux hommes. Un l'a frappée. À la tête. Le Diable rote et repose la bouteille de bière, lorgnant sur le sachet de beignets.

« J'aurais dû apporter du pain », pense Oulianov.

— L'homme l'a attaquée. Il l'a frappée. Puis il s'est enfui sur le bateau. Je suis allé voir. Elle m'a regardé, dit encore le Diable.

Oulianov ferme les yeux. Une émotion inattendue monte dans sa poitrine, son nez, ses yeux… Irina était vivante quand le Diable l'a trouvée, bien qu'on l'ait crue morte, là-haut. Ça explique le sang. C'est là qu'elle était morte. Aurait-elle pu être sauvée ? Serait-elle morte en demandant de l'aide, d'être emmenée à l'hôpital, en essayant de comprendre où elle se trouvait ? Ou bien était-elle déjà au-delà de tout ça ? Et ces hommes ? *Deux*. Qui étaient-ils ? Ils étaient venus en bateau, dans un petit bateau. D'un autre, plus grand, s'ils venaient en direction du quai ? Ou d'un autre endroit, près de là ? C'étaient les hommes du film ? Ou *des films* ? Et Evgueni était allé poser des questions. Sur eux…

Le Diable se lève soudain, le sachet à la main. Oulianov pense qu'il va lui proposer à manger. Mais l'homme se retourne. Et il hésite.

— Tu as un nom ? lui demande-t-il, en se retournant.

— Serguei.

— Elle s'appelle Irina. Il faut que je la nourrisse, dit le Diable. Que je m'occupe d'elle.

Oulianov avait déjà eu peur, plusieurs fois dans sa vie. Au combat. Quand des hommes avec des fusils et des mitraillettes l'avaient traqué. Quand il avait été fait prisonnier, après le procès. Quand il s'était trouvé dans les souterrains à la merci de cet homme. Quand ses couteaux l'avaient écharpé.

Mais ce n'est pas la peur qui le fait se lever et s'enfuir. C'est un sentiment jamais éprouvé, une nausée, l'horreur pure qui le saisit lorsqu'il voit le Diable se diriger, la nourriture dans la main, vers Irina.

L'esprit rationnel d'Oulianov avait toujours décrété que la mort était une fin, pas un commencement. Il ne peut que s'enfuir.

19

Sur la table d'Oulianov il n'y a qu'un petit verre et une demi-bouteille de vodka. La tête appuyée contre le mur, les yeux fermés, le Russe semble dormir. Cette espèce de montagne humaine est sur le point de glisser entre la chaise inconfortable du snack-bar et le mur d'azulejos bon marché.

Moura l'observe depuis la porte. Un des hommes au comptoir regarde le Russe et hausse les épaules, comme pour dire : « Nous ne savons pas pourquoi il est comme ça… » La pendule indique onze heures et comme d'habitude, il n'y a plus personne au Solar.

— Oulianov ? appelle le policier.

Le Russe ouvre les yeux.

— Inspecteur Moura. *Proklyátie !* Tu as fini d'élucider tous tes crimes aujourd'hui ? Tu as arrêté tous tes gangsters ? Tu as éliminé le mal qui menace ton monde ?

Moura s'approche et pose une enveloppe sur la table.

— Ce crime-là, je n'ai pas encore réussi à le résoudre. Oulianov hésite. Il se décolle du mur et se reverse de la vodka dans son verre, faisant un geste vague en direction de Moura, comme pour l'inviter à l'accompagner. Mais l'inspecteur secoue la tête. Oulianov regarde l'enveloppe.

— Qu'est-ce que tu apportes ?

Les yeux de Moura se fixent dans ceux d'Oulianov et essaient de soutenir son regard. « On dirait que tu as vu le diable », pense l'inspecteur. Les yeux du Russe, d'un vert presque transparent, ont une intensité qu'il ne leur avait jamais vue, un mélange de contrariété, de rage et de dégoût. Sans cesser de le regarder, le Russe tend sa main droite vers l'enveloppe, l'ouvre en la déchirant et les deux photos glissent sur la table. Il pâlit. Moura remarque pour la première fois depuis qu'il le connaît une émotion qui trahit une certaine faiblesse. Les mains d'Oulianov se ferment et ses poings s'abattent sur la table. « Il va me tuer sur place », pense Moura, réprimant la panique qui s'empare de lui. « Il est du genre à tuer le messager de mauvaises nouvelles. » Ses yeux ne sont plus verts, ils deviennent bleus.

— Tu connais cet homme ? demande-t-il, péniblement.

— Evgueni. Oui, je le connais, répond Oulianov. Evgueni est mort, et avant de mourir, il a essayé d'écrire son nom sur le sol, essayant vainement d'appeler au secours. Oulia… Oulianov. Après Irina, Evgueni. Oulianov se sent cerné par les morts et par la culpabilité de ne pas avoir été à leurs côtés quand ils en avaient besoin. Il est mort, n'est-ce pas ? C'était le petit ami de ma sœur. Qu'est-ce qui s'est passé, inspecteur Moura ?

L'inspecteur tire une chaise et s'assied. *L'ami de la sœur d'Oulianov ? Pas un de ses bourreaux ?* Les émotions qu'il perçoit dans les yeux d'Oulianov suscitent en lui une curiosité qui n'est plus seulement professionnelle.

— Cet homme a été retrouvé mort, avant-hier, dans le parc Eduardo VII, dans la zone des prostituées, dit le policier. Il avait écrit ces cinq lettres sur le sol, avec son propre sang : O-U-L-I-A... Oulianov, j'ai tout de suite pensé. Il a été vu en train de parler avec une prostituée russe. Olga, c'est comme ça qu'elle s'appelle, à ce qu'il paraît. Mais personne n'a rien vu, il n'y a pas de témoins, il n'avait pas de papiers. J'ai pensé... j'ai pensé que tu pourrais peut-être m'aider. Si tu me dis que c'était l'ami de ta sœur...

Oulianov lève une main, Moura recule. Mais Oulianov lui demande seulement de se taire. Il veut réfléchir : Evgueni était allé parler à la femme de Queluz, à Olga, qui connaissait Irina. Et après... On l'a tué.

Il regarde les photos : on ne l'a pas exécuté, on l'a tué sauvagement, en le démolissant avec une grande violence. Mais pourquoi ? Parce qu'il avait posé des questions à cette Olga ou à la femme connue sous le nom de Paula, qui savait qu'Irina jouait dans des films pornos? Mais aucune femme n'aurait mis Evgueni dans cet état. Pas même à deux.

Il y a d'autres personnes, alors. Des hommes. Violents. Qui préfèrent la force physique aux armes à feu. Ou aux couteaux. Parce que ce sont des assassins qui improvisent, qui n'ont pas d'armes? Qui ont tué Irina… par hasard? Ou pour bien montrer leur brutalité et effrayer ceux qui viendraient poser d'autres questions? Ou pour donner l'impression que tout ça n'était qu'une simple rixe entre immigrants? Oulianov dresse l'inventaire des causes et des conséquences: Evgueni était allé poser des questions et on l'avait attiré dans un piège. Et il était seul. Oulianov avait découvert le cadavre d'Irina, mais il n'avait pas résolu le mystère de sa mort et il avait laissé Evgueni mourir. Il ne fallait pas qu'ils soient morts en vain.

— Tu peux me dire quelque chose à son sujet? demande Moura.

Oulianov ferme les yeux.

— Il s'appelait Evgueni Michailovitch Steranko. C'était un homme bien. Un ingénieur électrotechnique.

— Tu sais où il habitait?

Non, il ne savait pas. Il secoue la tête.

— Je ne suis jamais allé chez lui, je n'avais pas non plus son numéro de téléphone. Je ne sais même pas où il travaillait. Dans un magasin d'électroménager, je crois.

Moura garde le silence. Il essaie de réfléchir aux

questions qu'il doit poser et se demande si Oulianov n'en sait pas plus qu'il ne le dit.

— Dis-moi, inspecteur Moura : vous allez découvrir qui l'a tué ? Et qui a tué ma sœur ?

Moura soupire.

— Je ne sais pas. Ça fait trop de morts, si on envisage la mort de ta sœur…

Oulianov ne peut se retenir.

— Tu peux me croire, inspecteur Moura ! Ma sœur est vraiment morte ! Elle a été assassinée ! Battue à mort. Sa véhémence surprend l'inspecteur. Oulianov ne détourne pas le regard. Il sait qu'il a perdu son sang-froid mais il peut encore éviter le pire.

— C'est ce que m'avait dit Evgueni. Avant de me dire qu'il allait poser des questions…

— Où ça ?

— Il ne me l'a pas dit. Et je ne le lui ai pas demandé.

— Tu en sais plus que nous, Oulianov, dit Moura, accusateur. Mais nous allons faire comme si tu avais raison et croire qu'Evgueni en savait plus que ce qu'il t'a dit. Les deux morts sont liées à toi. Et tu as un casier. Comment tu vois les choses ?

Oulianov ferme les yeux et appuie sa tête contre le mur s'obligeant à réfléchir comme un policier. Qu'aurait-il à gagner s'il disait à Moura tout ce qu'il savait ? Que le cadavre de sa sœur était gardé par un SDF dans les souterrains de Lisbonne ? Moura et quelques autres flics iraient là-bas, récupéreraient le cadavre et essaieraient de coffrer l'homme. S'ils y parvenaient, en partant du principe qu'il se laisserait prendre sans essayer de résister, le coupable serait tout trouvé. La PJ vivrait quelques minutes de gloire à la télévision et l'affaire serait bouclée. Les vrais coupables, s'il y en avait, resteraient à jamais impunis. Parce que si cette version contemporaine de l'homme des cavernes avait attaqué et tué Irina, il n'aurait pas pu attaquer Evgueni en plein jour, dans le parc Eduardo VII. Ni filmer Irina. Et l'intrusion de la police dans cette affaire ne mènerait nulle part. Elle ne ferait qu'alerter les vrais criminels. Il fallait qu'il embrouille Moura. Il ouvre les yeux.

— Tu oublies Koba. Moi, je ne sais pas où il en est… mais tu as dit qu'il pouvait être à l'origine de tout ça.

Moura sourit.

— Je ne crois pas, Oulianov. Ton ancien camarade Zhudugyn n'a plus rien à voir avec tout ça…

— Comment tu le sais ?

— Il est en prison à Alcoentre. Et il est malade. Il ne lui reste plus très longtemps à vivre. On l'a attaqué de façon à provoquer une mort lente… avec une seringue pleine de sang contaminé. Il est sur le point de mourir. Même ses compagnons ne l'approchent pas.

Oulianov reste immobile. Les surprises se succèdent. Koba… attaqué avec une seringue ? « Tu mériterais une piqûre », avait dit Anton, le compagnon de Nadja, le médecin qui travaille dans une pharmacie. Oulianov secoue la tête.

— Je ne sais pas quoi penser, finit-il par répondre. Il est presque sincère.

— Qu'est-ce que tu vas faire, Oulianov?

— La question est traître, mais Oulianov s'y attendait. Il n'avait jamais pensé que cela valait la peine de s'éloigner, de chercher une autre ville, d'essayer de rentrer dans son pays, tant que Koba était en vie, car son ancien camarade ne lui pardonnerait jamais de l'avoir trahi. À présent, il a d'autres raisons de rester. Peut-être doit-il faire quelque chose pour les personnes qu'il a laissées mourir : Evgueni, l'ingénieur venu poursuivre un rêve et qui réparait de l'électroménager, Irina, qui avait commencé des études de mathématiques et qui était devenue une actrice de films pornos tout en travaillant chez un coiffeur. Evgueni et elle partageaient le même rêve. Lui, alors qu'il n'avait que Tchekhov comme nom de famille, il avait réussi à réaliser ses projets d'adolescence : il avait obtenu un diplôme en histoire et sciences politiques et était devenu un des piliers de ce rêve qui avait dégénéré en cauchemar. Par la suite, il avait été un de ces hommes qui commettent des actes que les lois de tous les pays condamnent officiellement. Le sentiment de culpabilité le taraudait. Tout comme la certitude qu'il avait tué pour des objectifs qui n'avaient plus aucun sens. Il soupire. Que doit-il dire au policier ?

— Inspecteur Moura, tu m'accordes une importance que je n'ai pas. Je suis un simple ouvrier, un *rabótnik*. Je ne suis plus un combattant. Oulianov essaie de sourire. Je ne suis pas non plus un prolétaire, un *proletári*, comme tu le sais…

— Je ne vois pas ce que tu veux dire. Mais je veux savoir ce que tu vas faire…

— Tu devrais savoir de quoi je parle. Tu dois avoir mal lu tes classiques, à ton époque. Les prolétaires, tels que les ont définis les théoriciens du marxisme-léninisme, étaient ceux qui ne possédaient rien… sinon leurs enfants. Qui étaient la *proles*, leur descendance, inspecteur Moura !

Oulianov se lève. Il a le vertige et pose les deux mains sur la table essayant de dissimuler son état de faiblesse. Il aurait dû manger, mais ce qu'il avait vu lui avait coupé l'appétit.

— Je peux garder les photos ? demande-t-il.

— Tu vas m'aider ?

— Je peux essayer.

— Tu vas poser des questions à tes connaissances ?

— Je peux essayer. Moura se lève.

— Garde les photos, alors. Demain soir je viens te voir.

Oulianov le remercie. Moura hésite, puis il demande :

— Tu n'as plus besoin d'attendre Zhudugyn, n'est-ce pas ? Mais tu restes quand même ici ?

Oulianov ne répond pas.

— J'ai toujours pensé que tu avais gardé son magot, dit Moura.

Oulianov continue à ne pas répondre.

— Il paraît que ton camarade Koba avait un magot, une fortune en or, faite des dents qu'il avait arrachées à beaucoup de tes compatriotes, morts ou vivants. Peut-être que tu l'attendais pour lui donner l'or… ou pour le partager avec lui.

Oulianov a l'air surpris.

— Tes hommes et les autres ont tout fouillé, ils ont cherché partout. Ils ont saisi les voitures, les billets que nous avions, ils ont confisqué tout ce qu'il y avait sur nos comptes en banque. Koba n'était pas un chef de bande riche, comme ceux qu'on voit au cinéma. Pas encore, même s'il y pensait. Il n'avait pas encore acheté de maison ou de terrain, il n'avait même pas encore de comptable. De l'or ? Je n'ai jamais vu la moindre once d'or !

Moura lui tourne le dos en haussant les épaules. Oulianov, pensif, le regarde disparaître dans la nuit. Puis il range les photos dans l'enveloppe et rapporte la bouteille et le verre au comptoir. Quand il sort, il serre le col de son blouson autour de son cou, il ne voit personne. Le monde qui l'entoure est un désert d'âmes où il est de trop. Et où le calme cache la tempête. Une nouvelle tempête s'annonce, elle approche.

TROISIÈME PARTIE

Guerre et paix

« Ceux qui ont dressé leur épée
contre nous mourront par l'épée. »

Alexandre Nevski,
Alexandre Nevski,
de S.M. Eisenstein.

1

La porte explose et le bois éclate. La pièce métallique de la serrure tombe lourdement sur le sol et ne bouge plus. Cela fait peine à voir, c'est comme si un mécanisme en métal pouvait mourir.

Oulianov repose la jambe avec laquelle il avait défoncé la porte, s'adosse au mur et regarde la maîtresse de maison. La femme avait répondu par un « Qu'est-ce que vous voulez ? » aux coups de sonnette insistants d'Oulianov. La porte restant fermée, Oulianov l'avait ouverte brutalement, laissant libre cours à la rage qu'il avait accumulée dans le train qui avançait lentement sur le trajet de Lisbonne à Queluz.

— On va parler tout de suite ! *Tout de suite*, répond Oulianov, approchant sa tête du visage ridé de Paula.

— Je n'ai rien à vous dire, geint la femme, serrant contre elle sa robe de chambre bleu clair en reculant jusqu'à se cogner contre le meuble sur lequel sont posées les photos, qui tombent en cascade.

Oulianov pousse la porte. Une des charnières est tordue. Il voit une femme aux cheveux noirs disparaître dans le couloir et pénétrer dans une des chambres.

Oulianov fait un effort pour parler lentement, en fixant intensément la femme de ses yeux étincelants de rage. La dureté de son regard avait conduit certaines personnes à avouer ce qu'elles avaient fait et aussi ce qu'elles n'avaient pas fait ; l'une avait été victime d'une crise cardiaque, deux autres n'avaient pu contrôler leur vessie ; un homme, un seul, l'avait défié et s'était retrouvé à l'hôpital puis au goulag, éclopé à vie. Oulianov admet le plus naturellement du monde que la femme ne perde pas son sang-froid : elle ne sait pas de quoi il est capable.

— Le mec d'Irina, Evgueni, est venu ici parler à Olga, commence Oulianov. Ils se sont donné rendez-vous. Il est allé la retrouver et il a été assassiné. Olga sait ce qui s'est passé et je crois que vous aussi. Vous comprenez ? Maintenant, dites-moi : est-ce qu'Olga est là ?

Une tête blonde se montre à la porte d'une des chambres. *Olga ?* Paula la regarde en tremblant et l'appelle, pressée d'échapper à cette menace.

— Olga ! Viens voir, c'est pour toi !

Oulianov observe Olga, qui s'arrête dans le couloir. Elle est pieds nus, porte un haut à manches courtes qui la couvre à peine. Elle ralentit, tire sur le vêtement qui moule son corps et ses seins. Oulianov suit ses gestes et lui parle en russe.

— Ne te casse pas la tête. Ça n'en vaut pas la peine.

Olga recule, les bras croisés sur la poitrine. Oulianov poursuit, en portugais.

— Je suis le frère d'Irina et l'ami d'Evgueni Steranko, son mec, qui a été tué quand il allait à son rendez-vous avec toi. Tu sais ce qui est arrivé. Je veux que tu me dises qui a tué Evgueni et qui a tué Irina. Aujourd'hui, tout de suite.

Olga pâlit et ne dit rien. Ses bras se resserrent autour de son corps. Oulianov poursuit, en regardant Paula qui reste plaquée contre le mur.

— Dites à ces gens que je veux les rencontrer. Aujourd'hui à vingt et une heures. Sinon je vous livre à la police. Les films, la prostitution… Tu sais qui je suis, Olga ?

— Je ne sais rien, moi, s'exclame Olga en russe en se rapprochant de la chambre, sans doute pour s'y réfugier.

Oulianov passe au russe.

— Demande à ceux que tu connais : mon nom est Oulianov. Cherche à savoir si on se souvient de moi ! J'ai été au KGB, j'ai été un *spetsnaz*. Tu te rappelles encore ? Tu dois avoir la trentaine, tu n'as pas le droit d'oublier ton pays.

Olga écarquille les yeux.

— Tu ne voudrais pas que je m'en prenne à toi, n'est-ce pas ?… demande Oulianov. Je pourrais te parler du clan Koba, mais avoue que ça ne te ferait pas plaisir. Il se remet à parler en portugais en regardant d'un air menaçant les deux femmes, l'une après l'autre : location clandestine de chambres, prostitution, films pornos, homicides, évasion fiscale ! De sa bouche sortait un tonnerre d'accusations qui se propageait au-delà de la porte détruite. Il y a là de quoi occuper toutes les polices, le Service des étrangers et des frontières, le fisc ! C'est ce que vous voulez ?

— Non, non ! Parlez moins fort, demande Paula. Olga n'arrive pas à parler. Elle est d'une pâleur transparente.

Oulianov se tourne vers elle.

— Rendez-vous à l'endroit où ils ont tué Irina. N'oublie pas !

Olga acquiesce de la tête. Paula, livide, se colle au mur pour ne pas tomber. Lui tournant le dos, Oulianov se dirige vers les escaliers, laissant la porte ouverte. Puis il donne un coup de pied dans la serrure qui glisse sur le palier et va heurter une autre porte, qui s'ouvre. La tête d'un homme apparaît, il a l'air surpris, il porte une cravate, mais Oulianov descend déjà les escaliers et disparaît.

2

MultiAction Multimédia – le nom de l'entreprise avait été divisé en trois mots et formait un triangle comportant un point d'exclamation au centre. C'est Lourenço qui en avait eu l'idée, son père avait aimé, il avait même trouvé que ça pouvait ressembler à l'un des symboles les plus connus de la maçonnerie : « Ça nous apportera des clients », avait-il dit. Quant au nom, il disait tout : danger, action, multimédia, divertissement. Ou presque tout : rien sur le *core business* de l'entreprise, ni sur les films pornos qu'ils réalisaient eux-mêmes. Lourenço et Alberto pensent que leur père est au courant et qu'il ne veut pas s'en mêler.

MultiAction Multimédia aurait pu être une grande entreprise, à l'image de celles que leur père avait montées mais, par la suite, et en cela aussi Lourenço avait échoué, elle n'avait produit que des jeux vidéo de troisième catégorie, des films d'action de piètre qualité, des films pornos importés et enfin, des films pornos amateurs, tournés un peu n'importe où. Même lorsque les capitaux n'avaient pas manqué pour réaliser des projets de plus grande envergure.

L'entreprise, avec sa boutique en rez-de-chaussée et un sous-sol aménagé en bureau, était fermée au public. Il y avait bien une enseigne, sur une plaque de métal à côté de la sonnette. Des travaux luxueux avaient été effectués, des bois nobles posés ainsi qu'un revêtement en marbre montant à mi-hauteur sur les murs de la boutique et de l'escalier en forme de L qui descendait au sous-sol. Mais il leur fallut peu de temps pour se rendre compte que l'emplacement du magasin, dans cette zone résidentielle du quartier Alto do Pina près de Fonte Luminosa, n'était pas idéal pour faire commerce de films pornos. Pas même les jours de manifestations, les participants consacrant leur énergie aux sifflets et aux applaudissements.

Avec le temps, le sous-sol fut transformé en réserve où étaient stockés les films et la documentation théoriquement importante. Alberto était arrivé plus tôt pour mettre dans la voiture les papiers qui le concernaient et jeter le reste dans la baignoire de la salle de bains. Silveira arriva une heure plus tard. Alberto ne lui parla pas du départ pour l'Argentine et lui présenta l'affaire sous le meilleur jour possible. Silveira accepta les conditions. Les papiers furent disposés sur la table de réunion, qui avait été nettoyée à cet effet, et ils attendirent Lourenço. En l'entendant introduire la clé dans la serrure,

Alberto monta les marches quatre à quatre pour l'accueillir et lui fournir l'information essentielle.

— Silveira est en bas. Il a tout accepté. Il ne reste plus qu'à signer.

Lourenço sourit.

— Super ! Il entre, referme la porte et fixe son regard sur la main droite d'Alberto qui tient le pistolet. C'est pour faire quoi ça ?

— Moi, je le distrais et toi tu le descends ! Lourenço s'adosse à la porte.

— Encore ? Tu veux le tuer maintenant ? À quoi bon, l'affaire est conclue ? Tue-le toi-même !

— Mais il vaut peut-être mieux. S'il se met à faire des siennes…

— Il n'y a pas de mais ni de mieux qui tienne, Alberto ! Pour l'amour de Dieu !

Alberto hésite. Il range le pistolet dans sa poche et observe Lourenço.

— Tu as l'air bien décidé aujourd'hui…

— J'ai déjà tué une femme et aujourd'hui…

— *Tu en as tué une autre ?*

— Non. J'ai enfin dit à la mienne que je partais en Argentine avec toi pour régler des affaires de famille et que j'y resterais. Lourenço soupire. Même qu'elle a trouvé ça bien !

Alberto sourit et hausse les épaules. Ça ne lui semble pas très important.

— Donc je peux aussi affronter Silveira sans avoir besoin d'une arme, dit Lourenço. On va parler à notre ami ?

Alberto est sur le point de lui demander s'il a aussi l'intention d'« affronter » leur père mais il se tait et le suit dans les escaliers, un sourire moqueur aux lèvres. Dans le local en bas, des étagères avec des cassettes vidéo et une petite pièce où se trouvent le trépied d'une caméra, un projecteur, un lit avec un matelas, des draps pliés, deux canapés et deux cartons avec des mouchoirs en papier. On y avait déjà fait quelques tournages. À côté d'une table couverte de documents, une télévision avec un magnétoscope. On voit sur l'écran un homme avec un masque de lion lui couvrant toute la tête s'efforcer de montrer qu'il pénètre avec amour une femme totalement nue. Silveira, spectateur attentif, se retourne pour saluer Lourenço.

— Salut ! Je montrais à ton frère mon tout dernier chef-d'œuvre. C'est bien filmé, non ?

Lourenço observe Alberto qui regarde la télé. Silveira avait bien choisi son moment : la caméra recule, montrant les coussins en velours autour du couple ainsi que deux hublots d'un bateau. Puis retour sur l'accouplement. L'homme et la femme commencent à s'activer plus rapidement. Alors qu'en fond sonore s'entendent toujours les gémissements des deux protagonistes, l'image est remplacée par intermittence par un plan de vagues frappant la proue d'un bateau, leur yacht, puis par un plan rapproché de l'homme, toujours couvert de son masque, en train d'éjaculer. Lourenço fixe Alberto en haussant les sourcils.

« Mauvaise idée », pense-t-il. Alberto éteint la télé et dévisage Silveira.

— Tu vas couper l'image des vagues et du yacht. Je ne veux pas qu'on voie les hublots. Quant au reste… Bon, j'aurais pu m'en servir comme carte de visite, mais c'est fini tout ça. Bien fini.

Silveira se met à rire.

— Mais t'es vraiment pas mal, non ? Il ne restera que l'image où tu jouis. Tu veux ?

— Ne sois pas stupide, Silveira ! Quelle connerie !

— C'était juste un effet artistique, cette image des vagues ! Silveira retire la cassette du magnétoscope. Mais bon, d'accord… Il ne faut jamais déplaire à l'acteur ni au producteur, surtout s'ils sont une seule et même personne…

— Ça suffit, Silveira, l'interrompt Alberto. Allons à l'essentiel !

Silveira hausse les épaules. Alberto désigne les papiers sur la table.

— Comme convenu, tu gardes MultiAction. Ainsi que tous les films en magasin et le matériel. Tu continues à faire les films que tu veux. Tu lances sur le marché ce qui est prêt à être commercialisé. Voilà la somme sur laquelle on s'est mis d'accord pour la vente de la boîte et de ses actifs. Mon frère va signer, lui aussi. Notre avocat a les pleins pouvoirs pour s'occuper de tout, y compris du transfert de l'entreprise à ton nom. Ton chèque couvre la moitié du montant de l'ensemble et de ce que tu tireras des films en circulation, il sera débité dans quatre-vingt-dix jours. Et pour les films que tu es en train de terminer, nous n'y figurons plus Lourenço, Rick et moi. D'accord?

— C'est ce qui a été convenu, répond Silveira.

Alberto montre à Silveira et à Lourenço où ils doivent signer. Silveira retire un chèque plié d'une poche de son gilet et le remplit.

— Dans quatre-vingt-dix jours, c'est ça? il regarde Alberto.

— Nous sommes des hommes de parole, n'est-ce pas? Alberto range le chèque et montre sur le sol un sac portant une marque de supermarché. Il manque ça.

Silveira prend un air dépité.

— Ça, ça devrait me valoir une réduction de dix pour cent!

— Décide-toi, ordonne Alberto. Tu sais que c'est toi qui y gagnes dans cette affaire.

Silveira se dirige vers une étagère d'où il sort des boîtes de cassettes vidéo. Elles ont toutes le même titre, accompagné d'une faucille et d'un marteau stylisés, *Les Cu-missaires du KGB*, et la même actrice, la femme qui a disparu sur le bateau cette nuit-là avec Alberto et Lourenço. Patiemment, Silveira ouvre les boîtes en plastique, une par une, en retire les cassettes et arrache les bandes. Alberto et Lourenço font de même. L'opération dure près d'une demi-heure, les trois hommes remplissent la baignoire de la petite salle de bains d'un enchevêtrement de bandes magnétiques et de jaquettes de cassettes vidéo. Par-dessus, comme s'il s'agissait d'un arrosage au champagne, Alberto verse le contenu bleu de deux flacons en plastique qu'il sort du sac de supermarché. Il regarde Silveira.

— Tu es sûr que tu n'as pas le master de ce film ? Silveira, qui observe tristement la baignoire où les images de la Russe disparue et du corps d'Alberto vont se consumer dans un autodafé improvisé, essaie de se rappeler où il a mis le master, mais il ne s'en souvient pas ; il n'est pas chez lui ni au laboratoire qu'on lui laisse parfois utiliser. Il secoue la tête : *non*.

— Feu ! lance Alberto. Silveira sort un briquet en plastique jetable d'une des poches de son gilet.

— Tu sais bien que je n'ai jamais gardé les originaux. Tout ce qu'il y avait des films qu'on a faits a été détruit. Je n'irais pas prendre de risque...

— Mais tu as quand même gardé un bout de film que tu as offert à la fille. Alberto allume son briquet. Et nous, on n'était même pas au courant. Tu voulais voir si tu pouvais te faire ton propre bénef ?

Silveira pâlit, mais il répond sans ciller.

— Non. Je n'ai jamais fait ça...

Alberto approche le briquet des bandes magnétiques qui s'enflamment rapidement. Les flammes se propagent dans la baignoire lentement, consumant le liquide bleu, recommandé en particulier pour la fondue et pour d'autres usages domestiques car il ne sent pas le pétrole. Mais l'odeur de la pellicule qui brûle, personne ne peut l'éviter.

Silveira regarde Alberto. Il est énervé.

— D'ailleurs, je pense que je devrais savoir ce qui s'est passé… dit-il.

Alberto se retourne vers lui. Il a la main dans la poche de sa veste, le volume de la poche augmente soudain. Lourenço fait un pas en avant. Il ne veut pas de nouveaux problèmes et est décidé à les éviter.

— Qu'est-ce que tu veux savoir, Silveira ? demande Alberto en haussant le ton.

Silveira lui répond sur le même ton, il ne cache pas sa colère.

— Ce qui est arrivé à la fille, à la Russe. Parce qu'il lui est arrivé quelque chose, Alberto. Et vous êtes impliqués. *Tous les deux*…

Alberto dévisage Lourenço, qui secoue la tête. Il a l'impression qu'il se dirige vers un précipice sans même s'en rendre compte. Silveira va trop loin. Il a envie de lui dire de se taire, mais il sait qu'il vaut mieux comprendre ce qui se passe dans sa tête.

Mais Silveira n'en reste pas là.

— Elle a été filmée avec vous deux en train de la baiser et même si vous aviez des masques, et Rick aussi, elle savait qui vous étiez. Quand j'ai fini de tourner, elle s'est habillée et a dit qu'elle voulait s'en aller. Tu as dit que tu allais à terre avec Lourenço et tu lui as proposé de l'emmener. Elle a accepté. Ensuite… Silveira ouvre les mains, un geste qui en disait long. Elle a disparu, n'est-ce pas ? Il y a le sang sur le quai. Il y a son mec qui se pointe chez Paula pour la menacer et que nous avons… essayé de freiner dans sa lancée. Vraiment, Alberto, il y a des choses que j'aimerais bien éclaircir !

Alberto sort son pistolet de sa poche et vise le visage de Silveira qui semble, au début, ne pas comprendre ce qui se passe. Lourenço les fixe, l'air paniqué.

« Je le tue, je mets le feu et il crame ici dans la baignoire », pense Alberto en appuyant le canon de son revolver sur la tempe de Silveira.

— Les réponses à toutes tes questions sont dans ce pistolet. Si j'appuie sur la gâchette, je te réponds. Tu veux des réponses ?

Silveira pâlit et recule. Mais Alberto ne le laisse pas s'éloigner, il pointe le revolver entre ses deux yeux. Lourenço lève les mains.

— Alberto, il y a des papiers signés, il y a des choses qui laissent des traces…

Silveira semble se recroqueviller. Il dévisage Lourenço, puis Alberto.

— Vous êtes sortis avec Irina du yacht, je ne sais rien de plus. Ton frère a raison : tout est réglé.

Lourenço pose la main sur le bras tendu d'Alberto.

— Ça suffit, OK ?

Alberto écarte légèrement le revolver de la tête de Silveira et appuie sur la gâchette, sans le quitter du regard. C'est ainsi qu'il manifeste son pouvoir : l'explosion de lumière, le bruit du coup de feu et la peur qui projette Silveira à terre, les mains sur le visage, avec des couinements de détresse. L'odeur de poudre domine celle des bandes brûlées. La balle va se loger dans un mur, entre les cassettes. Lourenço se baisse. Il écarte les mains de Silveira qui se protège le visage, lui dit de se taire et constate qu'au bord de son œil droit, la peau a été noircie par la poudre. Mais il n'y a pas de sang. Il fixe Alberto.

— Je ne vois rien, je n'entends rien… gémit Silveira qui commence à se relever, portant à nouveau les mains à son visage.

— Encore heureux ! s'exclame Alberto qui leur tourne le dos et monte l'escalier.

Lourenço aide Silveira à se relever.

— Va-t'en, lui conseille-t-il. La balle n'est pas passée loin, mais tu t'en remettras… Va-t'en. Et arrête de provoquer Alberto !

Silveira, tremblant, va chercher les papiers, la main gauche posée sur son visage. Il regarde la baignoire fumante, puis Lourenço.

— Fais attention à toi, dit-il. Je n'ai jamais vu ton frère comme ça.

Lourenço hausse les épaules et suit des yeux Silveira qui monte les marches. Puis, voyant la fumée qui continue à monter de la baignoire, il se dit que quelqu'un doit rester là pour tout nettoyer. L'odeur le gêne. « J'adore l'odeur du napalm le matin », pense-t-il. C'est dans quel film ? Sa mémoire lui fournit la réponse, *Apocalypse Now*, lorsqu'un portable se met à sonner dans la boutique au-dessus.

Lourenço grimpe l'escalier et voit Silveira qui regarde, hésitant, l'écran de son téléphone puis son frère.

— Réponds, le défie Alberto, la main dans la poche. Silveira le regarde, il hésite. Alberto sort le pistolet de sa poche. Silveira répond : c'est Paula, elle crie. Il a mal à la tête, à son œil gauche aussi, l'oreille, ça va mieux. La porte donnant sur la rue est tout près. Mais les cris de la femme gâchent tout. Silveira regarde la serrure de la porte, puis Alberto et essaie de se concentrer sur ce qu'elle lui dit : *un autre Russe est venu.*

La voix d'une autre femme, plus lointaine prononce des mots, mais en russe. Est-ce Olga ?

Silveira tourne le dos aux deux frères, comme s'il pouvait dissimuler l'appel. C'est comme dans un film, se dit-il : une Russe disparue, probablement assassinée, un Russe tué sous ses yeux à coups de pied et de poings, une Russe hystérique qui avait refusé de se laisser filmer, un Russe capable de défoncer une innocente porte d'appartement et qui dit qu'il est du KGB… et un capitaliste irresponsable un pistolet à la main.

— Bon sang, Paula, murmure Silveira, quand la femme cesse de crier. Je commence à en avoir marre des Russes. Calme-toi… Et dire qu'on a été au PC, quelle merde ! Paula se remet à crier. Je vais régler ça, OK ? Reste calme, mets Olga à la porte et trouve une serrure solide. Et ne raccroche pas… tout de suite. Il regarde Alberto.

— Qu'est-ce qu'il y a ?

Silveira soupire. Il doit raconter ce qui se passe, parce qu'il ne peut pas régler cette histoire tout seul.

— Un autre Russe, un autre problème. Il est allé là-bas et a dit qu'il veut nous voir ce soir à vingt et une heures. Il a précisé : « À l'endroit où ils ont tué Irina. » Il prétend s'appeler Oulianov et avoir appartenu au KGB ! Qu'est-ce que je réponds ?

Lourenço regarde Alberto. Les choses se compliquent. Mais son frère sourit, le pistolet de nouveau à la main. Il hausse les épaules.

— Dis-lui qu'on y sera. Qu'elle confirme le rendez-vous. Silveira reprend son portable et le porte à son oreille.

— On y sera, Paula. On parlera après. Il raccroche et regarde Alberto. Il ne peut se contenir : Vous l'avez vraiment tuée, alors... Putain ! Il regrette aussitôt ses paroles.

Lourenço secoue la tête : « Quel idiot ! » Alberto est tout près de Silveira qui recule en voyant approcher le pistolet. Au moment où Alberto tire les deux coups de feu, Silveira a atteint l'escalier en criant, il rate une marche et va heurter le mur sans réussir à s'agripper à la rampe, replié sur lui-même, il roule dans la seconde volée de l'escalier.

Lourenço s'approche. Le L de l'escalier l'empêche de voir ce qui se passe, mais aucun bruit ne monte du sous-sol.

— Va voir, dit Alberto. Lourenço le regarde et obéit à l'ordre, il descend les marches.

Alberto avait touché le bois du mur mais pas Silveira, qui était à terre, en bas de l'escalier, tout recroquevillé, la tête sur le côté. Lourenço se baisse et voit ses yeux ouverts, inexpressifs et du sang dans la bouche. Il tâte son pouls. Il est mort. C'est la chute qui l'a tué, pas Alberto. Il a envie de dire à son frère : « Tu l'as raté. » Mais il se tait.

— Alors ? demande Alberto.

— Il est mort, répond-il. Les balles sont dans le mur. Il s'est tué en tombant.

Alberto hausse les épaules avec un sourire.

— C'est toi qui gagnes, Lourenço. Toi, tu as déjà tué quelqu'un, alors que moi, je n'ai fait qu'aider deux personnes à mourir.

Lourenço ne l'entend même pas.

*

Les balles retirées du revêtement en bois, l'escalier et le sol nettoyés, le corps de Silveira fut transporté dans la voiture de Lourenço, soutenu par les deux hommes, comme s'il s'agissait d'un ami souffrant. Ils le posent sur la banquette arrière et roulent à travers l'un des rares secteurs encore agricoles, qui s'étend le long de la dénommée vallée de Chelas, entre les lotissements colorés aux noms de lettres et les immeubles hétéroclites d'Olaias. Ils déposent le corps dans un petit bois, paradis matinal des toxicomanes.

Alberto se tourne brusquement vers Lourenço

comme s'il venait seulement de prendre conscience de ce qu'avait dit Silveira.

— Oulianov, du KGB.

Lourenço se retourne vers son frère, il ne comprend pas.

— Silveira a dit que le Russe s'appelait Oulianov et que c'était un agent du KGB, dit Alberto. Parmi les milliers de Russes qui arrivent depuis des années au Portugal, il doit bien y avoir un agent du KGB qui n'a pas fait là-bas pire que certains de nos policiers ici. Mais… Oulianov ? Tu sais qu'Oulianov était le véritable nom de Lénine ? Vladimir Illitch Oulianov.

— Tu crois que c'est un nom de code ?

— Non, Lourenço – les yeux d'Alberto brillent –, je pense que ça va nous aider ! Pour qu'il s'identifie de cette façon, c'est qu'il sait qu'il est connu. S'il est connu dans la communauté russe, il doit bien y avoir quelqu'un pour le connaître, dans d'autres milieux…

Lourenço ne dit rien.

— Ce client du Dance Spring, le gros, Severiano, à qui je présente de temps en temps certaines de nos amies… Alberto sourit. Tu sais qu'il est de la PJ. Peut-être qu'il a des informations sur ce mystérieux émule du vieux Lénine.

— Et peut-être aussi qu'il pourrait t'apprendre à mieux tirer, non ?

Alberto ne répond pas.

3

De l'autre côté de l'aristocratique Avenida de Roma, Oulianov voit la blouse blanche de Nadja sortir de derrière la vitrine de la pharmacie, il lui fait un signe discret et avance de quelques mètres jusqu'à une porte plus large, ouverte, devant laquelle il s'arrête.

L'expression de Nadja ne change pas. Elle a son air tout ce qu'il y a de plus professionnel. À Moscou, engagée dans une carrière de chirurgien qui semblait prometteuse, elle avait commencé à pratiquer quelques opérations. Elle riait beaucoup. Dans ce nouveau pays, elle avait cessé de rire. Dans les différentes pharmacies où elle a travaillé, son visage n'a jamais rien laissé transparaître de son humeur.

Elle remet le sac à Oulianov et lui dit :

— Antibiotiques, analgésiques, compresses, désinfectant, bandages. C'est ce que j'ai pu trouver.

Oulianov la remercie.

— … Et je ne veux pas savoir ce qui t'est arrivé, Serguei. Nadja est la seule personne à l'appeler par son nom. Même sa sœur ne le faisait pas. C'est un souvenir agréable. Je t'ai aidé, je t'aide. Je ne veux pas de problèmes avec les autorités. Je ne veux pas non plus qu'Anton ait des problèmes.

Oulianov a envie de lui demander si elle se rappelle que le nom d'Anton n'a jamais été prononcé lorsque Koba et sa bande ont été arrêtés, mais il se dit que ce n'est pas la peine. Et la seule question qu'il veut lui poser est essentielle, elle ne peut rester sans réponse.

— Tu ne me reverras plus, dit-il, en la regardant dans les yeux. Mais je veux te remercier.

Nadja va lui tourner le dos mais Oulianov l'en empêche d'un geste qui essaie d'être doux.

— Réponds à une question.

— Je ne répondrai pas s'il s'agit de nous deux ou d'Anton, dit-elle sèchement.

— C'est à propos de Koba. Nadja recule.

— Anton a dit que je méritais une piqûre. Koba a été attaqué avec une seringue contaminée en prison, il est sur le point de mourir.

Nadja réussit à sourire.

— Ici, il y a des seringues partout, Serguei. Et ceux qui les utilisent les rapportent à la pharmacie. Nous avons des boîtes en plastique pour les recueillir sans avoir besoin de les toucher. Je ne comprends pas ce qu'Anton voulait dire.

Oulianov la laisse partir. Il n'avait pas dénoncé

certains collaborateurs non opérationnels du clan Koba car ils n'avaient jamais commis de violence : Nadja, Anton, Maxim… et d'autres. Aurait-il mal fait ? Il ne veut pas savoir. Il voit Nadja revenir à la pharmacie, baissant la tête pour qu'on ne voie pas sa grande taille, pour qu'on ne la remarque pas. Ses yeux lui avaient tout dévoilé : Nadja avait fourni la seringue que quelqu'un s'était chargé de planter dans Koba.

La zone forestière du barrage de la rivière Mula est immuable.

Ceux qui passent sur la route entre Sintra et Cascais sans bien connaître la région ne savent pas que dans cette zone protégée, à l'écart des routes très fréquentées et des habitations, se trouve une vaste étendue sauvage et mystérieuse qui peut cacher de simples amants ou des paysages bucoliques autour d'un lac dont les berges sont couvertes d'une dense végétation. C'est un autre monde, loin de tout, vers lequel, trente ans après la nuit où ils avaient naïvement pensé que la jeune fille se noierait, Alberto entraîne Rick, malgré toutes ses résistances.

Ils s'arrêtent dans une clairière au sol sableux au bord du lac. Alberto pose sur une pierre son pistolet ainsi qu'une boîte contenant des balles et regarde son cousin.

— C'est là. Personne n'entendra les coups de feu. Apprends-moi à tirer, j'en ai besoin.

Rick secoue la tête. Il lui avait bien dit qu'il n'était pas instructeur quand de bon matin, trop tôt à son goût, Alberto l'avait tiré du lit.

— J'ai besoin que tu m'apprennes à tirer et à ne pas rater ma cible, dit Alberto en regardant Rick en même temps qu'il revoyait la scène où Silveira dégringolait l'escalier, échappant à ses balles, et qu'il se rappelait le sentiment de frustration qu'il avait alors éprouvé.

Une heure plus tard, ils étaient sur le barrage de la rivière Mula. Rick est ébranlé et inquiet : il se rappelle Maria João Sampaio, surnommée Janeca, les événements de cette époque, trente ans plus tôt, et ce souvenir, associé à l'image d'Alberto devant lui, un pistolet à la main, lui fait peur. La vie réelle est une chose, le cinéma en est une autre.

— Trouve une cible et montre-moi comment tu fais, dit Alberto en lui tendant le revolver.

Rick a envie de lui dire qu'il n'a jamais tiré pour de bon, que dans les films on utilise des balles à blanc, des balles vides : sur un plan, la personne tire, sur le suivant, la poche de faux sang éclate sur le corps de la victime et généralement on ajoute le son après. Mais sa réputation ne lui permet pas de dire ça… et Alberto doit sûrement être au courant.

Rick cède : il regarde Alberto et prend le pistolet. Il cherche une pierre ou un tronc, se dit qu'ils auraient dû apporter des bouteilles. L'endroit est sûr, même si on entend les coups de feu, on ne saura pas d'où ils viennent.

Alberto aligne une série de petites pierres sur la branche la plus basse d'un arbre. Il observe les cibles et recule.

— Allons-y, dit-il.

Rick introduit prudemment les balles dans le chargeur. Ça, au moins, il sait le faire, ce n'est pas dangereux. Puis il écarte les jambes, tend les bras, appuie sa main droite qui tient le pistolet sur son bras gauche, vise et tire six fois de suite, sans se rendre compte que chaque secousse modifie la position du revolver. Alberto regarde Rick puis les pierres : aucune balle n'est passée suffisamment près pour changer en quoi que ce soit leur équilibre. Finalement, Rick est pire que lui, se dit-il. Ou peut-être l'a-t-il fait exprès ?

— Je ne sais pas ce que tu as en tête… mais tu veux que je continue ? demande Rick.

La sonnerie du portable empêche Alberto de répondre. C'est un message de Conan avec un numéro de portable.

— Je ne sais pas, t'es vraiment pas doué, dit-il à Rick, l'air dédaigneux.

Rick hausse les épaules.

— Ne tire plus, maintenant. J'ai besoin de silence et aussi d'économiser les balles, dit Alberto en composant le numéro en question.

Rick s'adosse à un arbre, pose le revolver sur une pierre, le nettoie avec le mouchoir et observe son cousin.

Alberto s'éloigne de quelques mètres. L'homme

tarde à répondre. Au Dance Spring, il est expansif et euphorique mais, dans le calme des bureaux, il est peut-être sacrément ennuyeux. Alberto essaie d'imaginer ce que ferait son père dans une telle situation et il se rappelle le ton aimable mais toujours ferme qu'il prenait quand il devait négocier des affaires difficiles. À l'autre bout, un homme répond. Le numéro d'Alberto, qui n'est pas caché, ne lui dit rien. Mais sa voix est claire :

— Ici Alberto Teles, cher Severiano. J'ai besoin de votre aide.

Alberto pense à ce que cet homme lui doit, tandis qu'il attend sa réponse : il lui a présenté un inoffensif vendeur de drogues douces pour une soirée de swing, il lui a présenté trois de ses amies et clientes, il a fermé les yeux sur une facture de mille et quelques euros, il lui a prêté de l'argent pour qu'il embarque une des habituées du Dance Spring, il l'a ramené chez lui trois fois quand il était trop soûl pour trouver un taxi tout seul, il a demandé à Conan d'assurer sa protection quand trois hommes avaient voulu lui régler son compte. Il finit par entendre sa voix.

— Je vous écoute.

Alberto lui dit ce dont il s'agit et murmure un nom : Oulianov. La réponse est longue et satisfaisante. Raccrochant, Alberto se tourne, triomphant, vers Rick et s'exclame :

— Bon, tu es libre !

Rick s'écarte de l'arbre, surpris. Il n'aime pas les

changements d'humeur subits de ses cousins. Et si ceux de Lourenço sont acceptables parce qu'ils prêtent rarement à conséquence, ceux d'Alberto peuvent parfois tout changer.

— Tu as renoncé à une carrière dans les armes ? demande-t-il.

— Les armes vont être différentes, répond Alberto, ramassant le pistolet et les munitions. Il se rappelle Janeca. Rick aussi doit s'en souvenir. Il faut qu'on parle d'autre chose. J'ai une affaire à te proposer, parce que Lourenço et moi on va retourner en Argentine…

Le regard stupéfait de Rick trahit sa pensée : *d'autres ennuis ?* C'est sûr. Alberto est prudent mais direct.

— Changement d'air. Nous allons nous plier à la volonté de notre père, ton oncle Salvador et faire d'autres choses… mais pas ici.

Sur le chemin de la voiture, Alberto lui dit à quoi il pense sans ranger son pistolet qu'il brandit ostensiblement. Silveira et les filles russes ne sont pas mentionnées. Rick ne pose pas de questions, il se contente de dire oui.

Oulianov compte l'argent qu'il a en poche avant d'arrêter un taxi. Il ne veut pas s'épuiser et la marche de l'Avenida de Roma au vieux quartier de Graça lui prendrait du temps et de l'énergie.

Le chauffeur de taxi connaît la rue que lui indique Oulianov qui lui demande de l'arrêter juste devant la porte d'un magasin d'électroménager où l'on loue aussi des cassettes vidéo, y compris pornos. Mais ces dernières ne sont pas exposées et si elles l'étaient, comme elles ne peuvent pas avoir de photos sur la jaquette, Oulianov ne pourrait même pas reconnaître sur certaines le visage très maquillé d'Irina.

Derrière le comptoir se trouve un Noir aux cheveux très courts, qui regarde à la télévision un programme très coloré et très bruyant. Le magasin est vide. Oulianov respire longuement et entre.

— *Dobri den*, Maxim, dit Oulianov.

— *Dobri den*, Oulianov, répond Maxim en se retournant.

Seuls ses yeux trahissent sa surprise. Son nom d'origine était peut-être Máximo, mais personne ne l'a jamais su. Maxim était allé étudier à Moscou, envoyé par le parti au pouvoir en Angola qui pensait récompenser ainsi son activisme et sa foi dans le marxisme-léninisme. Mais Maxim ne retourna pas en Angola et trouva un poste de conseiller aux affaires africaines dans une structure d'État et quand l'URSS redevint la Russie, il finit par rejoindre le groupe commandé par Koba et l'accompagna au Portugal, laissant derrière lui ses préoccupations idéologiques. En plus de son travail d'interprète et d'intermédiaire entre d'autres secteurs avec lesquels Koba avait intérêt à entretenir ce qu'il appelait des « relations diplomatiques », Maxim développa ses connaissances en électronique et en informatique. Et, comme les autres membres non opérationnels, il passa sous la tutelle d'Oulianov, qui apprit à apprécier ses qualités dans des domaines aussi utiles que les appareils électroniques de surveillance, la conversion d'armes illégales en armes légales, le nettoyage de traces compromettantes des armes après utilisation, les explosifs et la piraterie informatique très sophistiquée. Le laboratoire secret de Maxim se trouve sous le magasin, dans un sous-sol qu'il a lui-même aménagé, où l'on entre par une porte dérobée. Oulianov lui avait dit un jour que cela ressemblait à un abri antiatomique. Maxim l'avait remercié pour le compliment. Maxim sort de derrière son comptoir pour saluer Oulianov. Il pose peu de questions. Oulianov lui dit ce qu'il veut et deux heures plus tard, il sort avec une boîte portant un dessin de presse-agrumes. Maxim le raccompagne à la porte, lui témoignant ainsi sa déférence.

La gêne de Salvador est manifeste. Il est debout dans son bureau, à Chef-d'Œuvre. Il n'a pas apprécié de voir Lourenço entrer et prendre la liberté de fermer la porte, et encore moins ce que lui a demandé son fils cadet.

— Alberto et moi on veut vous parler affaires. Demain, mais pas ici. Ce sera possible ?

Salvador baisse la tête, comme un taureau prêt à foncer. Lourenço se colle contre la porte.

— De quelles affaires, Lourenço ?

— On veut partir en Argentine et… changer de vie ! Faire de l'élevage de bétail et de chevaux.

— Alberto et toi ? Salvador redresse la tête. Il n'a pas l'air de le croire. Il n'aime pas le ton assuré de Lourenço. En plus, il a l'impression qu'ils le poursuivent. La famille de sa femme possède plusieurs propriétés, distantes les unes des autres et il ne sera pas difficile d'en trouver une pour caser ses fils… mais loin de la *finca* où Eduardita et lui ont l'intention d'habiter. Il hésite à répondre, se souvient de la nervosité de son fils sur le chantier et se décide à poser une question. Nous n'avons *aucun problème*, n'est-ce pas ? Ne me dis pas que toi et ton frangin, vous essayez de *fuir* quelque chose ?

Lourenço secoue la tête.

— Demain soir ? Après dîner seulement, dit Salvador. Il ne veut pas les avoir à table. Il doit parler à Eduardita avant de discuter avec ses fils.

— Alberto et moi sommes très occupés. À préparer nos affaires…

— À vous délester ? Salvador regarde le téléphone. Un simple appel à l'entreprise chargée de leurs affaires juridiques et de leur comptabilité lui fournira toutes les informations. Il a aussi des doutes, après sa visite au chantier. Mais est-il bon pour sa santé de comprendre ce qui se passe ? Tu vas renoncer à Chef-d'Œuvre et Alberto va laisser le restaurant et la discothèque ? Et MultiAction ? C'est ça ? Tout, en somme ?

Lourenço acquiesce d'un signe de tête.

Salvador lui tourne le dos et regarde par la fenêtre. À quoi a donc servi l'aide qu'il leur a apportée ?

— Ces affaires sont à vous, dit-il en ménageant une pause pour marquer de la distance. Faites-en ce que vous voulez. Mais ne me demandez plus d'argent. Des conseils et de l'affection, votre mère et moi, nous vous en donnerons. Il se retourne en levant son index droit. Demain. Après dîner. Pour se dire au revoir.

Lourenço reprend son souffle, soulagé.

4

Lourenço entre dans le bureau de Dance Spring. Conan, assis sur le canapé d'angle, se lève et son ombre se découpe sur le mur, menaçante, malgré le sourire de ce géant.

Lourenço le salue. Rick et Alberto sont là eux aussi, ils vérifient les documents : procurations, photocopies, papiers portant des signatures authentifiées, chèques signés – tout est prêt. Leur empire, car ils en ont un eux aussi, est sur le point d'être démantelé. Comme l'avait fait leur père pour le sien.

— Bon, tout y est, dit Alberto. Tu as parlé à Père ?

— Demain, après dîner, on va… leur faire nos adieux. Lourenço desserre sa cravate et ouvre le bouton de sa chemise. Je crois qu'il n'a pas apprécié d'apprendre notre départ. Où est-ce qu'on en est, alors ?

— Conan va garder cette boîte. Alberto regarde autour de lui, souriant. Conan lui rend son sourire.

Mais il va devoir agrandir le bureau et trouver une chaise à sa taille… s'il veut travailler ici, parce que cette pièce est trop petite pour lui ! Rick prend le restaurant et écoule le stock de MultiAction. Il nous paiera plus tard. Il remplace Silveira qui, comme tu sais, s'est désisté… Conan paiera petit à petit. Dans cinq ans, il sera patron. Rick a tout acheté comptant. Tout est réglé. Il ne nous reste plus… qu'un problème à résoudre.

Lourenço jette sur Rick un regard de biais.

— Il est au courant, coupe Alberto. J'ai dû lui raconter qu'il y a un Russe qui fait du chantage à cause de la fille des films qui a disparu. Il vient avec nous.

— Tu vas proposer de l'argent au Russe pour qu'il la ferme ?

— Tu es fou ! Alberto se met à rire. Bien sûr que non. On va lui donner… autre chose !

Lourenço soupire.

— Je ne vois pas comment ça va finir tout ça… Le diable emporte cette maudite Russe !

— Il n'y en a plus pour longtemps, petit frère. Dans trois jours, nous serons en Argentine et nous ne serons plus que des Mendoza, pas des Teles.

— Dieu t'entende, *hombre*, murmure Lourenço. Il se remémore les années passées là-bas, la liberté dont ils avaient joui, l'argent qui tombait chaque fin de mois. Il avait envie de dire à son père, lorsqu'ils discuteraient avec lui, qu'ils allaient changer, mais cela aurait alerté Salvador.

— Ça va être le paradis, *el paraíso*, lui répond Alberto. Rick et Conan se mettent à rire. Lourenço essaie d'en faire autant, mais il reste encore trois jours…

5

Oulianov passe à côté de la première voiture, après avoir traversé la gare en direction du fleuve, et il ne remarque rien. Les gens regardent rarement l'intérieur des voitures en stationnement car ils ne s'attendent pas à voir quelqu'un dedans. Et Oulianov marche, distrait, la main droite posée sur la tête du marteau qui dépasse de sa ceinture, le sac plastique dans la main gauche.

C'est en passant devant la deuxième voiture qu'il remarque un léger mouvement à l'intérieur. Il n'est pas surpris. L'endroit se prête aux rencontres furtives, aux adieux intimes. La seule chose qui détonne et qui l'alerte, c'est un bruit de parasites, caractéristique de deux appareils de radio qui essaient de communiquer entre eux.

Mais Oulianov ne s'arrête pas, il ne ralentit pas le pas, il ne l'accélère pas non plus. S'il le faisait, cela signifierait pour celui qui le surveille qu'il sait qu'il est surveillé. Il réduit le problème à sa plus simple expression : combien ? Parce qu'une radio suppose qu'il y a d'autres personnes dans les parages.

Oulianov s'approche de l'extrémité du pâté de maisons où se trouvent les services de la mairie. Il jette un coup d'œil en arrière en tournant au coin du bâtiment et, faisant face au Tage, il voit plus loin une autre voiture avancer tous feux éteints. Quelle illusion ! l'absence de lumière les dissimule mais le mouvement les trahit.

Il marche quelques mètres de plus et, une fois hors du champ visuel des deux voitures, il se met à courir. La proie, c'est lui, finalement, on dirait. Ce qui indique la supériorité surprenante de l'adversaire. Mais il ne va pas faire ce qu'ils attendent de lui, il doit les prendre par surprise.

Il fait ses comptes. Au moins deux personnes par voiture. Et elles se déplacent de manière coordonnée. Il commence à marcher plus vite. De loin, ils ne verront pas la différence.

La situation avait changé : Evgueni avait été victime d'amateurs, eux sont des pros. Ils peuvent appartenir à deux catégories : une bande organisée de truands ou des forces de l'ordre. Il sait d'expérience que la frontière entre les deux est ténue.

Il s'arrête à côté du portail. Une des voitures amorce lentement un virage. Ses veilleuses sont allumées. Oulianov regarde la chaîne et le cadenas et prend son marteau. Dissimulant son geste en tournant le dos à la première voiture qui s'approche, il casse le cadenas, pousse le portail et entre sur le chantier. Mais il se trouve bloqué car le trou, la porte vers le royaume du Diable, est recouvert de béton – le passage est obturé. Toutefois, le travail est récent et trois coups de marteau suffisent à fissurer la couche de ciment et à briser l'armature métallique.

Atteignant une entrée étroite, Oulianov s'allonge et jette un coup d'œil : l'obscurité, le silence et l'odeur indiquent que rien n'a changé dans le sous-sol.

Oulianov voit les voitures s'approcher. Il respire un bon coup et plonge. Puis il attend.

Il est huit heures et demie et, tout comme lui, ils étaient arrivés avant l'heure prévue. Il avait vu juste lorsqu'il avait dit à Olga de leur donner rendez-vous « à l'endroit où ils ont tué Irina ». Irina avait été agressée et laissée pour morte ici même, au bord du fleuve. Parmi tous ces gens devait se trouver son assassin. Et peut-être l'homme qui avait tué Evgueni. Et d'autres encore parce que finalement, il y a trois voitures.

Dans la première, se trouvent trois hommes. Dans la seconde, deux seulement. La troisième, qui avance plus lentement pour éviter toute mauvaise surprise, a quatre occupants. Toutes les voitures ont leurs veilleuses allumées.

Au bord du fleuve, entre l'ancien parc qui servait de chantier à Chef-d'Œuvre et les pontons des pêcheurs, deux autres voitures sont garées, avec deux personnes dans l'une d'elles.

La première voiture du groupe va jusqu'au bout du quai et fait demi-tour, s'arrête quelques instants à côté du conducteur du véhicule immobile, lui présente une carte avec photo et lui fait signe de s'en aller. *Rapidement*. Le conducteur regarde le passager, un homme, allume aussitôt le moteur et démarre. Sur le quai, seule reste une voiture vide, garée.

La voiture de l'homme à la carte s'immobilise. Les deux occupants en sortent. Les deux autres voitures du groupe font aussi demi-tour et se retrouvent face au portail. Les hommes commencent à sortir. Les conducteurs des trois voitures allument leurs phares et, laissant tourner le moteur, sortent eux aussi. Le chantier prend l'allure d'une scène de théâtre tout éclairée.

Oulianov a vidé le contenu de son sac sur une dalle, un peu plus bas : deux litres de bière, un sac de pain et un autre de fritures, de celles qui avaient tant plu au Diable. Si l'homme des profondeurs ne se montre pas, ça lui servira de provisions, pour plus tard. Oulianov remonte à la surface. Il voit les voitures manœuvrer et se positionner devant le portail ouvert. L'air frais de la nuit lui fait du bien. Mais soudain, les phares des trois voitures s'illuminent comme des soleils et Oulianov se réfugie dans l'obscurité.

Il doit attendre quelques minutes pour réussir à voir, entre ses doigts, ce qui se passe sur le quai.

Il y a neuf hommes en tout. Un groupe de quatre semble diriger les opérations : un grand maigre, un gros plus petit, un autre gros plus grand, vêtu d'un pardessus ou d'une gabardine, les cheveux très bouclés et mal coiffés, un papier à la main ; enfin, le quatrième a l'air plus grand que les trois autres, il est gigantesque, on dirait un lutteur, il est même plus grand et plus large qu'Oulianov.

Les cinq autres ont l'air d'être des policiers, bien entraînés. Les deux truands qui ont tué Irina, se dit Oulianov, doivent appartenir au premier groupe.

Oulianov les examine et pense à ce qu'il peut faire. Il préfère un affrontement direct, il lui aurait suffi d'avoir son NR2 et sa Kalachnikov AK-47, qui lui avaient rendu tant de services en maintes occasions, pour les liquider sans problème. Il pourrait agir injustement en tuant quelqu'un qui n'aurait fait aucun mal à Irina ou à Evgueni. Mais à ce moment-là, pour lui, ils sont tous coupables et méritent la mort. Même s'il devait n'utiliser que ses mains, en ayant recours à ce qu'il avait appris avec *Systema*, il éliminerait facilement ceux qui auraient réussi à éviter les balles ou la lame de son arme préférée.

Il n'a qu'une solution : l'appareil photo que Maxim lui a donné, de grande portée et avec un filtre à infrarouge. Ce sera son arme cette nuit mais le pire, c'est qu'il ne peut pas l'utiliser à cause des phares.

Severiano commence à s'impatienter, tapotant la photo d'Oulianov sur la paume de sa main gauche, il regarde de tous côtés.

— On n'a que deux solutions, finit-il par dire, se retournant vers Alberto. Soit on passe tout ça au peigne fin et on aura besoin de plus de lampes, de plus d'hommes, d'avertir la PSP... et d'une bonne raison. Soit on s'en va ! Vous m'avez demandé de l'aide, je suis venu, j'ai amené un inspecteur de confiance et des agents. Il montre la photo. Ce type est passé par notre unité numéro un, il est venu jusqu'ici, puis il a disparu. Il nous a sans doute vus et il s'est enfui, de peur. Vous voyez bien, mon cher ami, que ce n'est pas un adversaire coriace...

Alberto dévisage Lourenço qui pense à ce qu'il a vu dans le trou et qui préfère ne pas en parler pour ne pas courir le risque d'avoir à y retourner. Il regarde en coin Conan, qui bâille, indifférent, comme si ce dispositif avec tant de policiers mettait directement en cause sa capacité d'intervention. Puis il se retourne vers son illustre client.

— Peut-être qu'il veut nous faire chanter, Severiano. Je croyais qu'il viendrait avec d'autres gens. Si j'étais venu tout seul...

— On aurait dû procéder autrement ! De toute façon, ça montre bien que vous avez affaire à un truand. S'il s'obstine à vouloir gagner de l'argent à vos dépens, à cause de la disparition de sa sœur et parce que vous êtes les derniers à l'avoir vue, on en reparle et je rouvre le dossier. C'est simple. Ce type au nom si suggestif a des antécédents criminels, il est sorti de prison l'année dernière… c'est bon.

Alberto ne répond pas. Severiano a raison, mais il doit régler le problème. *Rapidement*.

— Et si on fouillait tout le coin ? demande-t-il. S'il est venu jusqu'ici et qu'il n'a pas trouvé de moyen de s'enfuir, il doit être encore là…

Severiano le regarde.

— Une demi-heure, concède-t-il en haussant les épaules. Après, on s'en va, je n'ai même pas encore dîné. Il regarde sa montre et appelle sa brigade.

Ce n'est pas la première fois qu'Oulianov se retrouve complètement cerné, entouré d'ennemis qui observent tous ses mouvements. Les phares des trois voitures balaient le terrain et Oulianov sait qu'un seul mouvement suffirait à le faire repérer. Et que l'attention des hommes se portera, tôt ou tard, sur le trou où il se cache.

Oulianov se sent en situation d'infériorité. Malgré le marteau et l'appareil photo qu'il pourra utiliser pour se défendre, il n'est pas armé, contrairement aux hommes qui sont dehors… En temps de guerre, il lui suffirait de deux grenades, d'un pistolet et de son couteau pour avoir de bonnes chances de s'en tirer avec quelques blessures, même si ses adversaires avaient une formation de combat identique à la sienne. C'est pourquoi la seule chose à faire est de rester dans le souterrain. Mais cette situation a des impondérables : il ne connaît pas le terrain et le Diable, malgré la nourriture qu'il lui a apportée, peut ne pas bien l'accueillir et considérer ces hommes, s'ils le poursuivent, comme appartenant à une espèce différente.

Et dangereuse.

Ce dilemme a un nom, comme le sait Oulianov : excès de confiance.

— Il s'appelle Oulianov, il est dangereux, il a déjà tué des gens, il est peut-être armé et doit s'être caché là, derrière les machines, dans la baraque de chantier ou dans le trou, dit Severiano en montrant la photo à ses hommes. Avancez avec précaution, vous savez ce que vous devez faire…

Alberto et Lourenço reculent et Conan se contente de s'éloigner. L'inspecteur et les quatre agents saisissent leur pistolet qu'ils retirent de leur étui ou de leur poche et s'avancent en direction du portail. Lourenço se dit qu'il aimerait bien les voir agir comme dans les films, avec une plus grande précision et un autre type d'armes, mais il se satisfait de la promesse implicite d'être sur le point de résoudre un autre de ses problèmes.

Il se retourne vers son frère et sent un objet lourd, qui porte en lui l'odeur de la nuit où il a tué la Russe, passer entre Alberto et lui, comme s'il les séparait. Alberto tressaille mais Lourenço se contente de suivre des yeux la pierre sombre en forme de cube qui atteint dans le dos un des agents qui s'écroule en criant. Sur ce, les autres se retournent sans voir le nouveau projectile qui fait voler en éclats la vitre arrière de l'une des voitures. Au bruit du choc, ils se jettent tous à terre.

— Là ! crie l'un des agents en pointant le doigt vers le fleuve.

Oulianov entend les ordres de celui qui semble être le chef, puis un cri de douleur, suivi d'autres cris et le bruit caractéristique du verre qui se brise. Encore des cris. Il se décide, il doit avancer. Il pose son appareil photo dans un creux de la roche, sort la tête, voit les hommes se retourner vers le fleuve, met les mains à l'extérieur pour se hisser à la surface quand soudain, une main lui saisit avec force la jambe gauche et il sent l'odeur qui accompagne la voix.

— Non ! Viens avec moi.

Oulianov se retourne. La main du Diable se pose sur son bras gauche. Oulianov glisse mais la force avec laquelle le Diable le retient l'empêche de tomber. Grâce à la lumière venant de l'extérieur, il voit que les cadeaux qu'il a apportés ne sont pas encore ouverts, puis il plonge dans l'obscurité. Il garde le marteau dans sa ceinture et réussit à saisir l'appareil photo.

Ses pieds marchent dans l'eau, sur quelques pierres, une roche lisse et glissante, ses mains touchent les parois en pierre couvertes d'herbes ou d'algues qui ruissellent, puis quelque chose de poilu et soudain, l'obscurité du souterrain laisse place à celle du Tage la nuit, depuis une ouverture que la marée doit recouvrir lorsqu'elle monte.

Et si le Tage est devant lui, les hommes lui font à nouveau face. Il lui reste le fleuve ou bien les ombres du quai. Il se retourne, mais le Diable n'est plus là. Au loin, il entend un cri qui ne lui semble pas sortir d'une gorge humaine, puis une explosion… de verre mélangé à autre chose. Puis une autre. Et encore des cris.

Plaqué contre les rochers, il lève la tête et comprend que l'attention des hommes se porte à nouveau sur le chantier et que les deux bouteilles de bière qu'il avait apportées ont été utilisées par le Diable pour les attirer.

Pendant quelques minutes, les neuf hommes semblent hésiter, certains sont encore agenouillés, d'autres commencent à se relever.

— Des bouteilles de bière, chef, dit l'un d'eux. On dirait qu'ils se fichent de nous.

L'odeur précède à nouveau la voix et un doigt qui ressemble à une griffe accompagne le murmure du Diable à l'oreille d'Oulianov.

— Celui-là, c'est celui qui l'a frappée. L'autre, le plus mince était là, lui aussi. Sur le bateau.

« Utilise-le comme un fusil à lunette » lui avait dit Maxim. Il est très simple à manipuler et, d'après Maxim, d'excellente qualité et d'une capacité augmentée par une carte mémoire. Le flash a été remplacé par un filtre à infrarouges et l'appareil est totalement silencieux. Oulianov vise comme s'il était dans un champ de tir et capte au loin, avec le zoom, les mouvements des hommes sur le chantier, qui entourent le trou, parlent entre eux, font de grands gestes et finissent par désigner à nouveau le fleuve.

— Viens, dit soudain le Diable. Et il le tire, une fois de plus, vers son monde.

Severiano montre le quai du doigt.

— Allez voir si vous le trouvez. Soit il y a d'autres gens avec lui, soit il est tout seul… et il n'a que des pierres à nous lancer. Tirez, s'il le faut.

— Je crois qu'il agit seul, dit Alberto, se rappelant que c'était là que la Russe s'était jetée à l'eau. Il regarde Lourenço et lit de la peur dans ses yeux. Il n'y avait que lui, dit-il en se tournant vers Severiano. Il doit avoir pris la fuite, c'est sûr.

— Certainement. Mais maintenant on ne peut plus rien faire, répond Severiano. Je crois qu'il vaut mieux que nous nous retirions. On parlera plus tard. Heureusement, il n'y a pas eu de blessés et la vitre de la voiture, on la remplacera.

— Et nous ? demande Lourenço, anxieux.

« Nous, on va se débrouiller tout seuls. Du moins, pour le moment », se dit Alberto.

Severiano rappelle ses hommes.

— Il a vu qu'on était nombreux et il s'est enfui. Peut-être qu'il ne reviendra pas, si rien ne lui permet de vous faire chanter. Ou y aurait-il quelque chose? Severiano fixe Alberto qui secoue la tête. Severiano lui tend la main. Ses compagnons s'approchent des voitures.

— Merci, dit Alberto. C'est de circonstance.

— Au revoir, cher ami, répond Severiano, avec un sourire. À la prochaine. Je dois faire mon rapport sur tout ça. Rien d'important, mais il le faut. Allez-y. La PSP peut passer par là et tirer d'autres conclusions. Surtout si elle voit votre ami le géant – il montre la silhouette de Conan qui s'approche.

Les deux voitures de la police judiciaire démarrent. Alberto ébauche un sourire nerveux et se dirige vers l'Audi à pas rapides.

— Allons-nous-en, dit-il, tournant la clé de contact qui proteste, il ne se rappelait pas qu'il avait laissé tourner le moteur. Lourenço s'assied à côté de lui et Conan s'engouffre sur la banquette arrière. La voiture avance.

— On va laisser ce maudit Russe dans la nature? demande Lourenço.

Alberto hausse les épaules.

— On n'a pas le choix, dit-il. S'il fait une autre tentative... on avisera.

Lourenço ne dit rien.

— Il ne peut pas nous identifier. Il n'a que les femmes de Queluz et le... lien entre elles et nous a disparu. Grâce à Conan. Tu piges, Lourenço?

Lourenço acquiesce de la tête.

*

Le Diable examine longuement l'appareil et écoute les réponses, certaines inventées, qu'Oulianov lui donne sur les fonctionnalités de cet étrange objet.

Ils sont à un autre endroit du quai, dans un recoin formé par la gare fluviale, là où ça sent l'urine. L'homme des profondeurs avait disparu dans l'obscurité, tandis qu'Oulianov regardait les voitures partir depuis ce nouveau poste d'observation où tous deux étaient arrivés les pieds dans l'eau. Le Diable était revenu avec la nourriture, qu'il avait commencé à dévorer.

Oulianov avait préparé l'appareil et lui montre, dans le petit viseur, les images qu'il avait captées. L'identification dure quelques secondes : le doigt crochu de la main droite du Diable désigne à nouveau l'homme le plus grand et l'autre plus gros à côté de lui.

— C'est eux, dit-il.

— Tu es sûr ?

— Sûr. Je les ai vus !

Oulianov examine les deux agresseurs d'Irina. Ils avaient été identifiés par le plus étrange des témoins. Et maintenant ?

6

Salvador est assis dans le salon, devant la fenêtre, les rideaux sont grand ouverts, il regarde le brouillard qui enveloppe encore la montagne. Il a l'air serein, mais sa main droite, qui tient le portable, n'est qu'une boule de nerfs contractés. Eduardita s'approche et lui caresse les cheveux.

L'expression de Salvador s'adoucit. Pas ses yeux. Peut-être parce qu'il ne réussit pas totalement à se contrôler. Ils sont pleins de rage et d'illusions perdues. Comme ils l'étaient lorsqu'il l'avait regardée après avoir appris ce que ses fils avaient fait à la jeune Janeca.

— Bonjour Eduardita, dit-il finalement, prenant la main de sa femme sur laquelle il pose un baiser, dans un geste d'autrefois, tout en faisant disparaître son portable dans la poche de son pantalon.

Comment peut-il lui dire que Lourenço lui a téléphoné quelques minutes plus tôt, à neuf heures, pour lui annoncer que le chantier était à nouveau en pleine activité ? Alors qu'il sait par le chef de chantier que son fils n'était pas encore sur place à l'arrivée des ouvriers, à huit heures et demie ? Qu'il existe une étrange coïncidence entre un acte violent supposé s'être produit dans les parages et le comportement de Lourenço ? Et que lui, Salvador doit remettre le jour même le premier versement au conseiller municipal (qui donnera à son tour la part convenue au directeur des services) sans être sûr, une fois de plus, que tout est réglé. Il ne veut plus avoir de doutes, d'obstacles, de problèmes avec ses fils. Malheureusement, ne pas le vouloir ne lui garantit pas qu'il n'en aura pas.

— Allons prendre notre petit-déjeuner, dit Eduardita. Elle voulait l'interroger sur leurs fils, mais elle s'était dit que c'était un peu tôt. Salvador retire machinalement le portable de sa poche puis l'y remet en haussant les épaules. Ils viennent ce soir, comme tu l'as dit hier ?

Salvador approuve.

— Tu crois qu'ils ont encore des ennuis ? demande Eduardita. C'est pour ça qu'ils veulent repartir ? Si c'est le cas, l'Argentine est l'endroit qu'il faut.

Salvador s'assied sur la chaise qu'il occupe habituellement lorsqu'ils prennent leur petit-déjeuner ou un repas en tête à tête dans la petite salle près de la cuisine. La table est bien garnie. Son regard perd un instant de son éclat lorsqu'il lui répond.

— Franchement, je ne sais pas s'il y a des problèmes. Mais je crois aussi que je ne veux pas savoir.

— Ils sont grands maintenant, dit Eduardita en se retournant. Et nous ne pouvons pas les aider plus que de raison. C'est ce que tu avais dit et je suis d'accord. L'éloignement sera bénéfique.

Salvador respire longuement. Des deux, c'est elle, la mère, qui avait le plus souffert. Et encore, elle n'avait jamais tout su. Un tourbillon de souvenirs l'agite.

— Nous avons toujours essayé de les protéger, Eduardita. Chacun à sa manière. Je ne sais pas si nous y sommes arrivés. Tu penses que nous nous sommes trompés ?

— Tu es mon compagnon de tous les jours. Pour toujours. Eux ne le sont plus, répond Eduardita. Et mon pays est grand. C'est à ça que tu penses, n'est-ce pas ? Tu ne veux pas les avoir trop près de nous.

Salvador veut passer ses dernières années loin des problèmes posés par ces deux hommes qu'il a maintenant du mal à considérer comme ses fils. Il avait réussi à atteindre le sommet grâce à sa patience, à son intelligence et non par une force irrationnelle. Et ses fils avaient toujours saboté sa réussite et ses espoirs.

*

Maxim fait des merveilles. En branchant l'appareil sur l'un des ordinateurs, il y transfère les images captées par Oulianov et vide la mémoire de l'appareil. Puis il le nettoie avec un chiffon de flanelle et le range dans son étui. Il manipule calmement, discrètement. Oulianov suit ses mouvements, sans rien dire.

Maxim ouvre les quarante-cinq photos. Les phares des voitures créent des ombres différentes et éclairent bien tous les hommes. Peu de photos sont floues. On distingue bien les visages. Maxim les agrandit et en augmente la netteté. Il réussit même à agrandir la photo qui se trouve dans la main de l'homme aux cheveux bouclés. Il est surpris de voir le visage d'Oulianov, plus jeune, avec la petite barbe qu'il se laissait pousser avant ses années de prison.

Oulianov ne dit pas ce qu'il pense : les adversaires face auxquels il s'était trouvé étaient plus puissants qu'ils ne le semblaient pour posséder une photo de lui, qui avait été prise quatre ans auparavant et archivée. Si cette photo tombait dans de mauvaises mains, elle pouvait être plus dangereuse qu'un Koba fou furieux. Oulianov détourne le regard de son propre visage : il avait trop changé.

— Et maintenant ? demande Maxim.

Oulianov lui dit ce qu'il veut. Maxim copie les quarante-cinq photos, les originales et les images modifiées sur deux CD. Il en imprime cinq sur du papier photo : une de chacun des quatre hommes qui semblaient donner des ordres, toutes agrandies, et une autre des quatre ensemble. Elles sortent de l'imprimante laser en couleurs haut de gamme, rentabilisée par l'impression de cartes d'identité, passeports, visas et autres documents officiels.

L'opération dure presque trois heures. Vers midi, Maxim et Oulianov remontent dans le magasin. Il était resté fermé mais personne n'avait suivi la suggestion de sonner en cas de besoin.

Oulianov met les CD et les photos imprimées dans un sac et regarde Maxim qui secoue la tête.

— Tu ne me dois rien. Tu sais bien que c'est moi qui suis ton débiteur, répond-il en serrant la main que lui tend Oulianov. Bonne chance, mon ami. J'espère ne pas avoir de tes nouvelles par les journaux ou la télé.

Oulianov se contente de sourire.

7

Moura lui dit sèchement qu'il le recevra. À cinq heures.

— Comme ça, tu peux aller travailler et gagner ta journée, ajoute-t-il.

Oulianov ne lui répond pas. Il sait qu'il a perdu son emploi. Mais il ne peut pas le lui dire car les policiers sont des gens inquiets. C'est pourquoi il attend l'heure du rendez-vous avec Moura. Il dépose sur son bureau un petit sac en plastique.

Moura regarde le Russe, méfiant.

— Qu'est-ce que c'est que ça ?

Oulianov ne répond pas parce que la question est rhétorique. Moura sort du sac un CD et cinq photos imprimées. Il les examine en détail tandis qu'Oulianov s'assied sur la chaise qui se trouve devant le bureau. L'une d'elle retient son attention. Moura a pâli, son visage se ferme lorsqu'il le regarde.

— Le disque contient ces photos et bien d'autres encore, dit Oulianov.

— D'où viennent-elles ?

— C'est moi qui ai pris ces photos hier soir, inspecteur Moura, c'est un groupe d'hommes, qui se trouvait à l'endroit où Irina est morte, près de la gare fluviale de Cais do Sodré. Tu reconnais l'endroit, bien sûr. Oulianov tend le bras, lentement pour ne pas effrayer Moura, et étale les photos, comme des cartes à jouer. Il en montre une.

— Ces deux-là ont tué Irina, inspecteur Moura. Ils sont arrivés en bateau à cet endroit, peut-être avec elle, ils l'ont frappée et je pense qu'elle était encore en vie lorsqu'ils l'ont laissée. Mais pas pour très longtemps. Comme ce qu'ils ont fait à Evgueni, bien que je croie que c'est plutôt le Noir qui l'a cogné. Je ne sais pas qui est le quatrième, mais il avait avec lui des hommes qui devaient, à mon avis, appartenir à la police ou à d'autres forces de sécurité. Ils se sont rendus là-bas hier soir… parce que je les y ai attirés.

« Il a agi comme un flic et il a fait ce que nous aurions dû faire, nous », se dit Moura, « même s'il est allé trop loin ».

— Si tu me racontais tout depuis le début, ce serait une bonne idée, Oulianov.

Oulianov tire une feuille blanche d'une pile posée sur le bureau et commence à faire un dessin.

— Ça, c'est le centre de Queluz, inspecteur Moura. Ici, c'est la ligne de chemin de fer. Dans cet immeuble, au cinquième étage en face de l'ascenseur, habite une femme du nom de Paula, qui loue des chambres à des femmes et qui leur sert d'intermédiaire avec un homme au moins qui fait des films pornos et qui n'est pas sur les photos. Irina était une de ces femmes. Une autre, une prostituée ukrainienne qui s'appelle Olga, a attiré Evgueni dans le parc Eduardo VII. Envoie tes hommes sur place et tu découvriras peut-être des choses intéressantes.

— Comment tu sais tout ça, Oulianov?

— J'étais flic, j'ai fait ce que font les flics: j'ai fait une enquête, inspecteur Moura.

« Je me serais bien passé d'entendre ça », se dit Moura.

Il se lève, les photos à la main et regarde Oulianov.

— Je vais chercher à savoir qui sont les trois hommes de la photo, dit-il. Tu m'attends, mais dans une autre pièce.

Oulianov se lève, sans rien dire, inquiet. Il a échappé à un piège mais il a pu tomber dans un autre. Moura l'a toujours traité avec respect, mais il est flic et obéit à qui commande.

Il avance devant l'inspecteur dans le couloir jusqu'à ce qu'ils trouvent une salle vide, meublée d'une table, de trois chaises et d'un vieux canapé. Moura laisse Oulianov et sort, il ferme la porte à clé. La porte est fragile, la serrure encore plus et aucun des murs à la peinture écaillée ne doit avoir de vitre sans tain. Oulianov s'assied sur le canapé. Il va attendre, mais pas longtemps. Il essaie de dormir.

Moura revient plus d'une heure après, seul. Oulianov, qui ouvre les yeux en l'entendant, prend ça comme un bon signe : s'ils avaient voulu l'arrêter, Moura serait revenu accompagné et dûment protégé. L'inspecteur a toujours en main les photos, et quelques feuilles noircies de notes. Son regard semble perdu. Il s'assied à la table et regarde Oulianov.

— Tu peux venir ici ?

Oulianov va s'asseoir sur une des chaises. Moura dispose les cinq photos sur la table.

— Tu ne changes pas, Oulianov. Tu apportes toujours quelque chose, mais tu n'apportes jamais tout… dit Moura. Tu me laisses toujours sur ma faim. Nous avons une femme supposée avoir été assassinée, tu dis que ce doit être ta sœur et son corps n'a toujours pas été retrouvé, même si je pense que tu sais où il est. Oulianov ne dit rien, ne fait pas un geste. Nous avons un autre Russe agressé à mort, ce qui est un autre assassinat. Nous avons peut-être affaire à d'autres trafics, traite des blanches, proxénétisme. Nous avons des films pornos. Ce que tu as apporté justifie l'ouverture d'une enquête. Quant au reste, je vais être tout à fait sincère : ces photos nous posent plus de problèmes qu'elles nous fournissent de solutions.

Oulianov reste silencieux. Moura poursuit.

— Elles ont été prises avec un appareil à haute précision et à infrarouges. On ne trouve pas ce genre de matériel à tous les coins de rue. Tu m'as apporté un CD, et tu dois donc avoir les originaux. Et ces photos montrent des personnes que tu accuses d'être impliquées dans ces activités et en même temps des policiers en pleine opération. Ça fait trop de monde…

Oulianov regarde les photos, puis Moura, comme pour demander qui sont ces gens ?

Moura montre la photo du Noir.

— Cet homme est connu sous le nom de Conan. Il a fait de la lutte libre, il a appartenu aux commandos. Il a travaillé pour une entreprise spécialisée dans la sécurité des personnes, SecurExtra. Il est vigile depuis deux ans dans une boîte de nuit, Dance Spring, qui se trouve sur l'Avenida 24 de Julho, au niveau des Escadinhas da Praia. On dit qu'il a battu à mort un homme lors d'une bagarre dans la discothèque. On n'a jamais rien pu prouver. Il est considéré comme dangereux.

Oulianov pense à Evgueni. Moura désigne les hommes identifiés par le Diable.

— Ces deux-là sont frères. Ils s'appellent Alberto, le plus grand, et Lourenço, le plus petit. Ce sont les fils d'un grand chef d'entreprise à la retraite, monsieur Salvador Teles, un homme influent, qui a beaucoup de relations, un ancien patron de presse qui n'a toutefois pas réussi à s'emparer d'une chaîne de télévision. Il n'y a rien contre lui, mais ses fils ont un casier chargé comme un camion, qui date de leur jeunesse. Ils ont posé beaucoup de problèmes à la société. Ce sont les patrons du Dance Spring qui, à en croire certains, abrite du trafic de drogues douces et de la prostitution de luxe. Ce sont des gens haut placés.

Enfin, Moura pointe du doigt l'homme aux cheveux bouclés qui tient la photo d'Oulianov à la main.

— Celui-là s'appelle Severiano, il est directeur adjoint du département central de lutte contre le banditisme de notre police judiciaire, département auquel j'appartiens et sous l'autorité duquel tu te trouves en ce moment. Qu'est-ce que tu en dis ?

Oulianov reste impassible, tout en se demandant s'il y a d'autres policiers en faction derrière la porte.

— C'est très troublant, Oulianov. Comment un directeur de ce département et certains de mes collègues peuvent-ils être impliqués dans une opération de ce genre, à laquelle tu es toi-même mêlé, sans que la brigade qui s'occupe de cette affaire soit au courant ? Et avec des personnes louches ? Ça va perturber mon chef direct et mes collègues. Tu as de la chance sur un point : s'il n'y avait pas ces trois gars sur les photos, je te garantis que tu ne sortirais pas d'ici !

— Donc je peux m'en aller ? C'est votre problème, maintenant. Oulianov s'appuie sur le dossier de sa chaise légèrement éloignée de la table et lève les mains.

Moura ramasse les photos en le regardant.

— Je ne sais pas… dit-il. On va examiner tout ça. Et toi… Si je ne te connaissais pas, je t'aurais mis en prison pour un jour au moins.

« Je n'ai pas le temps », se dit Oulianov.

— Va au Solar ou rentre chez toi, ne disparais pas et téléphone-moi demain matin. À dix heures précises. Sinon, on ira te chercher. Et ne t'occupe plus de ça. S'il y a eu un crime, c'est notre affaire.

Oulianov se lève lentement. Il sait, d'expérience, que tout cela ne mènera nulle part. Surtout qu'il manque deux choses essentielles qui compliquent l'action des policiers : le cadavre d'Irina et le témoin capable d'identifier les deux assassins, Alberto et Lourenço. Et même si on les trouvait, il y aurait encore l'histoire du Noir. Mais il ne parviendrait pas à amener le Diable à rencontrer Moura et il ne pourrait jamais le livrer à la police. S'il envoyait des policiers sur place, ils ne récolteraient rien. Sinon, peut-être, quelques hématomes. Et les problèmes entre policiers seraient résolus en faveur du chef le plus puissant, celui qui se trouvait du côté des deux frères. Il se contente de dire :

— Je rentre chez moi, inspecteur Moura. Et j'y reste. Il lui offre un sourire soumis, lui tend la feuille qu'il doit signer, ce que Moura fait machinalement, puis il sort, sentant le policier le suivre du regard et conscient que Moura ne croit pas un instant qu'il va rester tranquillement à attendre.

8

Dans certaines conversations qu'Evgueni avait eues avec Oulianov, comme s'il avait besoin de son consentement pour épouser Irina, le petit Russe avait insisté pour qu'ils quittent tous les trois Lisbonne.

Evgueni avait parlé d'autres villes où ils pourraient vivre mieux et avoir un travail plus digne, et il l'avait pratiquement invité à partir avec eux.

Au cours de certaines nuits plus calmes, Oulianov avait pensé que ça pourrait être une bonne décision. Il avait mémorisé les noms qu'Evgueni lui avait donnés et les avait localisés sur une carte. Dans un rayon de cent kilomètres, ils pourraient peut-être trouver une version du paradis…

Mais son inertie et la certitude que Koba s'en prendrait à lui dès qu'il sortirait de prison l'avaient conduit à garder son travail et à rester dans ce lieu où il se sentait protégé, face à la porte et dos au mur, son arme préférée à la main. Puis, presque du jour au lendemain, les choses avaient changé :

Koba avait cessé de représenter une menace et les deux personnes qui désiraient qu'il parte avec elles avaient été assassinées. Oulianov comprit qu'il n'avait plus qu'un seul but dans la vie : faire justice. Comme il se l'était juré, bien des années auparavant.

La conversation avec l'inspecteur Moura le laisse songeur. Il reste un moment à la porte de la police judiciaire, comme par défi, se disant qu'il est sans doute surveillé. Mais Moura, et Oulianov le sait, est un policier presque naïf : il fait confiance aux hommes et au monde. Peut-être est-ce pour cette raison que, bien qu'ayant été fortement troublé par les photos, il avait donné à Oulianov une piste importante. Et ensuite, il l'avait renvoyé chez lui. À sa place, Oulianov ne l'aurait pas fait.

Ce n'est pas encore l'heure du dîner, à laquelle ne viennent que des clients occasionnels et le Solar est presque vide, comme d'habitude. L'un des deux patrons est absent, l'autre se tient debout, appuyé au comptoir, un torchon sur l'épaule, il regarde distraitement la télévision. Il dévisage Oulianov, qui désigne du doigt l'arrière du comptoir.

L'homme s'écarte et Oulianov passe derrière.

Quelques mois après s'être mis à fréquenter cette vieille gargote, alors qu'il se sentait plus à l'aise avec les patrons, Oulianov les avait entendus dire qu'il leur fallait réaliser des travaux et il s'était proposé de les faire lui-même. Une façon de régler son ardoise. Les patrons du Solar avaient accepté et durant une semaine, Oulianov avait rénové l'établissement à moindre coût, transformant cette vieille taverne en un snackbar aux airs de restaurant. Et dans une plinthe derrière le comptoir, il avait laissé un espace où il avait caché deux choses.

Maintenant, est venu le moment de les récupérer. Il y a son couteau favori, le NR2, enveloppé dans un tissu et rangé dans un étui en cuir. Il le sort, vérifie qu'il n'y a plus qu'à le graisser, que le mécanisme est opérationnel, et il le met dans la poche de son blouson. Il n'avait jamais écarté l'hypothèse d'en avoir un jour besoin. Le second objet est une petite bourse en cuir. Ce que l'on disait était vrai et Oulianov le savait car c'était bien lui le gardien de l'or de Koba.

Avant de quitter la Russie, Koba avait remplacé quelques-unes de ses propres dents par de l'or, et du meilleur. Il avait traversé l'Europe avec ce petit trésor, se cachant derrière une tradition qui ne suscitait aucune interrogation. Par la suite, il s'était fait refaire d'autres dents au Portugal et cet or était devenu son trésor personnel, qui s'accroissait peu à peu de ce qu'il volait à d'autres Russes qu'il tenait à sa merci ou qui étaient morts. Avant qu'ils soient tous arrêtés, Oulianov avait confié les deux objets à Maxim. Il les avait récupérés à sa sortie de prison.

Avant de refermer le trou, Oulianov verse la moitié de l'or dans sa main droite et la referme. Ce sont de petits morceaux qui, pour la plupart, ne ressemblent pas à des dents, il y a même des bagues et quelques pièces de monnaie. Puis il tend la main au patron du bar qui réagit instinctivement en lui tendant la sienne. Oulianov lui dépose l'or dans la main.

— C'est pour vous, dit-il. Je vous remercie, votre frère et vous. Je ne reviendrai pas.

— Mais nous sommes ouverts... dit l'homme. Il croit qu'il ne reviendra pas ce jour-là, mais les adieux d'Oulianov sont définitifs.

En arrivant chez lui, il étale sur son lit le plan de Lisbonne qu'il avait acheté à son arrivée au Portugal. Il cherche, à partir du Cais do Sodré, en longeant l'Avenida 24 de Julho, la dénomination énigmatique « Escadinhas da Praia » vers laquelle l'avait orienté Moura : Conan et les deux frères identifiés par le Diable ont une chose en commun, la discothèque Dance Spring, « Avenida 24 de Julho, au niveau des Escadinhas da Praia »...

Oulianov situe l'endroit : une toute petite rue qui monte vers la partie haute, dénommée Santos-oVelho, dont le nom « Escaliers de la Plage » vient probablement de l'époque où les eaux du Tage arrivaient jusque-là, recouvrant ce qui deviendrait plus tard l'Avenida 24 de Julho. C'est là que Conan et les deux frères devaient se trouver. Rien ne les avait effrayés, ils n'avaient pas de raison de fuir ce qui devait être leur quartier général.

Une fois la cible identifiée, Oulianov pose sur le plan son NR2, une montre, russe elle aussi, avec un grand cadran et une chaînette en acier.

Ensuite, il retire les pansements que Nadja lui

a confectionnés, étale une pommade antibiotique sur ses blessures et avale deux comprimés d'antalgiques. Il met de nouveaux pansements et les fixe par de larges bandes de sparadrap. La douleur sera insignifiante s'il ne subit pas de coup direct. Puis il prend le pantalon le plus épais qu'il trouve, en coupe les jambes et les enroule autour de son torse et de son ventre, en maintenant le tissu par deux pulls serrés. Ce n'est pas un gilet pare-balles, mais ça protège la partie meurtrie.

Il met son blouson, vérifie que les couches de vêtements ne gênent pas ses mouvements et regarde autour de lui. Il était arrivé à Lisbonne en suivant à la lettre les conseils qu'il avait toujours entendus : ne jamais se fixer à un endroit d'où il aurait beaucoup d'affaires à emporter. Ce qu'il a conservé dans cette chambre de la Rua das Flores et qui ne représente pas beaucoup plus que ce qu'il avait déjà à l'époque de la prison rentre dans une valise.

Il repousse le lit et le vieux tapis, soulève une des lattes du plancher. À côté d'un rouleau de billets en euros, il cache la petite bourse contenant l'or qui lui reste.

La montre, il l'attache à son poignet gauche. Le couteau, dans son étui de métal vert, il l'enfile entre son poignet et la chaîne de sa montre, contre la partie interne du bras. La chaîne en acier entoure la montre.

Il met ses vêtements dans une vieille valise, y ajoute le plan de Lisbonne et la carte du Portugal.

Pendant quelques instants, il regarde le livre, très abîmé, qui est posé avec d'autres au-dessus de l'armoire contenant ses vêtements. Il l'avait lu trois ou quatre fois, dans sa jeunesse : *Et l'acier fut trempé*, une épopée patriotique du temps des Soviets. L'édition portugaise ne lui avait servi qu'à mieux connaître la langue, mais elle avait quand même réussi à l'enthousiasmer.

Oulianov revient au bord du fleuve. Il mange en chemin car il doit se nourrir, il boit de l'eau, plutôt que de la bière ou de la vodka. Il calme l'excitation qui commence à s'emparer de lui en regardant le fleuve sombre, comme s'il cherchait à renforcer sa motivation. Il avait appris que toute mission doit avoir un sens et ne pas être accomplie uniquement par obéissance aveugle aux ordres reçus.

Le portail du chantier est à nouveau fermé, par deux chaînes plus solides, il y a encore des voitures garées et on n'entend que le bruit de l'eau clapotant le long du quai. Il n'est pas encore neuf heures. À cet instant-là, l'ombre à laquelle il aimerait faire ses adieux n'est qu'une ombre parmi d'autres.

Oulianov cherche à reconnaître le trou par lequel le Diable et lui sont sortis du souterrain, puis le chemin aux pierres saillantes mais glissantes par lequel ils s'étaient enfuis, mais il n'y arrive pas.

Le secret est bien gardé.

Le jour, personne ne cherche à voir ce qu'il y a à cet endroit. Et la nuit, le regard est attiré par le pont, au loin, par les lumières, elles aussi éloignées.

À moins de savoir ce que l'on cherche, on ne peut pas identifier les portes quasi magiques ouvrant sur un monde inimaginable. Ni le lieu où repose sa sœur, comme dans un tombeau. C'est ainsi qu'Oulianov pense à elle lorsqu'il se met en chemin. Dans l'enfer qu'est la vie, la tranquillité du monde souterrain sur lequel règne le Diable peut être le paradis.

Assis sur un coin de la table du petit bureau de Dance Spring, Alberto regarde Rick et Conan, puis sa montre et marque une pause.

— Il est neuf heures et je dois retrouver Lourenço pour aller chez nos parents, dit-il. Mais d'abord, je dois vous raconter une chose, que je n'ai comprise qu'aujourd'hui.

— De quoi s'agit-il ? Rick, qui venait d'entendre le récit de l'aventure de la veille, est le plus curieux. Il avait exprimé son regret de ne pas les avoir accompagnés, mais au fond de lui, il sait que ce n'est qu'au cinéma qu'il aime le genre de situations décrites par Alberto.

— C'est Silveira, répond Alberto. Notre ami de la police judiciaire m'a téléphoné aujourd'hui pour tout me raconter. C'est Silveira qui a été à l'origine de tout ça. Alberto se sent comme les détectives à la télévision qui résolvent, à la fin de l'histoire, les crimes les plus mystérieux. C'est Silveira qui m'a appelé pour nous fixer le rendez-vous au Cais do Sodré, hier, afin qu'on rencontre le type qui le harcelait et qui devait être le frère de cette fille… qui était avec nous. Le Russe n'est pas venu… et Silveira a disparu. Les deux devaient être en cheville. Les choses ont mal tourné, il a dû penser qu'il valait mieux disparaître. Notre ami de la PJ dit qu'ils le cherchent, lui et le Russe.

— Et c'est lui qui nous a embarqués dans cette histoire du parc Eduardo VII. Il devait être de mèche avec les Russes… murmure Conan.

— Il voulait s'attaquer à nous et nous faire chanter, poursuit Alberto. Nous, on s'en va, lui doit être en cavale, il ne reviendra pas. Tu as MultiAction pour toi tout seul, Rick, et il ne peut plus te gêner.

Rick sourit.

— Je ne suis pas inquiet du tout. Je ne comptais pas le voir réapparaître… sinon pour réclamer une place dans l'histoire du cinéma pornographique portugais… Alberto éclate de rire, met sa veste et réajuste le nœud de sa cravate. Le pistolet est un poids réconfortant dans sa poche droite.

— Bon, mais ça, ce n'est plus notre affaire… Il ouvre la porte et se retourne vers Rick et Conan.

— Vous revenez ? demande Conan.

— Bien sûr ! On va quand même faire une fête d'adieux. Dans deux heures, on est là. Préparez-nous une fête, on revient. Et quatre filles pour un rodéo, Rick, même si je ne sais pas comment on pourra mettre aussi Conan dans la voiture ! Alberto se met à rire de bon cœur, tout excité à l'idée de la partie de plaisir à venir.

9

Les Escadinhas da Praia commencent, dans la partie basse, comme une rue et deviennent, dans la partie haute, des escaliers qui occupent toute la largeur de la voie. Même éteinte, l'enseigne de Dance Spring est bien visible et Oulianov décide d'attendre. Il est neuf heures et quart et il se peut que ceux qu'il cherche ne soient pas là.

Oulianov avait envisagé de changer d'apparence. D'ôter ses lunettes, s'il en avait porté, de raser sa moustache, s'il en avait eu une et s'il avait eu des cheveux longs, de les couper – peut-être toutes ces transformations auraient-elles fait de lui un autre homme, différent de celui qui se trouvait sur la photo qu'ils avaient réussi à se procurer. Mais ça n'aurait pas servi à grand-chose. À un étranger, ils n'ouvriraient pas la porte. Mais à l'homme dont ils avaient vu la photo, qu'ils avaient encore sans doute sur eux, peut-être. Surtout que, comme ils seraient au moins trois, ils auraient la certitude d'avoir le dessus. Il n'y aurait pas de surprise et le géant noir serait une garantie de sécurité.

Oulianov décide de s'avancer lorsqu'il sent que la rue est plus animée, vers dix heures. Il se lève du coin où il s'était assis, s'approche de la porte, repère la sonnette et y applique son index droit. Puis il attend, fixant le cercle de verre par lequel on doit être en train de l'observer.

La porte s'ouvre lentement et Oulianov réagit de la même façon : il ne force pas l'entrée, il attend, là où il est, toujours dans la rue, jusqu'à ce que la porte soit complètement ouverte et que le Noir gigantesque, un papier (une copie de la photo) à la main, soit obligé de s'exposer. Il le regarde et remarque l'éclat ironique et la satisfaction dans ses yeux sombres. Il refrène un sourire et attend.

— Tu peux entrer, dit le gardien de Dance Spring.

— Tu es Conan ? demande Oulianov.

— C'est ainsi qu'on m'appelle, répond Conan en reculant. C'est toi le fameux Oulianov ?

— C'est ainsi qu'on m'appelle, réplique Oulianov, sans changer d'expression. Il monte deux marches et regarde Conan droit dans les yeux, surpris d'avoir à lever un peu la tête.

— Laisse-moi fermer la porte, dit Conan.

Oulianov s'adosse au mur, le voit faire un geste négatif à deux hommes en costume cravate qui tendaient déjà le bras pour tenir la porte : « Pas encore… » Ils le veulent donc tout seul à l'intérieur.

Conan se retourne vers lui et sonde avec curiosité son regard d'un bleu intense.

— Tu es aussi dangereux qu'on le dit ? demande-t-il. Oulianov secoue la tête.

— Non… répond-il. On me prend pour un autre.

— Qu'est-ce que tu nous veux ?

— Vous poser des questions, dit Oulianov en se détachant du mur et, d'un léger mouvement, il se met hors de portée des mains de Conan.

Le Noir se met à rire et se dirige vers le comptoir sur lequel il pose la photo, sans quitter Oulianov des yeux. Oulianov le suit. La maison n'est pas encore complètement éclairée, il n'y a pas de lumières sur la piste de danse. De derrière le comptoir, Conan sort un détecteur de métaux. Oulianov entend un bruit à côté de lui, se retourne et voit un autre homme, qui n'était pas là la veille, saisir un pistolet, qu'il pointe plus ou moins dans sa direction.

— On doit prendre des précautions. Tu comprends bien, dit Conan.

— Bien sûr, répond Oulianov en levant les bras. Qui c'est, celui-là ?

— Tu ne le connais pas ? Tu ne dois pas aller souvent au cinéma, c'est Rick Diaz.

Oulianov regarde Rick puis se concentre à nouveau sur Conan, qui passe le détecteur métallique autour de lui. L'appareil signale les points habituels : la boucle de la ceinture, un anneau en métal avec deux clés et la montre avec son bracelet en métal tressé.

— Tu vois que je ne suis pas armé. Je viens en paix, dit Oulianov en baissant les bras tout en regardant à nouveau Rick, qui lui semble nerveux. Je cherche Alberto et Lourenço Teles. Ils sont là ?

— Pourquoi ? demande Conan.

— Je te l'ai dit : je veux leur poser quelques questions.

— Sur quoi ? demande Rick. Il s'appuie sur un pied, puis sur l'autre, il est au milieu de la piste de danse, ses mouvements trahissent sa nervosité.

Oulianov suit ses gestes. Le pistolet se balance, le doigt est posé sur la gâchette, sans cible précise. Or un pistolet, ça reste immobile, pointé sur sa cible. Quand on veut tirer.

— Sur ma sœur, ajoute-t-il, regardant Rick et offrant à Conan son côté droit.

Rick ouvre la bouche. Mais Conan le devance, plus rapide.

— Tu ne dois pas venir poser ce genre de questions ici, Oulianov.

— Pourquoi ?

Conan secoue la tête et éclate de rire.

— Ça porte malheur. Le dernier Russe qui s'est risqué à le faire a fini par terre. Sous mes pieds.

Oulianov ferme les yeux un instant, comme pour échapper à l'image de Conan en train de rire. Il pense à Evgueni. Aux photos du petit Russe mort. En quelques secondes, sa décision est prise. Ses oreilles l'informent qu'il n'y a personne d'autre dans cet établissement. On ne voit aucun employé. Et les deux frères, s'ils avaient été là, se seraient déjà montrés.

Il ouvre les yeux. Le Noir est plus grand et doit être plus fort que lui. Les muscles gonflent ses bras et le tour de ses omoplates. Il doit pratiquer le culturisme. Il est impressionnant, mais c'est tout.

Conan rit, satisfait de son pouvoir. Oulianov, non, parce qu'il n'a pas besoin de ça. Il lance alors son bras droit, avec la force d'un boulet de canon, contre son adversaire. Ce n'est pas une ruse d'arts martiaux, du *Systema*, mais une simple affirmation de sa force quand, au dernier moment, le poing fermé trompe les bras que Conan a levés pour parer le coup et s'écrase sur l'oreille gauche du Noir, lui fracturant les cartilages et l'articulation de la mâchoire. L'intérieur de l'oreille implose et la mâchoire se déboîte.

L'impact du coup et la perte de repères sonores ôtent à Conan son équilibre, provoquent des nausées inattendues, le poussent contre le comptoir et il tombe, faute de point d'appui.

Oulianov fléchit les jambes pour accompagner la chute de son adversaire et tenter de se protéger des coups de feu que l'homme au pistolet peut tirer.

Mais Rick tire une seule fois et la balle ne réussit qu'à faire voler en éclats quelques bouteilles derrière le comptoir. Ce qui ne fait qu'augmenter sa nervosité. Il recule, sans savoir que faire. S'il ne tire pas, il sera peut-être la prochaine victime. S'il tire, il ne réussira pas à toucher le Russe. « Je suis cuit », se dit Rick en rasant le mur pour parvenir jusqu'au bureau.

Conan, qui essaie de se relever en s'appuyant au comptoir, lui hurle quelque chose qui ressemble à « ptolé ». Veut-il l'arme ? Veut-il qu'il tire ? Rick se baisse, il essaie de ne pas montrer qu'il se laisse tomber et, une fois presque assis par terre, il fait glisser le pistolet sur le sol lisse de la piste de danse : à lui de s'en servir ! Oulianov, immobile, voit le pistolet frôler ses bottes en direction de Conan. Le Noir, saignant de la bouche et des oreilles, tombe à genoux et se baisse pour l'attraper.

Oulianov lui plaque sa botte droite sur la main, alors que ses doigts se referment sur la crosse du pistolet. Conan le regarde. Ses yeux sont voilés mais expressifs : la rage qui l'anime est la même que celle qui l'a conduit à détruire Evgueni.

Oulianov attend. Lentement, Conan tend sa main gauche et saisit la cheville du Russe pour l'obliger à retirer son pied. Oulianov sent la pression mais il comprend qu'elle ne traduit plus toute la force de son adversaire. Du pied gauche, il écarte le poignet de Conan et la main cède.

— Parle-moi d'Evgueni, Conan. Du Russe que tu as tué, demande-t-il en se baissant.

— Alberto a donné l'ordre… répond Conan, en essayant encore de retirer sa main de sous la botte.

Oulianov se souvient des photos.

— Mais c'était toi ?

Conan émet un grognement qui ressemble à un

« oui ». Oulianov retire son pied. Conan pointe sa main, l'index sur la gâchette, le pistolet prêt à tirer, la tête relevée comme celle d'une tortue, exposant son cou. Soudain, Oulianov plante son couteau à la base de la nuque, au-dessus de la masse musculaire qui aurait pu gêner la pénétration, à l'endroit où le crâne et la colonne vertébrale se rejoignent.

Le géant tombe face contre terre, il semble plus petit. Oulianov le regarde sans lâcher le manche. Après Irina et Evgueni, la violence est une chose acceptable. Il remue le couteau. Conan a un soubresaut et s'immobilise. Oulianov arrache le NR2 de son cou, d'où jaillit un flot rouge, et il lui tourne le dos pour regarder l'autre homme, debout, appuyé contre une porte, épouvanté. Ses yeux ne quittent pas le cadavre de Conan.

Oulianov fait deux pas dans sa direction et Rick glisse mollement vers le sol, la main accrochée à la poignée de la porte comme si c'était l'ultime élément le rattachant au reste du monde. Il crie. Oulianov vise et lance son couteau.

10

Sur la table sont posées toutes les photos, imprimées à partir du CD d'Oulianov, des rapports, y compris le premier concernant les restes humains trouvés sur le quai au bord du Tage, resté sans conclusion, des photocopies d'articles de journaux, le dossier contenant l'essentiel du procès du clan Koba, de nombreuses feuilles couvertes de notes et un cendrier plein de mégots. Parmi les personnes présentes, une partie du groupe qui avait été constitué six ans plus tôt pour s'occuper de l'affaire du clan Koba : Rodrigo Álvares, second directeur adjoint de la Direction centrale de lutte contre le banditisme, Moura et un autre inspecteur. Moura se montre réservé. Viegas est le plus intéressé et le corpulent Rodrigo Álvares, fumeur compulsif, examine les photos où se trouve son collègue

Severiano.

Il finit par les lâcher et se tourne vers Viegas.

— Écoutons donc vos bonnes nouvelles, inspecteur. Viegas sourit, enthousiaste.

— Avec grand plaisir ! Notre collègue Moura avait raison ! Nous sommes allés à Queluz et avons ramené la femme qui s'appelle Paula. On a de quoi l'inculper pour proxénétisme et pour des petites fraudes fiscales. Elle n'a même pas compris ce qui lui tombait dessus. Nous lui avons parlé de cette Irina. Gogol ? Tchekhov ? Tolstoï ? Il se tourne vers Moura, qui ne dit rien. Je ne me rappelle plus son nom. La chambre d'Irina a été complètement retournée. Paula dit qu'elle n'a aucune nouvelle d'elle depuis… la veille du jour où on a trouvé les restes humains sur le quai.

— Et cette Olga ? demande le directeur adjoint.

— Attendez, c'est pas fini : Paula nous a aussi remis la photo d'un homme dénommé Silveira, ce qui confirme ce que Moura nous avait dit. C'est un réalisateur, elle n'arrive pas à le contacter. Elle nous a donné son numéro de portable et une photo où il est avec elle. Imaginez-les, avec le Kremlin en arrière-plan, avec ces chapkas que portent les Russes. Ils devaient bien se connaître…

Le directeur adjoint et Moura respectent le temps mort. Viegas aime s'étendre dans ses descriptions.

— Quant à nos collègues qui sont allés au parc Eduardo VII, poursuit-il, ils ont ramené deux Russes qui s'appellent Olga toutes les deux. La femme de Queluz a identifié l'une d'elle et l'autre, on l'a relâchée. Cette Olga dit qu'elle connaissait aussi ce fameux Silveira !

— Elle a vu les photos ? demande Moura.

Viegas hoche la tête.

— Tu as vu juste. Elle a reconnu le plus grand des deux frères, Alberto Teles. Et le Noir. Elle a dit qu'ils avaient cogné un Russe dans le parc, en présence de Silveira. C'était le Russe qui s'était rendu chez elle pour lui parler. Il était le fiancé d'Irina et pensait qu'elle savait quelque chose…

Rodrigo Álvares intervient.

— Elle a vu la photo du cadavre ?

— Affirmatif. Ce fameux Evgueni. C'est bien lui. Ils l'ont abandonné sur place, ils ont dû penser qu'il était mort.

« Oulianov avait raison », se dit Moura. C'est un témoin essentiel et il l'avait laissé filer parce qu'il ne le croyait pas… ou parce qu'il ne croyait pas que cette affaire aurait une suite ? Mais avec Severiano, rival de Rodrigo, premier sur la liste des candidats au poste de directeur ?

Rodrigo Álvares se lève et s'enferme dans son bureau.

— Et maintenant, Moura ? Moura hausse les épaules.

— Si Rodrigo le veut, nous pouvons tous les coincer. Il a d'excellents contacts au Parquet et il peut faire passer cette affaire en urgence. On ne lui créera aucun obstacle. Mais ce qui nous intéresse, c'est que les deux cas soient résolus, la mort de la jeune fille et celle du Russe.

— Bon, il va vouloir d'abord s'occuper de Severiano…

Moura hausse à nouveau les épaules.

— Ma politique c'est le travail, Viegas !

Rodrigo revient une demi-heure plus tard, son portable à la main. Il s'assied et regarde avec insistance les deux inspecteurs. Il se demande un instant ce qu'il doit leur dire et se décide pour une version courte.

— J'ai parlé au directeur général, à qui j'ai montré les photos de notre Severiano et il va demander sa démission. Les mandats d'arrêt des deux frères et des hommes connus sous les noms de Silveira et de Conan nous parviendront sans tarder, signés par le juge. Nous avons besoin de quatre brigades : pour le domicile de chacun des frères, à Cascais, pour celui de Silveira et pour la discothèque où travaille le Noir. Je veux que vous vous en chargiez, Viegas, et tenez-moi au courant.

Viegas acquiesce et se lève.

— Quant à vous, Moura, nous allons voir comment nous pouvons interroger tout ce beau monde. Réunissez tout ce que vous avez. Et trouvez aussi de quoi les interner dans notre établissement pénitentiaire. J'ai informé le procureur de la République, nous allons faire un coup d'éclat, j'ai l'impression !

Moura approuve. Mais il ne peut s'empêcher de penser à Oulianov. Il est la pièce manquante d'un puzzle qu'il ne comprend pas encore. Le laisser en liberté, c'est peut-être laisser un renard dans un poulailler. L'arrêter, c'est reconnaître qu'il n'a pas réussi par lui-même à résoudre cette affaire, qui aurait pu lui ouvrir des portes. Il se console : c'est l'éternel dilemme des bons policiers.

11

La proximité d'un couteau militaire retiré du cou d'un mort, encore tout dégoulinant de sang et planté dans le bois de la porte à quelques centimètres de son oreille gauche suffit à ôter de l'esprit de Rick ses derniers doutes : ce n'est pas la peine de résister. Il est dans le monde réel, pas au cinéma. Et le Russe n'avait pas raté sa cible – il n'avait tout simplement pas eu l'intention de le toucher.

— Je n'ai rien fait… Ne me faites pas de mal, implore-t-il, dans un dernier acte de lâcheté.

Oulianov s'approche et lorsqu'il se baisse pour retirer le couteau de la porte, il voit les larmes fines, presque féminines, couler des yeux de l'homme. Il le relève et lui demande :

— Qui es-tu ?

— Rick Dias. Je suis acteur ! C'est vrai !

— Tu connais Alberto et Lourenço ?

Rick n'arrive pas à mentir : il fait signe que oui de la tête.

— Où est-ce qu'ils sont ?

— Ils ne sont pas là. Ils sont allés chez leur père. Mais ils doivent revenir. Je ne suis au courant de rien.

— Vraiment ? Mais je vais aller les trouver et c'est toi qui vas m'y mener. D'accord ? lui demande Oulianov en approchant de son nez la lame de son NR2. L'odeur ferrugineuse du sang fait sursauter Rick qui s'agite encore plus.

— C'est loin. À Sintra, objecte Rick.

— J'ai besoin d'une voiture. Et que tu la conduises. Rick hésite, puis finit par accepter. Oulianov nettoie la lame du couteau sur la manche de Rick, ce qui le fait à nouveau sursauter, et la range dans son étui. Il l'attrape par un bras et le tire vers la porte, en enjambant le cadavre de Conan. Rick détourne la tête.

— On va sortir, tu vas nous conduire à ta voiture. Pas un cri sinon je te tue devant tout le monde, dit Oulianov. Rick ne répond même pas.

Oulianov ouvre la porte et se trouve face à un petit groupe de clients potentiels, hommes et femmes. Il reproduit le geste qu'il a vu Conan faire et, tenant fermement Rick par le bras, il s'éloigne.

L'acteur avance sur le trottoir et s'arrête devant son coupé. Il lui tend les clés d'une main tremblante. Puis il écarquille les yeux et recule. S'il pouvait se fondre avec la voiture, peut-être bien qu'il le ferait. Oulianov se met à rire.

— Il ne va pas te faire de mal… pour le moment,

dit-il. Il avait senti l'odeur. Tu veux venir avec nous ? demande-t-il, en se tournant vers le Diable. L'homme des profondeurs acquiesce de la tête.

C'est le premier à entrer, il s'assied sur la banquette arrière. Oulianov installe Rick à la place du conducteur et sort son couteau, que le Diable regarde d'un air envieux.

— Démarre, dit Oulianov. Il ferme la porte et boucle sa ceinture de sécurité. Ne t'avise pas de tenter quoi que ce soit et raconte-moi tout.

Rick met le contact. Il commence à parler.

Salvador et Eduardita ne dînent pas dans la grande pièce lorsqu'ils sont seuls. Ils utilisent une salle à manger plus petite, plus intime, séparée de la cuisine par une porte à battants.

Durant le dîner, presque frugal, ils parlent de leurs fils pour se mettre d'accord sur ce que Salvador leur dira : les *fincas* de la famille Mendoza ne leur serviront qu'à passer des vacances et l'argent qu'ils possèdent pourra être investi dans ce qu'ils voudront, du moment que cela n'engage pas les Mendoza ni le commerce d'élevage de la famille.

Les yeux noirs d'Eduardita dissimulent sa tristesse. Mais Salvador lui garantit que dès que les travaux auront commencé à Lisbonne, ils partiront eux aussi. Il ajoute qu'il recevra d'abord ses fils tout seul. Eduardita est d'accord, elle attendra la fin de leur conversation dans ses appartements.

Alberto et Lourenço ne sont pas loin. Ils garent

leurs voitures côte à côte, à quelques centaines de mètres de chez leurs parents et parlent peu. Ils veulent arriver quelques minutes en retard pour signifier qu'ils ne se sentent plus à l'aise dans cette maison. Lorsqu'ils se décident à y aller, Alberto, sûr de lui, dit à son frère :

— Je crois que l'affaire du Russe est réglée… Cet après-midi, notre ami Severiano m'a téléphoné. Ce type est un criminel. Il a fait partie d'une mafia donnant dans l'immigration clandestine, qui fait venir de l'Est de la main-d'œuvre esclave. Il n'a pas été suffisamment payé et il les a dénoncés à la PJ. Le chef du groupe est pire que lui. Lui est sorti plus tôt de prison parce que c'est un indic mais son chef a juré de se venger. D'une manière ou d'une autre, c'est un homme mort.

— Et Silveira ?

— Quand ils le trouveront, ils ne feront pas le lien avec nous. En plus, j'ai dit à Rick et à Conan que c'est Silveira qui avait monté le coup du chantage, en connivence avec le Russe. Rick l'a cru, Conan n'a sûrement pas envie d'en parler à cause de l'autre, celui qu'il a tué.

— Et les filles, cette Olga et l'autre ?

— Le lien avec nous, c'était Silveira. Ne t'inquiète pas. Personne ne remontera jusqu'à nous. On y va ?

Oulianov avait souvent utilisé une méthode pratique pour faire en sorte que les gens les plus réticents, qui ne se laissent pas facilement impressionner, se mettent à parler : il gardait sa main dangereusement posée près d'une arme bien en vue et demandait qu'on le véhicule. Et l'autre conduisait… et parlait. La peur de la destination possible de chaque trajet et la concentration du conducteur qui fixe son regard sur la route et non sur le passager déliaient presque toutes les langues.

C'est ce qui arrive à Rick qui parle tout le long du trajet, à demi mort de frayeur. Cette odeur de peur qu'il exhale, plus forte que celle du Diable, fait naître en Oulianov un flux d'adrénaline qui aiguise encore plus ses instincts. Le NR2, dans son étui, danse dans ses mains, tandis qu'il écoute les aveux de Rick.

Tout en fixant la route, Oulianov écoute l'histoire complète d'une adolescence perturbée par des écarts petits et moyens, par des explosions de révolte et de comportements antisociaux et enfin par le récit d'un viol collectif, trente ans plus tôt, rendu possible par la désinvolture dont ses deux cousins et lui-même faisaient preuve dans ce milieu huppé de Cascais et d'Estoril, en se comportant d'abord comme de simples adolescents rebelles, puis comme des adultes capables de tout.

Oulianov comprend son attitude mais pas ses justifications. Il pose quelques questions et a droit à de nombreuses réponses. Il n'a pas assez de temps pour savoir si l'homme qui se trouve à ses côtés sait ce qui est arrivé à Irina. Il ne le demande pas.

Il refuse de lui donner tout ce qui pourrait ressembler à une absolution (parler avec lui) ou à une condamnation (le descendre quand ils seront arrivés à destination). Il enregistre les multiples allusions à la personnalité dominatrice d'Alberto, l'homme qui avait poussé son frère à tuer Irina, le chef du groupe, celui qui, à la table du Limo Verde, se vantait des aventures de ses nuits. La jeune fille abandonnée près d'un barrage, Irina, Evgueni… et combien d'autres, hommes et femmes ? En cela, il ressemblait à Koba, version lâche.

La voiture s'immobilise devant un portail fermé, celui de la demeure où doivent se trouver les deux frères. Oulianov regarde Rick, puis son couteau. C'est un complice et il mérite le même sort qui attend les deux autres.

*

Après qu'Eduardita eut accueilli ses deux fils dans l'entrée, Salvador les emmène dans la bibliothèque, qui doit son nom aux étagères couvertes de livres anciens et à la grande quantité de tableaux appartenant à la collection du couple.

Alberto et Lourenço sont assis comme des visiteurs devant le bureau imposant derrière lequel Salvador ne s'installe plus que rarement. Le silence de leur père qui, droit sur son fauteuil, fixe sur eux ses yeux pénétrants, les incite à parler.

— Bon, dit Alberto. Nous avons tout bouclé,

Père. Nous partons pour l'Argentine, comme je vous l'ai dit. Après-demain. Nous sommes venus vous dire au revoir à Mère et à vous.

Salvador hausse les sourcils : ça, il le sait déjà. Il sait ce qu'il en est de l'argent et comment ils s'y sont pris pour céder entreprises et biens immobiliers. Il pense également qu'Alberto osera dire qu'il ne s'attend pas à voir ses parents les accompagner à l'aéroport, mais il a un doute. Eduardita va vouloir y aller. Salvador regarde aussi Lourenço, comme s'il espérait qu'il lui confierait un secret, mais il finit par répondre à Alberto.

— Nous nous reverrons en Argentine, Alberto.

— Nous le savons, Père. Si vous êtes d'accord, nous irons vous rendre visite à tous les deux, s'empresse de répondre Lourenço. Ce que son père n'avait pas dit était clair : ils se verront mais en attendant, ils devront se tenir à distance.

Salvador acquiesce d'un signe de tête, comme pour le remercier. Et, sans plus se contenir, il demande :

— Pourquoi partez-vous ?

C'est comme s'il demandait ce qu'ils avaient fait.

Alberto lui répond d'un haussement d'épaules.

— Nos vies ici sont un peu… bloquées. En Argentine, nous apprendrons à nous comporter en adultes. Peut-être pourrons-nous aussi apprendre d'autres choses.

L'explication est peu convaincante, conçue pour lui plaire. Salvador lui répond :

— Ta mère et moi avons essayé de t'aider, Alberto. De vous aider, ton frère et toi. Toujours. Là-bas comme ici. Toutefois, nous n'avons pas eu beaucoup de chance, semble-t-il…

— Non. En effet, les choses auraient pu mieux se passer, reconnaît Alberto en regardant Lourenço qui baisse la tête. Il a l'air sincère. Quoique par moments seulement. Maintenant il est temps pour nous de nous mettre au travail sérieusement. Nous allons suivre votre exemple, Père : les travaux du Centre nautique… Ne jamais nous arrêter, continuer sans relâche. Être toujours en activité. Voilà.

Salvador fixe son fils aîné. Alberto n'avait jamais été doué pour les relations publiques, ni pour le marketing. Le manque de sincérité de sa réponse est comme un nuage chargé de pluie un jour de soleil.

— Tu as raison, Alberto, dit-il, en s'appuyant contre le dossier de son fauteuil, qu'il fait rouler jusqu'à la fenêtre. Le ciel lui révèle la silhouette de la montagne de Sintra se détachant sur un fond plus clair fait d'une brume qui cache les étoiles. Dans les pampas d'Argentine, il les verra tous les soirs. Voyez ce que vous pouvez trouver, à la campagne ou à Buenos Aires. Faites jouer vos relations et investissez votre argent. Faites ce que bon vous semble. Mais ne touchez pas aux affaires de la famille ! Salvador se lève avec un geste d'impatience. L'Argentine est vaste, très vaste, il y a de la place pour tous ! Ici, non. C'est petit, plus petit qu'une île, plus petit que Funchal !

Salvador se retourne. Il a envie d'un whisky et d'être seul au coin du feu, dans le recoin confortable du salon. Seul avec lui-même, avec ses victoires et ses défaites. Peut-être est-ce à cause du froid, celui qui envahit la pièce ou ce froid intérieur qui remonte des mauvais souvenirs des temps passés. Ou peut-être ce froid qui vient avec l'âge et le début de la fin. Il regarde ses fils, non sans mépris. Finalement, il aurait pu remettre l'enveloppe avec l'argent au conseiller municipal, car ils ne représentent plus ni un obstacle ni une gêne. Et, au dernier moment, pour la dernière fois, il craque.

— Pourquoi, Alberto, Lourenço ? Qu'avez-vous fait encore pour vouloir partir ? Pour abandonner ces affaires qui ne vous demandent aucun travail ? C'est une histoire de filles ? Des affaires louches de la nuit ?...

Lourenço aurait fini par répondre, malgré le regard d'Alberto. Mais l'alarme du portail l'en empêche.

12

Rick fait quatre appels de phares. Le portail commence à s'ouvrir.

La lumière jaune clignote sur les deux écrans du système de sécurité, dans le salon et dans la cuisine, émettant une série de bips que tout le monde entend. Ils n'attendent personne, ils sont surpris. À la lumière jaune succède la lumière rouge, qui indique que le portail s'est ouvert, avec le signal convenu, toutefois, et qu'un véhicule a franchi la zone de sécurité.

Salvador, suivi de ses fils, se dirige vers le salon d'un pas pressé. Il écarte le tableau qui cache les œilletons. Eduardita sort de la cuisine. L'œilleton à travers lequel on aperçoit l'allée qui va du portail à la maison est entièrement occupé par une voiture. Au fond, les deux battants du portail se referment et la demeure se retrouve à nouveau isolée du monde.

— C'est Rick, murmure Alberto qui reconnaît

la voiture. Qu'est-ce qu'il vient foutre ici? Je lui ai dit qu'on irait le rejoindre…

— Il part aussi avec vous en Argentine? demande Salvador.

La voiture de Rick s'arrête à l'entrée.

Rick en sort du côté du conducteur. De l'autre côté sort un autre homme. Salvador est surpris par l'audace de Rick. Il ne connaît pas ce visiteur. Mais ses fils ont l'air de le connaître: Alberto rougit, Lourenço pâlit et recule. La qualité de l'image n'est pas terrible, mais l'homme, grand et athlétique, ressemble au gars de la photo. De la voiture sort une autre silhouette à forme humaine mais vêtue de guenilles. Lourenço regarde Alberto, se rappelant ce que son frère lui avait dit et il pense que ce qu'il a de mieux à faire c'est de courir vers la cuisine, sortir par la porte de derrière, monter dans la voiture et disparaître. Mais Alberto met sa main droite dans la poche de sa veste et Lourenço distingue la forme du pistolet.

— Non, pas ici… murmure-t-il.

Salvador regarde Lourenço, vaguement intéressé par sa réaction, puis il se concentre sur les œilletons. Rick et l'autre homme (on aurait dit qu'ils étaient trois, mais ils ne sont que deux) montent l'escalier de l'entrée. Rick a l'air indécis, l'autre, non. Le contraste est grand entre les vêtements élégants mais décontractés de Rick et l'allure populaire de son compagnon. Salvador se met à rire.

— C'est un film? Ou bien Rick s'est trouvé

un compagnon? C'est un de nos ouvriers de Chef-d'Œuvre, Lourenço? demande-t-il, en appuyant sur le bouton qui déverrouille la porte.

Oulianov entend céder le verrou de la porte et se tourne vers Rick. Le regard de ce dernier l'implore de le laisser partir.

— Je vous ai tout raconté. Ce que je n'avais jamais dit à personne, dit Rick.

Oulianov lui saisit le bras droit. S'il était encore flic – c'est ce qu'on lui avait enseigné –, il aurait essayé de comprendre ou il aurait lui-même trouvé une justification aux petits et aux grands crimes avoués par cet homme si faible. Sa main droite serre le manche de son couteau. Mais il ne réussit qu'à demander :

— Pourquoi vous avez fait tout ça? Rick secoue la tête.

— Je ne sais pas. Je vous assure : je n'ai même pas *réussi* à la violer!

Oulianov lui lâche le bras, d'un air dégoûté. Rick recule, trébuche et tombe. Le Russe lui tourne le dos et se dirige vers la porte. Rick sent qu'il est libre, se précipite dans la voiture, démarre, fait marche arrière et disparaît. Il ne reviendra jamais dans cette demeure.

Oulianov regarde autour de lui : et le Diable?

Comme dans une histoire de science-fiction, l'homme disparaît de l'œilleton, où on le voit en noir et blanc, pour réapparaître à l'intérieur de la maison, en couleur, comme s'il passait d'une dimension à une autre.

Salvador lui fait face. C'est le maître de maison.

Il demande :

— Qui êtes-vous ?

— Père… dit Alberto, comme pour l'avertir. Il veut lui dire qu'il ne doit pas écouter le visiteur. Mais peut-être n'est-il pas là uniquement pour parler.

— Qu'est-ce qui se passe, Alberto ? Tais-toi, si tu n'as rien d'intéressant à dire, déclare Salvador, sans détacher son regard perçant de l'intrus.

L'homme commence à monter les marches, sa main droite dans le dos. Salvador ne bouge pas, comme s'il pouvait ainsi l'empêcher de passer, Eduardita devient blême. C'est comme si tout ce que ses fils avaient fait était, à cet instant, l'objet d'un jugement plus puissant et plus cruel que celui des hommes.

Oulianov regarde chacun des deux frères.

— Alberto Teles ! Lourenço Teles ! La voix résonne dans le salon. Salvador se tourne vers ses fils.

— Vous savez qui je suis : je suis le frère d'Irina ! proclame Oulianov. La femme que vous avez tuée dans le fleuve !

Salvador voit la pâleur de Lourenço, il se rappelle le sang et la confusion de son fils cadet et voit le pistolet qu'Alberto saisit. Il lève la main droite et fixe son regard sur Oulianov, tentant de garder une voix calme.

— Que voulez-vous ?

— Les emmener avec moi. Pour les livrer à la justice, répond le Russe. Trois mètres le séparent du père des deux criminels. Sa main droite, qui tient le couteau, est toujours derrière son dos.

— Je suis monsieur Salvador Teles, lui répond Salvador. Vous ne pouvez pas accuser les gens comme ça. Sortez ou j'appelle la police !

Oulianov l'examine. Plus jeune, il aurait été un adversaire digne de lui. Il regarde la femme, avec ses cheveux blancs. C'est leur mère, elle a la peau foncée comme si elle avait du sang indien. Enfin, il regarde les deux frères. Il veut les prendre vivants et les livrer à Moura. Mais la réaction du père et le pistolet dans la main d'Alberto ne lui facilitent pas la tâche. En disant qu'il appellerait la police, le maître de maison a révélé qu'ils sont seuls. Oulianov sait que si les choses dégénèrent, il aura des chances raisonnables.

— Écoutez-moi bien, dit-il. Un de vos fils a tué ma sœur. Et c'est l'autre qui lui a demandé de le faire. Et il a ordonné à un autre homme de tuer le fiancé de ma sœur parce qu'il était à sa recherche. Cet homme s'appelait Conan et il est mort. Il est mort il y a une heure. Dans la discothèque de vos fils.

Alberto tient le pistolet les bras tendus, la main armée appuyée contre l'autre bras, dans une pose théâtrale. Oulianov regarde le pistolet. C'est une petite arme, de calibre 9, interdite et dangereuse. Et il n'a pas l'air de savoir l'utiliser.

Le père lui aussi regarde Alberto, d'un air réprobateur, tandis que Lourenço s'approche de sa mère, comme pour se mettre à l'abri.

Oulianov passe sa main gauche derrière son dos, retire l'étui du couteau, qui est ainsi prêt à être lancé par sa main droite. Alberto, l'homme au pistolet, est le plus dangereux. Il peut se mettre à tirer. Dans n'importe quelle direction. Et il est sa cible principale.

— Vos fils ont tué ma sœur avec l'ancre d'un bateau – poursuit Oulianov en regardant Salvador, tout en conservant les mouvements d'Alberto dans son champ visuel – et ils l'ont abandonnée près du Cais do Sodré, au bord du Tage. Il monte une marche de plus. Ils se servaient d'elle pour leurs films pornographiques. Comme des autres. Ils ont voulu lui faire ce qu'ils avaient fait à une jeune fille du nom de Janeca, il y a trente ans…

Eduardita porte ses deux mains à son visage et pousse un cri. Salvador la regarde, effrayé de sa réaction, puis il fixe Oulianov. « S'il est au courant pour Janeca, alors il sait tout », se dit-il. Il veut demander à Alberto et à Lourenço si ce qu'il vient d'entendre est vrai, mais il n'y parvient pas.

— Ma sœur a refusé de faire ce qu'ils voulaient. Comme Janeca, poursuit Oulianov en désignant Alberto. C'est votre fils Alberto qui a dit à son frère de la faire taire. Votre second fils l'a attaquée. Il l'a frappée. Elle a réussi à gagner la terre ferme, près d'un chantier en travaux. Un homme les a vus…

— Non ! crie Lourenço, agrippé à Eduardita qui se trouve collée au mur. Elle semble plus petite. Il n'y avait personne là-bas pour nous voir.

Alberto voit le visage du Russe dans la ligne de mire du pistolet. La situation dégénère et si Oulianov ne se tait pas, il tirera, décide-t-il. Mais il hésite encore. Oulianov monte une marche de plus et Alberto recule.

— Ne bouge pas, ordonne-t-il au Russe.

Oulianov retire les mains de derrière son dos et les exhibe. Dans la gauche, il a l'étui, dans la droite, le couteau, bien en vue. À la manière dont il le tient, il ne semble pas qu'il puisse le lancer, mais un simple mouvement du poignet le lui permettrait. Et son adversaire ne s'en rendrait même pas compte. Il remarque l'absence du vieil homme, mais il ne peut rien faire.

— Lâche le couteau, ordonne Alberto.

La voix autoritaire du père se fait enfin entendre, venue de la pénombre du salon.

— C'est vrai ce qu'il a dit, Alberto ? Lourenço !

— Ne dis rien, grogne Alberto, retournant son pistolet vers Lourenço.

Mais Lourenço cède. Les yeux rouges, il regarde son père. Il voit qu'il tient un des fusils de chasse qui se trouvait dans l'armoire contenant les armes et, se sentant protégé, il avoue.

— C'est vrai, Père. Nous avons fait ça ! Sur

les lieux même de Chef-d'Œuvre ! Alberto me l'a ordonné… Et je me suis exécuté. C'est pour ça que nous voulons partir. Et nous avons tué un homme, le réalisateur…

Alberto se met à hurler.

— Tais-toi, tais-toi. Tais-toi, imbécile !

Lourenço se tait. Salvador regarde Oulianov, tenant fermement le fusil dans ses mains, la crosse appuyée contre son corps. C'est aussi vers Oulianov que se tourne Alberto. Les yeux des deux hommes, père et fils, expriment la même détermination.

— Nous allons régler ça entre hommes, lui dit Alberto, baissant le ton. Puis il se tourne vers Oulianov : À ma manière ! Lâche le couteau. Et puis nous te conduirons à la police.

Salvador se tourne vers son fils.

— Attends, Alberto. Je veux au moins savoir si cet homme a raison. Et si ce qu'a dit ton frère est vrai.

— Non, Père, vous ne voulez pas. Et vous n'avez pas besoin de savoir, répond Alberto, sans dévier son arme d'Oulianov. Maintenant, c'est moi qui commande. Ce Russe, qui est un criminel en cavale, veut nous faire chanter. Sa sœur a disparu, mais nous n'avons rien à voir avec ça. Il faut le désarmer. S'il ne lâche pas son couteau, je tire, juste pour le blesser, pas pour le tuer. Après seulement, nous parlerons. Tous.

Oulianov regarde le fils puis à nouveau le père. Les yeux de Salvador lui disent qu'il ne tirera que pour défendre ses fils. Mais aussi qu'il va laisser Alberto tirer le premier. La situation ne lui est pas favorable. Même s'il lâche le couteau et s'en va, il peut se faire tirer dessus. Et il ne sera jamais en sécurité. S'il reste là, sa parole vaudra peu de chose. Il doit encore gagner du temps, quelques secondes seulement, avant de pouvoir attaquer.

Il lève le bras droit en montrant bien son NR2 et se met à parler posément.

— Très bien, je me rends. Le couteau, c'est tout ce que j'ai, regardez. Je n'ai pas d'autre arme. Je vais le lâcher. Les hommes regardent son visage, pas ses mains.

— Je vais ranger le couteau dans son étui, annonce Oulianov tout en levant également son bras gauche, montrant ainsi sa main. Dans la droite, il tient le couteau, dans la gauche, l'étui : les deux pièces vont s'ajuster avec précision et il se retrouvera sans défense parce qu'un couteau dont la lame est cachée n'est pas une arme offensive.

Mais ni Alberto ni son père ne détournent leurs armes. Oulianov tend les bras. Ses deux mains enveloppent l'étui et le couteau. Les jambes légèrement fléchies, Oulianov est comme une araignée prête à attaquer. Lentement, il glisse la lame dans son étui. Il regarde Salvador et perçoit un doute dans ses yeux. Un couteau tombe sur le sol.

Alberto sourit, victorieux, sans baisser les bras.

Le pistolet vacille, pas les yeux.

— Regarde-moi bien, Alberto, dit Oulianov,

cherchant ses yeux du regard. Je ne vais pas attaquer. Alberto obéit et fixe son regard sur les yeux bleus, qui paraissent inoffensifs, sans suivre le mouvement des doigts d'Oulianov, qui rangent le couteau dans son étui métallique : clic ! Oulianov baisse le bras droit : la lame est dans son étui, dans sa main gauche. Le tour de l'illusionniste est parfait.

Alberto y croit, pas Salvador. Et Oulianov attaque.

13

Rodrigo Álvares regarde en fumant la photocopie de la demande de démission de Severiano, sans cacher à Moura sa satisfaction, lorsque Viegas surgit dans le bureau.

— Mauvaises nouvelles, dit-il. Rodrigo et Moura le fixent du regard.

— La brigade qui est allée à Cascais n'a trouvé ni Alberto Teles ni Lourenço Teles chez eux. La femme de Lourenço a dit qu'il était allé chez ses parents. Chez Silveira, qui semble habiter seul, il n'y a personne. À la discothèque… il n'y avait aucun des deux… seulement le Noir, Conan. Mais mort.

— Quoi ? demandent Rodrigo et Moura à l'unisson.

— Roué de coups et le cou tranché. Nous avons isolé la zone, la discothèque n'a pas ouvert.

« Oulianov », se dit Moura. « Et bientôt les deux frères. »

— Et personne d'autre.

Les trois hommes se regardent.

— Si Lourenço est allé chez son père, c'est peut-être aussi le cas de son frère. Mais au moins, celui-là, on l'aura, dit Viegas.

— La maison se trouve quelque part à Sintra… dit Moura. J'ai l'adresse dans mon bureau. La maison de monsieur Salvador Teles, je veux dire.

Rodrigo se met à rire.

— Tu as bien fait tes devoirs, élève Moura ! Allez, il faut faire vite !

Moura sort en se demandant s'il ne fallait pas aussi envoyer des brigades chez Oulianov, Rua das Flores, et au Solar. Et dans la zone du fleuve. « Mais ce n'est pas lui qui est en cause », se dit-il. Il pense aussi qu'ils peuvent même le trouver à Sintra chez la famille Teles. Et ça lui fait peur.

Rodrigo Álvares se tourne vers l'autre inspecteur et saisit son portable.

— Quatre voitures avec trois hommes chacune. Nous y allons, Moura et nous. Nous partons dans dix minutes environ, dès que Moura rapporte l'adresse. Avertissez la GNR de la zone.

Viegas acquiesce et sort. Rodrigo prend son téléphone. Salvador Teles va devoir assister à l'arrestation de ses fils, s'ils sont chez lui et les explications lui seront données plus tard par celui qui se chargera de cette tâche.

14

Alberto croit que, pour la première fois de sa vie, il ne va pas échouer. Son adversaire, qui lui a donné tant de migraines est à trois ou quatre mètres de lui, c'est une cible large et en tirant plusieurs fois, il ne peut pas rater son coup. Même son père sera satisfait devant sa démonstration de courage et sa maîtrise de la situation.

Il regarde Oulianov et se souvient d'Irina et de la manière dont elle s'était soumise à lui. Ses yeux verts semblaient devenir bleus et son visage se tordait de plaisir, probablement d'un plaisir authentique, quand il la pénétrait. « C'est dommage qu'elle soit morte », se dit-il, « parce qu'elle aurait pu encore servir. »

Alberto penche la tête, légèrement, et le canon du pistolet vise le triangle formé par le nez et les yeux bleus d'Oulianov. Ce n'est qu'après qu'il décide d'appuyer sur la gâchette.

Mais le coup porté par Oulianov l'atteint avant,

creuse un petit trou dans son front, le renverse en arrière, ses mains, qui ont perdu tout contrôle, tiennent encore le pistolet et son index droit bouge, appuie sur la gâchette, réussissant à tirer deux balles qui vont se perdre dans le mur.

Personne n'avait fait attention à la manière dont la main gauche d'Oulianov, qui tenait l'étui en métal du couteau avait tourné, plaçant le manche du NR2 en direction d'Alberto. Pour tous, c'était un geste de reddition et de soumission. En réalité, ce n'en est pas un. Car le NR2, arme exclusive des *spetsnaz*, n'est pas seulement un couteau de combat. C'est aussi une arme à feu : la gâchette est dissimulée dans l'étui métallique, elle est activée par le mouvement conjoint du couteau et de l'étui et le canon est le manche du couteau lui-même. Avec une balle unique de 7,62 millimètres à l'intérieur.

Les généraux de l'Armée Rouge disaient que le secret mortifère du NR2 était une réponse à cette tradition de Staline : la condamnation à mort pour trahison de ceux qui avaient la malchance d'être vaincus au combat – le soldat aurait toujours le privilège de la dernière balle, plutôt que de rentrer chez lui accablé par la défaite.

Oulianov n'avait jamais vérifié cette thèse et il avait utilisé sans problème le NR2 comme pistolet, tant qu'il trouvait les balles adéquates, au point de le considérer comme sa meilleure arme. Puis, lorsqu'il quitta la Russie, il le démonta entièrement et réussit à rapporter avec lui une balle unique. Il ne s'en servirait plus sauf s'il réussissait à en trouver une du même calibre.

Le bruit du coup de feu est tout à fait audible et Salvador, Lourenço et Eduardita, qui a l'air d'un fantôme prêt à disparaître à l'intérieur du mur, se tournent pour voir Alberto qui lâche le pistolet, ouvre les bras comme s'il pouvait encore exprimer sa fureur et qui, après avoir reculé de deux ou trois pas, finit par tomber avec, dans le regard, une nette expression de désillusion révélant la frustration d'un homme qui a définitivement échoué.

Dégageant le couteau de son étui, Oulianov s'approche de Salvador. L'homme au fusil, dont les gestes montrent qu'il sait manier l'arme qu'il a en main, est sa nouvelle cible.

Mais il est aussi celle de l'ombre qui se matérialise comme un brouillard derrière lui, un couteau avec une longue lame à la main.

Et c'est Oulianov qui doit crier pour éviter le geste qui s'annonce.

— Non, Diable, non ! Ne le tue pas !

Salvador aperçoit à peine l'homme des profondeurs. Son attention a été retenue par l'énigme des couteaux de combat russes dont il avait entendu parler mais dont la circulation est interdite car ils sont considérés comme des armes à feu, comme il le note, rationnellement. Puis il voit Alberto à terre et comprend qu'il est mort. Il regarde Lourenço, agrippé à sa mère et lit la tristesse dans les yeux de sa femme. C'est ce qui lui est le plus douloureux, la souffrance de cette femme qu'il a toujours aimée, à sa manière. Quand il tourne le fusil vers l'intrus, il est déjà décidé à abandonner le combat.

Salvador sent la pointe aiguisée du couteau sur sa gorge et, sans protester, il se laisse arracher le fusil des mains. C'est maintenant l'homme en guenilles qui saisit l'arme et qui, après avoir enfoui son couteau sous ses vêtements, la retourne d'un mouvement habile de la main gauche, d'abord vers Oulianov, qui s'arrête, puis vers Lourenço.

Le fusil est appuyé contre ce qui lui reste du bras droit et c'est de la main gauche qu'il le bouge, l'index sur la gâchette. Oulianov s'était entraîné à utiliser sa main gauche pour tirer avec son NR2, parce que c'est la main qui tient l'étui, mais le Diable avait dû s'habituer à utiliser sa main gauche pour toute sorte de choses et Oulianov croit qu'en particulier à cette distance, il ne ratera pas un seul tir.

— Lui, dit le Diable, en visant Lourenço.

Oulianov hésite. Si le premier frère est mort, le deuxième doit aussi mourir car c'est lui qui a tué Irina. Il regarde le Diable et le voit appuyer sur la gâchette. Et, bien qu'il ne se passe rien, il voit Lourenço crier et se jeter à terre, jambes écartées, son pantalon clair se mouiller, ses yeux se fermer, terrorisé à l'idée d'être la prochaine cible. Puis, par-delà la surprise que représente le Diable, il voit le regard plein de rage de Salvador et distingue clairement sa voix.

— Espèce de lâche, espèce de lâche, espèce de

lâche ! Qu'est-ce que j'ai fait pour mériter des fils comme vous ?

Lourenço est la cible de ses insultes, un enfant qui a grandi auprès de son père et de sa mère et qui sanglote.

Oulianov tend le bras et retire le fusil de la main du Diable. C'est une arme de chasse, en bon état, que le maître de maison n'est allé chercher que pour le menacer. Il ne se serait pas risqué à défendre ses fils de manière inconditionnelle car le doute sur ce qu'ils ont pu faire l'emporte sur son rôle de père. Et parce que tout ce que Rick avait raconté était vrai et que défendre Alberto et Lourenço était inutile. Voire pire.

Reculant sans lâcher le fusil, Oulianov met son NR2 dans la poche de son blouson et, d'un mouvement de la tête, demande au Diable de s'écarter. Le Diable hésite puis finit par reculer. Et il disparaît, peut-être par là où il est entré. Oulianov se demande s'il le retrouvera dehors.

Sans un regard pour Lourenço, Salvador prend Eduardita dans ses bras. Ils se réconfortent mutuellement.

— Ce que vous avez dit sur mes fils est vrai ? demande-t-elle à Oulianov, en redressant la tête. Un voile de tristesse obscurcit son regard.

Oulianov essuie le fusil, là où il l'a touché, et le pose par terre. Puis, luttant contre la fatigue, il regarde Alberto (de son front coule encore un filet de sang) et Lourenço (qui ne bouge que les yeux).

— Oui. Lourenço a tué ma sœur sur les ordres d'Alberto, après qu'ils l'ont utilisée dans un film porno, répond Oulianov. La police a des pistes qui vont la conduire à vos fils. Ils viendront ici frapper à votre porte.

« Encore », se dit Salvador. Il pense aussi à tout ce qu'il a construit. Toujours seul, jamais avec ses fils. Oulianov leur tourne le dos et se dirige vers la sortie, mais il hésite et se tourne vers Salvador.

— Vous avez perdu un fils, il vaut mieux ne pas perdre les deux. Lui n'est pas vraiment un criminel, il n'a pas cette pulsion, cette volonté. C'est un *mochenik*, un petit voyou, un délinquant sans morale. Peut-être est-il récupérable. Trouvez-lui un bon avocat. Il a un avantage : le corps du délit n'a pas été retrouvé.

— Je ne comprends pas… dit Salvador. Il veut en savoir plus. Mais Oulianov hausse les épaules et ouvre la porte. Où allez-vous ? Où est-ce que je peux vous trouver ? Comment vous appelez-vous ?

La réponse d'Oulianov est brève, avant qu'il ne referme la porte derrière lui.

— Mon nom est Tolstoï. C'est tout ce que vous avez besoin de savoir.

La nuit lui tend la main. Et Oulianov disparaît.

15

Les quatre voitures de la PJ traversent la montagne de Sintra, guidées par la jeep de la GNR qui ralentit leur mouvement, le gyrophare tournant mais sans sirène.

Dans la première, se trouvent Moura, Rodrigo Álvares et Viegas. Trois nouveaux éléments les ont retardés : la référence à une entreprise du nom de MultiAction (que Viegas explique en rougissant être une marque de cassettes vidéo pornos), le doute à propos de l'activité sur le terrain au bord du fleuve appartenant à la mairie (qui vient se joindre à une dénonciation anonyme selon laquelle une entreprise de construction civile avait reçu le terrain illégalement) et la découverte par la PSP d'un cadavre à Chelas, dont la description correspond à celle du disparu du nom de Silveira.

Tout cela est suffisant pour exciter encore plus les trois hommes qui mettent les gaz dès que la jeep de la GNR accélère un peu. Viegas est au volant,

Rodrigo Álvares au téléphone, il cite à plusieurs reprises le nom de Salvador Teles, et Moura pense que le malheur des uns (et Salvador Teles serait tombé en disgrâce, à ce qu'il comprend) fait le bonheur des autres (et pour la première fois, il cesse de voir Oulianov comme un criminel).

Le convoi fait stopper toutes les voitures, les rabat sur le côté de la route là où c'est possible et ne s'arrête pas. Personne ne remarque l'Audi sombre, conduite par Oulianov, accompagné d'une silhouette indistincte sur le siège avant, qui s'arrête, comme toutes les autres, pour les laisser passer.

Oulianov se contente de respirer un bon coup, une fois qu'il les voit disparaître dans le rétroviseur. Ils ont dû suivre certaines de ses pistes et se dirigent vers la demeure des Teles. Ils ne se soucient pas, comme tous les enquêteurs médiocres, se dit-il, de ce qui se trouve en chemin. Ils se contentent de courir après une proie conquise d'avance.

Oulianov démarre et regarde le Diable. Son compagnon ne parle pas. Il n'a pas à parler. Tous les deux ne sont que des soldats qui ont accompli leur mission. Oulianov fait ce qu'il pense que le Diable attend de lui : il le conduit sur le quai, qui est silencieux et vide.

— Fais attention, dit-il. Les flics vont sûrement débarquer et fouiller partout.

Le Diable le regarde et ouvre la portière. L'odeur sort elle aussi, mais ça n'a pas d'importance car la voiture va être abandonnée.

— Ils vont sûrement essayer d'entrer… là-dedans. S'ils n'y arrivent pas, ils vont fermer toutes les entrées, dit encore Oulianov.

L'œil unique du Diable semble briller.

— L'Enfer a beaucoup d'entrées et beaucoup de sorties, répond-il.

Et l'ombre se fond à nouveau dans la nuit.

— Irina… murmure Oulianov. Protège-la ! Mais il ne sait pas si le Diable l'a entendu.

ÉPILOGUE

Maxim reste toujours calme, même quand il s'occupe d'affaires très excitantes. Ou quand, au bout de vingt jours qu'il a rayés quotidiennement sur le calendrier, il reçoit un coup de téléphone l'informant que la Rua das Flores n'est plus surveillée par des policiers en civil.

Il ferme la porte du magasin, descend au laboratoire et allume la lumière. L'énorme corps d'Oulianov remue sur le matelas qui est là depuis son arrivée, vingt jours plus tôt. Il lui communique la nouvelle.

Oulianov se lève. Il en a assez d'être là et comprend que Maxim n'ait pas envie de le garder plus de temps que nécessaire.

Un puissant désir de retourner à l'air libre s'empare de lui. Et la certitude qu'il peut le faire lui procure la même sensation de soulagement, presque physique, que celle qu'il avait éprouvée à sa sortie de prison.

Les adieux sont brefs. Oulianov sort du magasin et se trouve face au soleil et au ciel d'azur. Il se met en route. Il n'a pas de bagages (à l'exception de son NR2 attaché à sa cheville droite) et ça lui fait du bien de marcher.

Il monte le Chiado et arrive en haut de la Rua das Flores, d'où il voit le Tage. Maxim, parce qu'il ne le lui avait pas demandé et qu'il n'avait voulu partager avec lui aucune information susceptible de lui faire courir un risque, ne lui avait pas donné de nouvelles de ce qui s'était passé à Sintra. Mais Oulianov se doute qu'ils ont dû le rechercher, peut-être comme témoin et que c'est la raison pour laquelle ils ont mis en place un système de surveillance. Et qu'ensuite, ils ont fini par y renoncer.

Oulianov sait que la vie est une suite de questions sans réponses qui restent derrière soi, et il décide qu'il ne veut pas de réponses à des questions qui ne l'intéressent plus. Il se contente de descendre la rue, de pousser la porte de l'immeuble, qui est toujours ouverte, et de monter les escaliers.

Sa porte est fermée à clé, ce qui ne veut rien dire, parce qu'ils ont pu entrer et sortir, de toute façon. À l'intérieur, dans la chambre, sa valise est dans l'état où il l'a laissée, sous le lit, on voit qu'elle a été ouverte. Mais la latte du plancher n'a pas été soulevée et son trésor est intact. Il le met dans la valise et regarde sur le lit.

C'est là que se trouve le seul indice d'une intrusion : le livre à la couverture rouge, *Et l'acier fut trempé* est fermé mais un petit rectangle de papier blanc marque une page. Il l'ouvre, pour voir le passage souligné en rouge : « Chacun doit s'empresser de vivre car une maladie stupide ou un événement tragique peut rompre le fil de l'existence. » Il éclate de rire. Puis il rit à nouveau en voyant que le papier blanc est une carte de visite de la PJ : José Moura, inspecteur, avec de nombreux numéros de téléphone. Ça, c'est une réponse qui l'intéresse.

Laissant le livre en l'état, pour ceux qui peuvent venir après lui, il met la carte dans sa poche. Il prend sa valise et sort, puis descend rapidement l'escalier. Rien ne le retient dans cette ville sinon le bleu du fleuve quand le ciel est limpide et, s'il retrouve l'endroit, le tombeau souterrain où reposent Irina et son protecteur. Mais il existe bien d'autres fleuves et d'autres mers qui l'attendent le long des côtes, sur le chemin qui le ramènera chez lui.

PAPIER À BASE DE
FIBRES CERTIFIÉES

Le Livre de Poche s'engage pour
l'environnement en réduisant
l'empreinte carbone de ses livres.
Celle de cet exemplaire est de :
450 g éq. CO_2
Rendez-vous sur
www.livredepoche-durable.fr

Composition réalisée par MAURY-IMPRIMEUR

Imprimé en France par CPI
en octobre 2018
N° d'impression : 3030511
Dépôt légal 1re publication : novembre 2018
LIBRAIRIE GÉNÉRALE FRANÇAISE
21, rue du Montparnasse - 75298 Paris Cedex 06

47/9233/0